ファン文庫

家政夫くんは名探偵！

夏休みの料理と推理

著　楠谷佑

マイナビ出版

目次

登場人物

三上 光弥

家事代行サービス〈MELODY〉で働いている大学三年生。
ミステリアスな美青年。
料理も掃除も完璧にこなす有能な家政夫であると同時に、
難事件の真相を見抜く頭脳も持ち合わせている。

連城 怜

県警捜査一課の刑事。階級は巡査部長。
短髪で精悍な顔つきの、一本気な男。
光弥を家に住まわせている。
抱えている事件を解決するために、彼の力を借りることも。

良知 蘭馬

光弥とは中学時代からの親友で
同じ創桜大学の三年生。明るい性格。

今別府 律

光弥と蘭馬の友人。寧路芸術大学の三年生。
流行に敏感な男子。

島崎 志保

怜の上司で、階級は警部補。
いかなるときにも冷静な人物。時間に厳しい。

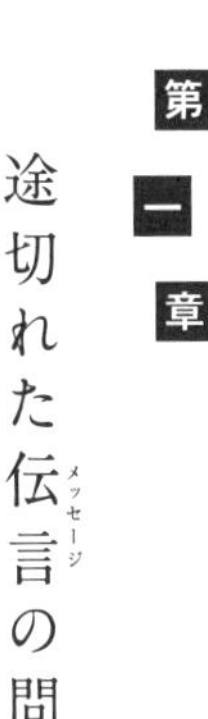

第一章

途切れた伝言の問題

1

信号待ちの間に、連城怜(れんじょうれい)は街灯に照らされた木々を眺めた。

桜の木々は、花びらを散らしきって青い葉を身につけている。体感では、四月になったのは昨日のことのように思えるのだが、すでに十八日だ。自分が二十九歳になってから、十日が経っているということになる。

(おれも立派なアラサーか)

なんだか信じられないような気がする。大学を卒業したのも、警察官になったのも、ついこの間のできごとだと思えるのだが。

信号が青になったので、感慨(かんがい)にふけるのをやめてアクセルを踏みこむ。新しい通勤ルートにも、すっかり慣れた。

勤務先が恩海(おんかい)警察署から県警本部に変わったとはいえ、あまり怜自身の心境に変化はなかった。この一か月、まだ大きな事件に立ち会ったことがないせいかもしれないが。

県警本部を出てから三十分で、怜は自宅に辿り着いた。

車を停めて腕時計を見ると、時刻は七時少し過ぎだった。約束までまだ時間がある。

(彼は家にいるだろうか……)

と考えながら玄関まで歩き、家に入った。

「おかえりなさい」

革靴を脱いでいると、当の「彼」に後ろから呼びかけられた。いつもどおりの、低く落ち着いた声。この声を聞くと、不思議と安心できる。ようやく仕事が終わった、という実感が込みあげてきた。

「ただいま」

怜は立ち上がって、三上光弥（みかみみつや）のほうに向き直る。彼は切れ長の目で、じっと怜を見つめていた。

「あれっ。夕食、作っておいてくれたのか？」

光弥は室内着の上にエプロンをつけていた。リビングのほうから、美味（おい）しそうな匂いもしてくる。

「ええ。三人ぶん作っておきました。今日はお客さんがいらっしゃるんですよね」

彼は当然のように答えた。気が利くものだ、と感心してしまう。来客があるから、光弥は外で食べてきてもいいと伝えておいたのだが。

「お風呂も溜まっています。約束は八時でしたよね。先に入ったらどうですか」

「そうさせてもらうよ。君はもう入ったのか？」

光弥は首を横に振った。言われてみれば、彼の髪は風呂上がりには見えない。最近また伸びてきた光弥の後ろ髪は、うなじのあたりでゆったりと束ねられていた。

「僕は後でけっこうですので。荷物はお預かりします」

言われるがまま、怜は風呂に向かった。

（これが日常になってからも、考えてみればだいぶ時間が経つな）

家事代行サービス〈ＭＥＬＯＤＹ〉の従業員としてやってきた光弥と知り合ったのが、二年前の夏。その彼といつしか個人的な友人となり、今では一緒に暮らしている。

去年の四月、住んでいたアパートが取り壊されるため、光弥は連城家に転がりこんだ。彼は世話になることに引け目があったらしく、五月には一度別のアパートに引っ越したのだが、そこでは様々な事件が起こって、出ていかざるをえなくなった。そういったわけで、光弥は去年の五月末から、またこの家に身を置くようになった。それからは結局ずっと、連城家の住人となっている。

怜は身体を洗いながら、ぼんやりと考える。

（たしか、光弥くんは今月から大学三年生だっけ……、この間二十歳になったばかりだから、おれより九つも年下、か）

彼との同居生活はすっかりと慣れてしまったが、傍（はた）からはおかしなふたり暮らしに見えることだろう。怜自身、ときどき落ち着かない気分になる。光弥と生活すること自体は心地よいのだが、自らが警察官であることを思うと、なかなか気楽に構えてもいられない。

未婚の警察官は、基本的には独身寮に入るものだ。怜の場合、両親が他界して持ち家の住み手がいなくなってしまったから、特別にひとり暮らしをしていた。さて、そんな家に若い男子を住まわせているという事実は、警察組織から見たらどう映るのか……。

湯に浸かりながら、怜は長いため息をついた。

(まあ、考えても仕方ないことだな)


約束どおり、不破史博は八時ちょうどに現れた。

「お久しぶりです、連城さん！　そして県警本部への栄転、あらためておめでとうございます」

玄関に入ってくるなり、彼は敬礼しながら挨拶した。眼鏡の奥の瞳は陽気に輝いている。

怜は苦笑しつつ、不破にスリッパを出してやる。

「お久しぶり、は大げさだよ。おれが転勤してまだ一か月だろ」

「いやあ、自分が恩海署に配属されてからというもの、毎日のように一緒に働いていましたからね。寂しいもんですよ」

「たしかにな。そうそう、君も巡査部長に昇進したそうじゃないか。おめでとう」

「おかげさまで。……あ、これおみやげです。お互いめでたいので、今日は飲みましょう」

心底嬉しそうな顔で、不破は日本酒の壜を振る。

「土門さんが来られないのは残念だな」

怜の言葉に、不破は「ですねえ」と同意する。

「でも、仕方ありませんよ。刑事同士がプライベートの都合を合わせるのって本当に難しいですから」

彼の言うとおりだ。事件が解決した後には刑事課で祝賀会を催すこともあるが、平時は当番制勤務だから、同じ課にいる者が同時に休むのは難しい。さらに、違う職場にいるもうひとりの当番も合わせるとなると――刑事三人が揃うのは容易ではない。

「まあ、土門さんとは今度、ふたりきりで飲みに行くよ。よろしく伝えといてくれ」

「ええ、そりゃもう。連城さんがいなくなっちゃって、あの人も寂しがってますよ」

「ははは……、奥さんと娘さんの話、聞かせる相手がいなくなっちゃったからじゃないか？」

愛妻家で幼い娘を溺愛している土門は、口を開けば家族の話ばかりしていた。

「その聞き役、今じゃ自分が担っていますよ」

不破は笑いながらスリッパを履いた。

「まあ、気持ちはわかるんですけどねえ。自分にも妻ができましたから。いいもんです、家族がいるって」

「……耳が痛いな。おれはもうアラサーなのに、恋人のひとりもいない」

別に恋人が欲しいと思っているわけではないのに、こういう話題が出るとつい自虐的なことを言ってしまう。まるで社交辞令のように。

「あれっ。たしか今日の約束をしたとき、電話でおっしゃってましたよね。いま同居してる人がいるって」

「それは恋人じゃなくて、友人。さあ、ずっと立ち話しているのもなんだし入ってくれ」

怜はリビングの扉を開けた。不破も続いて入ってくる。

「光弥くん、話していたお客さんが来た」

キッチンに立っていた光弥は、礼儀正しく会釈した。

「こんばんは、三上光弥です」

「どうもどうも、お邪魔します。恩海署の不破です。えーと……、三上、さん？　僕の記憶に間違いがなければ、何度かお会いしましたよね。去年の大道寺音楽アカデミーの事件で犯人を罠にかけたとき、あの場にいたような」

「ええ、あのときはどうも。……あの、ご迷惑でなければ僕もここにいて、おつまみなどお出ししますけど。もしもお邪魔でしたら――」

怜は不破に目で問うた。彼は朗らかに頷いた。

「いやあ、全然、いてもらって。連城さんとどういうご関係なのかも気になりますしねえ」

不破の言葉をきっかけに、怜たち三人は食卓についた。

光弥はまず、ほうれん草の胡麻和えや酢の物をお通しのように並べた。すべて彼の手作りである。

「おお、手が込んでいるなあ。これ、全部三上くんが作ったんですか」

光弥は当然のように「ええ」と答えた。どんな料理も苦戦する素振りを見せずに作ってしまう彼に、怜はあらためて感服した。

三人で「いただきます」を唱え、食事を始めた。さっそく、不破が日本酒を開けて怜の湯呑みに注いでくれた。自分のぶんも注ぎつつ、彼は光弥を見やる。

「三上くんはおいくつです？」

「先月、二十歳になりました」

「おっ。じゃあイケるじゃないですか」

「待て待て」

怜は、壜を傾ける不破を慌てて制した。

「え。成人でしょう」

「そうなんだが、光弥くんはお酒に……その、とても弱いから」

「そうらしいんですよね」

光弥はひとごとのように言って、首をかしげた。

「洋酒入りのチョコレートや甘酒でも酔ってしまうようで……」

しかも、彼は酔うと非常に楽しい性格になってしまうのだ。そこまでは不破に言わなかったが。

「なるほど。それでは、自分と連城さんだけで……乾杯」

湯呑み同士で乾杯をして、怜は日本酒を口に運んだ。どちらかと言えば辛口の酒だが、口当たりがすっきりしていて飲みやすい。

三人は食事をしつつ、様々なことを語らった。光弥が大学では犯罪心理学を専攻していると知ると、不破は興味を示した。

「犯罪心理学ねえ、興味あるなあ。ここだけの話、自分はわりとミーハーな気分で警察を志しましたから。犯罪もののフィクションとか、好きでね。銃器や警察車両なんかに関しても、ちょっとしたオタクですよ」

「好きこそものの上手なれ、ですね」

「いやあ、いざ現場に立つと、やっぱり正義感ってやつが大事なんだと実感しますよ。連城さんなんか、すごい正義の人ですしねえ」

怜は首を振って、酒を呷る。

「そんなたいしたもんじゃないよ。まあ、警察官は正義感なしにはやっていけない仕事だと思うが……、その感情をコントロールすることだって大切だ。強すぎる気持ちは時として、人や自分自身を傷つけてしまう」

頭にあったのは、かつて殉職した父と、警察官を辞めた後にある事件の当事者になってしまった友人のことだった。

「そういうものですか」

不破がとぼけたような反応をしたので、怜はつい前のめりになってしまう。

「そうさ。人間は本当にちょっとしたことで道を踏み外してしまうんだから。たとえ善人だと思われているような人物でも……悲劇は向こうからやってくるって場合もあるんだ」

「ううん……。まあ、気をつけるに越したことはありませんねえ。警察官の身内というだけで、妻にも苦労をかけてしまう気がしますから」

あまり不穏なほうに行く前に、怜は話題を変えることにした。

「たしか、奥さんは学校の先生だったか」

「ええ、とても賢い人です。これは本当に僕個人が『よかったなあ』ってだけで、連城さんに押しつけようってんじゃないですけど……でも、ほんとにいいんですよ、結婚って」

こんなときどんなふうに答えたらいいのか、怜にはいまだにわからない。

「そりゃあなによりだ。今度、奥さんも連れてこいよ。おれも彼女には披露宴のとき以来会っていないからな」

「へへ……連れてきても、惚れちゃあ駄目ですからね。本当に素敵な女性だから……」

不破はもう酔いが回っているのか、少し呂律が怪しくなっていた。

光弥は怜と視線を交わして、ふっと肩をすくめた。そんなことには気づかず、不破はとろりとした目で惚気つづけた。

「ええ、じつに……僕ぁ幸せもんです……」

2

二日後の夜、怜は車を飛ばしていた。

県警本部の捜査一課に出動要請があったのは十分前のことだ。音野市内の中学校で教員が重傷を負い、救急車で搬送中に死亡したという。現場に居合わせた者の話によれば他殺の疑いがあるらしく、音野署は県警本部に出動を求めたのだ。

「連城巡査部長とは、これが初めての仕事ですね」

助手席に座っている島崎志保が、前方を見たまま言った。

「県警に来てから、という意味ですが」

「ええ。よろしくお願いします」

「こちらこそ」

歯切れのいい彼女の声を聞いていると、ずいぶん前から彼女が上司だったような気がしてくる。怜が恩海署にいたときにも、島崎とは何度か仕事をしている。彼女と一緒に臨んだ事件はどれも忘れがたい。

「本当に他殺なんですかね」

「それは臨場するまでわかりません」

無駄話を嫌う彼女は、淡々と答える。怜はその横顔をちらりと見た。前下がりのボブカットも、相手を射抜くような鋭い視線も、初めて会ったときから変わらない。怜よりも六、七歳ほど年上で、それだけ警察官としてのキャリアも長い。いつでも鋭く切れる刃のような佇まいの人だ。

ほどなく、目的地が見えてきた。鉄柵で囲まれた白い校舎が夜の中に浮かび上がる。

「もののしいですね。校地が完全に柵で囲まれている」

「最近はこんなものでしょう」

怜がこぼした感想に、島崎はさらりと返した。

「子供が標的になる事件は後を絶たないですから。公立の中学校でもセキュリティはどんどん厳しくなっています」

車のヘッドライトが頑丈そうな校門を照らしだした。「音野市立音野中学校」という銘板が、門の脇に埋めこまれている。

駐車場に乗り入れると、すでに何台ものパトカーが停まっていた。怜たちは車を降りて、建物のほうへ向かう。四階建ての校舎の白い壁はところどころひび割れていて、夜の中で見ると少々不気味だ。

通用口に立っていた制服警官に、島崎が警察バッジを見せながら名乗った。警官は敬礼して「責任者を呼びます」と校舎内に駆けていった。やがて、恰幅のいい中年の男が現れた。

「やあやあ、こりゃどうも。県警の方々にお越しいただけて助かりましたわ。わたしゃあ、音野署の日野原というもんです」

髭が濃くて丸っこい顔の、いかにも人がよさそうな男だ。彼はにこにこしながら島崎と怜に握手を求めた。

「それで、現場の状況は?」

島崎が鋭く尋ねたが、日野原ののんびりした口調は変わらない。

「今は、学校におった先生全員を職員室で待たせております。あと、校舎内に潜んどる者がいないかどうかも、捜査員たちに探させてますわ。まあ、外部犯だとしたら普通は逃げるもんでしょうから、期待はしておりませんが」

「念を入れるに越したことはありません」

「ですな。ちなみに同時並行で防犯カメラのチェックを進めておりますが、事件が起きる一時間以上前から誰も校舎を出とらんことは確認済みです」

「つまり……内部の人間の犯行？」

怜の言葉に、日野原は「おそらく」と頷いた。

三人は中に入り、日野原の先導で廊下を歩いていく。蛍光灯に照らされる夜の校舎は、なんとなく冷たい感じがした。壁に貼られた交通安全ポスターの無邪気な絵柄は、かえって恐ろしい印象を与える。

「先生がたに会う前に、もっと詳細にお話を伺いたいですね」

島崎の意見に、日野原はぴたりと足を止めた。

「ああ、そうでしょうな。気が利かんで申し訳ない。じゃあ、そこの校長室で」

校長室の皮張りのソファに、怜は島崎と並んで座る。日野原は向かいに「よっこいしょ」と腰を下ろした。やりやすそうな人ではあるが、ちょっとどうかと思うくらい緊張感がない。

「まずは、被害者についてですな。パーカー・エヴァンズさん、三十歳。階段から転落して重傷を負い、救急車で搬送中に死亡しました」

「えっ。外国のかただったんですか？」

怜が驚いて訊き返すと、日野原のほうも驚いたように目を丸くした。

「ありゃ、それもまだ伝わってませんでしたか。日本在住のアメリカ人だそうです。いわゆる、あれですな。なんといいましたか――エー……エー……」

「ＡＬＴ。外国語指導助手（アシスタント・ランゲージ・ティーチャー）ですね」

島崎が言い当てると、日野原は手帳でぴしゃりと自分の額を叩く。

「そいつです。どうもいけませんな、略語は憶（おぼ）えにくくて。これが彼の写真です。つい先週撮られた、先生がたの集合写真を引き伸ばしたもんでね」

彼が手帳の間から取り出した写真を、ふたりで覗きこむ。ゆったりと波打った金髪が印象的な男だった。彫りの深い顔には爽（さわ）やかな笑みが浮かんでいる。こんなに生命力を感じさせる相貌（そうぼう）の男が今はこの世の人でないと思うと、なんとも切ない。

「えー……とまれ、事件発生の状況をご説明しましょう」

事件が起きたのは、午後八時になる少し前だった。

生徒の完全下校時刻は、午後六時。それから教職員もほとんどが仕事を切り上げて、すでに帰宅していた。静まり返った夜の校舎に、数人の教師だけが残っていた。

「エヴァンズさんも、じつは早めに退勤していたようです。だが七時半過ぎに学校に戻ってきて、職員室に顔を出しました。『スマートフォンを教室に置き忘れてしまったみたいだ』とね。彼はそれからすぐ職員室を出て、上の階に向かいました」

日野原は、時折手帳に視線を落としながら話を続ける。

「事件に気づいたのは、この中学の教頭先生で、水庭さんという女性です。彼女は職員室で仕事をしとりまして、途中でトイレに立ちました。そしてトイレから出たときに、階段のほうから怒鳴り声が聞こえたと言っております」

「怒鳴り声——犯人の声を聞いたってことですか」

怜が尋ねると、日野原は太い首を振る。

「いえいえ。そいつは被害者であるエヴァンズさんの声だったそうです。かなり怒っていた様子で、怒鳴り声には英語も交じっていたと言います。……もうひとり誰かの声が聞こえたそうですが、エヴァンズさんの声が大きくて、聞き取れなかったそうです」

「男か女かもわからない？」

島崎の言葉に頷いて、日野原は説明を続ける。

「ことはその後すぐ起こりました。怒鳴っていたエヴァンズさんが、突然ひどく驚いたような叫び声を上げたんです。それから激しい物音がして——水庭さんが恐る恐る階段のほうを覗きこんだところ、エヴァンズさんが二階と一階の間の踊り場に倒れていたんですな」

ここまで聞いて、怜はおやと思った。

「踊り場に倒れていたということは、せいぜいワンフロアの半分程度の高さから転落したということですよね。それで、命を落としてしまうほどの重傷を負ったのですか」

「踊り場には掲示板がありましてね。そこから突き出していたフックに、運悪く倒れこんでしまったのです。盆の窪から頭頂部にかけて、こう……抉れるようにぱっくりと」

　日野原は顔をしかめながら言った。怜も同じような表情になっていることを自覚する。ただひとり真顔の島崎が「それで？」と促した。

「ああ、はい。水庭さんが駆けつけたときには、まだエヴァンズさんに意識はあったんですな。負傷した後頭部を押さえながら倒れている彼に、水庭さんは必死で呼びかけました。そこへ、階段の上からひとりの教師が下りてきました。古瀬という男性の体育教師です」

「事件からまもなく『下りてきた』ということなら、その古瀬という教師は犯人を見ているか――彼自身が犯人ということになるのでは？」

　島崎の問いに、日野原は曖昧に首を捻った。

「それがですな、事件が起きてから古瀬さんが現れるまで、けっこう時間が経っていてね。水庭さんが階段のほうを覗きこむまでに、まず三十秒ほどの時間差がありました。彼女は、恐ろしい喧嘩に巻きこまれるのでは、という恐怖から立ちすくんでしまったそうです。で、彼女は踊り場に上がってからも、しばらくはエヴァンズさんに呼びかけ続けていたんです。古瀬さんは、さらに数十秒経ってから駆けつけたそうで」

　ここで、日野原は手帳のページをめくった。

「で、その後起きたことですが……まず、古瀬さんが救急に電話しています。水庭さんは動転するあまり、通報すべきだと気づけなかったんですな。古瀬さんは現場の状況を見てとるなり水庭さんに『救急車は？』と尋ねて、彼女が首を振るとすぐ、持っていたスマホで電話をかけました。その後は大騒ぎです。校内に残っていた他の先生が騒ぎを聞いてやってきたり、職員室からＡＥＤを運んできたりね」

（ＡＥＤは略語なのに憶えてるんだな）

といいうどうでもいい感想は言わずに、怜は頭を下げた。

「ご説明ありがとうございます」

「いやなに。県警の方々に来ていただいて、こちらは大助かりですわ。なにしろうちの刑事課は人手が足りんもんですから。それじゃあ、ぼちぼち先生がたの事情聴取をしていきますか？　今話した概略は水庭・古瀬両名から聞いたもんですが、なにしろ職員室にいた全員の前で話してもらいましたからな。個別に話を聞けば、『誰々はエヴァンズさんと揉めていた』とか『じつは犯人を見ていた』なんて話がぽろりと出てこないかもわからん」

「先に現場を見たいですね」

島崎のリクエストに、日野原は頷いて応えた。三人は席を立つ。

「事件が起きたとき、校内にいた先生の人数は？」

校長室から廊下へ歩きだしながら、島崎が訊いた。

「被害者を除くと五人ですな。水庭さん、古瀬さんの他に三人おるということです。始末の悪いことに、全員が単独行動をしていて、アリバイがない」

廊下を行く途中で、〈職員室〉というプレートが出ている戸があった。そこを通り過ぎて、さらに校舎の奥へ向かう。

「ここが便所です」

日野原が廊下の右側に手を振って、一目瞭然のことを言った。

「水庭さんはここから出てきて、すぐに口論の声を聞いたそうです」

階段は、トイレから十メートルほど先にあった。鑑識作業はすでに終わっていて、厳しい顔の制服警官が見張りをしていた。

「事件当時はここの電気は消えておったそうです」

三人は階段を上った。怜は踊り場を見て少々驚く。血液が流れていたことはわかるが、大部分が拭かれた痕跡があった。

「悲しむべきことに、学校の先生がたには現場保存という観念がないようですな。それよりも『汚れたところは片付けましょう』の精神というわけだ」

日野原は皮肉って、丸いラインの肩をすくめた。

「被害者の頭部を押さえるために、濡れた布巾を持ってきた先生がおりましてね。それはけっこうなことですが、ついでとばかりに床に流れた血を拭いちまったそうなんです。とにかく、物証は期待できなくなりました」

諦めるのはまだ早いのではないか。怜は思ったことを言ってみる。

「もしも被害者と犯人が揉み合って階段から落ちたのなら、繊維片や皮膚片が被害者の着衣や爪の間に残っているのでは？」

「だといいですがね。校内に残っていた先生がたはお優しいことに、救急隊が来るまでの間、入れ替わり立ち替わりエヴァンズ先生を介抱（かいほう）したのですよ。発見者のふたりはもちろんのこと、ご丁寧に全員でね。現場はめちゃくちゃです」

「そのときまだ被害者が生きていたなら、責められることではありません。人命救助が最優先ですから」

島崎がきっぱりと言い切って、踊り場の上に視線を向けた。

「もちろん、階段の上の足跡も調べましたよね。エヴァンズさんと揉めた相手が取っ組み合っていたならば、それらしい痕跡が残るはずです」

「うーむ。階段の上からやってきた古瀬さんをはじめ、何人か事件後に通りましたからねえ。一応、鑑識がすべての足跡をサンプリングして持ち帰りましたが、やはり望み薄です」

島崎は階段の上まで上がっていった。怜もついていく。

二階の階段の前は広い空間になっていた。階段の向かいにあるのは、女子トイレと同じピクトグラムが画用紙で掲げられている部屋だった。「女子更衣室」と手書きされたプレートがついている。それを見て、怜は思わず感想をこぼす。

「今は、中学校にも更衣室があるんですね」

「最近作られたものなんですよ。音野市内じゃあ、わりかし話題になりましてね」

日野原が注釈を加えた。

「『中学生の男女が同じ場所で着替えるなんてまともじゃない』って、保護者の声が高まりましてな。少子化の影響で出た空き教室を、更衣室にしたんだそうです。まあ、男子生徒は更衣室がなくて教室で着替えるそうですがね」

「それもひとつの差別ですね」

島崎の口から、どきりとするような言葉が出た。

「……ともあれ、このあたりには手がかりはなさそうですね」

階段前のスペースにも左右の廊下にも、とくに目立った痕跡はなかった。もっとも、そんなものがあれば音野署の捜査員が見つけているだろう。島崎は軽く頷いて踵を返した。

「それでは、関係者の話を聞きにいきましょう」

階段を下りて廊下を引き返す。職員室前に三人が差しかかったとき、そこの戸が開いて警官が出てきた。

「どうしたね、君」

日野原に問われて、警官は後ろに立っている女性を手で示す。

「こちらのかたがお手洗いに行きたいということなので、私が同行を」

その女性は気まずそうに首をすくめた。怜は、その顔を見てはっとする。小作りな目鼻立ちには見覚えがあった。

咄嗟に誰だか思い出せずに思案していると、彼女のほうが怜を見て目をみはった。

「連城さん！」

彼女が名を呼んだことで、日野原と島崎がぱっと怜のほうを向いた。その瞬間、怜もようやく彼女が誰だったかを思い出した。

「お知り合いですか」

島崎に鋭く問われて、怜は頭を掻きながら答える。

「ええ。恩海署の不破くん、島崎さんも覚えておいでだと思いますが——彼女は、不破くんの奥さんなんです」

不破美緒は、島崎に向かってちらりと頭を下げる。

「はじめまして。夫がお世話になったみたいで……」

「いえ、こちらこそ。初めてお会いするのがこんな場面というのは、残念ですね」

挨拶を交わす女性ふたりを見て、日野原が「はてな」と呟いた。

「先生、あなたフワさんとおっしゃる？　先ほどお名前を伺ったときは、江国美緒さんと名乗っておられましたが」

「戸籍上の名は『不破』なんですが、職場では旧姓を名乗ってるんです。結婚したのは去年のことですけど、いま三年生の副主任をやってまして……あの子たちが一年のときから『江国先生』と呼ばれていたものですから、卒業するまではそのままの呼びかたをしてほしくて」

そう語る彼女は、どこか居心地悪そうだった。怜は思わず考えこんでしまう。二十一世紀になってすでに二十年ほどが経つが、この国で結婚するときはいまだに、夫婦はどちらかの姓に合わせなければならない。しかし姓が変わるということは、それまでの人生で積み重ねてきた歴史や関係性を、時には変容させてしまうのだろう。

「お引き留めして失礼しました」

美緒のために、島崎が戸の前を退いた。

「のちほどあなたにも事情聴取をしなければいけないのですが、まずはお手洗いへどうぞ」

島崎に促されて、美緒は警官と連れ立ってトイレへと向かった。

その後ろ姿が見えなくなると、島崎は怜のほうを向いて、

「連城巡査部長。彼女とはどの程度親しい間柄なのでしょう」

想定どおりの質問がきた。事件関係者と親密な刑事が捜査に当たるのはご法度である。

妙な手心を加えたりすることがあってはいけないからだ。怜は正直に答える。

「会ったことは二度しかありません。初対面は、ふたりの結婚披露宴の打ち合わせでした。私はスピーチを頼まれていたので。もちろん、二度目は披露宴の当日です」

「では、さほど親しくはない？」

「主観では――はい。実際、今も知っている顔だと思ったものの、咄嗟に誰か思い出せなかったほどで」

島崎は軽く頷いて、決断を下した。

「わかりました。では彼女の事情聴取のときだけ、あなたには外していただきます」

「承知しました」

捜査を外されないだけよしとしよう、と思うことにした。

「まあ、彼女はシロでしょうなあ」

日野原がのんびりした口調で言った。

「刑事の女房ってことなら、犯罪に手を染めたりゃあしませんよ」

「断定はできません」

職員室に歩み入りながら、島崎は淡々と答えた。

「ただ、もしも彼女が有罪だったなら——彼女の夫が刑事でなくなってしまうことは事実ですね」

身内に犯罪者がいる者は警察に勤務できない、という規則を指しているのだ。怜は不破の能天気な顔を思い浮かべて、背中に冷や汗をかいた。

（いや、まさか……そんなことはないよな）

3

職員室に入ってすぐのところは、給湯室のような狭い空間だった。教師たちの執務スペースは、パーテーションで区切られた奥にある。

「お待たせしました」

島崎が声をかけながら、そこへ入っていく。

室内には四人の教師がいた。職員室の机は四つほどのブロックごとに分かれて、島をなしている。いま室内にいるうちの三人は、部屋に入ってすぐのところにある島に机を持っていた。

「県警から参りました島崎と申します。今から、お話を聞かせていただきます」

教師たちは、それぞれ無言で頷いた。

「では、お手数ですがおひとりずつ、名前を教えてください」

「もう、さっきそちらの刑事さんに名乗ったんだけどねえ」

ジャージ姿の中年男性が、不満の声を上げた。島崎は動じずに「お手数ですがもう一度」と頼んだ。

「古瀬保(たもつ)です」

ジャージの男は、やや不機嫌そうに名乗った。

「担当科目は体育で、三年生の学年主任をやっています」

次に名乗ったのは、古瀬の隣に座っている、若草色のセーターを着た背の高い女性だった。怜と同年輩に見える。

「私は、氏家知世(うじいえともよ)と申します。三年一組の担任で、英語を教えています」

「英語の先生なら、ALTのエヴァンズ先生ともよく話されたのでは？」

島崎の問いに、氏家は「それは、まあ」と、ぎこちなく頷いた。

「そのことについては、のちほど詳しく伺いましょう。それでは、次のかた」

島崎は、氏家の向かいに座っていた男性を見据えた。ネクタイがだらしなく緩(ゆる)んでいる、どことなく影の薄い中年男だ。眼鏡の奥の目は細く、どこを見ているのかわかりにくい。

「ええ、と……、越地良生といいます。担当科目は理科。役職としては、教務です、はい」

彼が名乗りおわると、最後に残っていた人物——唯一離れた席に座っていた女性が口を開いた。

「わたくしは、教頭の水庭公子です。一応、国語教師ですけれど、最近は教壇には立っておりません」

ぱりっとしたスーツを着こなしている、五十歳前後に見える女性だった。遺体の第一発見者であるためか、他の面々よりも疲労の色が濃く見えた。

「では、お手数ですが今から個別にお話を伺います。まず水庭さんから」

島崎に呼ばれて、教頭は緊張した面持ちで立ち上がった。

怜たちは水庭を校長室へ連れていき、事情聴取を開始した。ソファを挟んで島崎と日野原が座る。怜はメモを取るために校長の席に座ることとなった。

「まあ、そう固くならずに。リラックスなさい」

日野原の言葉で、水庭はわずかに表情を緩めた。

「ええと、それじゃあ質問は島崎警部補、お願いしますよ」

「はい。……では、事件発生のときの様子を、あらためてお聞かせください。あなたがトイレに立たれる前になさっていたことから、順を追って」

水庭は、ゆっくりと頷いた。

「まず、六時が生徒たちの完全下校時刻でして……それから他の先生がたもぽつぽつと業務を終えて、帰っていかれました。エヴァンズ先生も、一度帰られて、戻ってきたのは七時半頃のことです」

「そのとき学校にいた先生は、今も学校にいらっしゃる人だけですか？」

「ええ。江国先生と越地先生は、別の教室にいらっしゃったようですけれど。……エヴァンズ先生は職員室に顔を出されたとき、スマホを忘れたとおっしゃってご自分の机を探しました。氏家先生と雑談されていましたね、そのとき。彼の机、氏家先生の隣ですので」

「そうそう、ひとつ気になっていたんですが」

日野原が大声で割りこんだ。

「先生がたの席は、どういう配置になってるんです？　さっき職員室を見たとき、みなさんえらく固まって座っていたが」

「それは偶然なのです。先生がたの席は、担当学年ごとに割り振られていて——古瀬先生は三年生の主任。氏家先生は一組の担任。江国先生は三年生の副主任ということで、みなさんあのブロックに固まって席を持っているのです。あ、教務の越地先生は別に三年生の担当ではないのですけれど、たまたまあのブロックに机があって」

「ははあ、合点がいきました。……おや、すると、エヴァンズさんも三年生の担当なんですな。氏家さんの隣に席があるってことは」

「そうなのです。彼は、三年生だけに英語を教えていましたからね」

そのとき、島崎がこほんと咳払いした。日野原が頭をぼりぼりと掻く。

「やあ、こりゃあすみませんな、島崎警部補。脱線してしまった。えー、続けて、水庭さん」

「はい。……そんなわけで、エヴァンズ先生はしばらく自分の机を探していたのですが、スマホがないことに気づいて、こう叫ばれました。『思い出した、三年の教室だ』ってね。それでわたくし、彼に声をかけました。『古瀬先生が学校じゅうの戸締まりをしているところだから、急いでお行きなさい』って。すると彼、職員室を駆け出していきましたわ」

「それから、あなたはトイレに立たれた」

島崎の言葉に、水庭は頷きを返す。

「ええ。……お手洗いを出たときに、あの恐ろしい声が聞こえてきたのです。エヴァンズ先生の怒鳴り声が。もうひとり、誰か喋っていたのですけれど……申し訳ございません、どなたの声かはわかりません。エヴァンズ先生の声が大きすぎたものですから」

「それはけっこう。エヴァンズさんはどんなことを叫ばれていましたか?」

水庭は、頬に手を当てて目を細める。

「怒ったような声で『おい』とか『言うことを聞け』とか。大変な剣幕でした。……あとは『それを渡せ』とも聞こえたかしら。その後は怒鳴り声が英語に変わって、聞き取れなくなってしまいました」

怜の頭に閃(ひらめ)いたのは「恐喝(きょうかつ)」という言葉だった。エヴァンズという男、あの爽やかな笑顔に反して、じつはよろしくない面を持っていたのではあるまいか。

「……で、そのあと、怒鳴り声が悲鳴に変わって、ものすごい物音がいたしました。わたくし、怖くて動けなかったのですが、恐る恐る見にいったら、エヴァンズ先生が倒れていて」

「そして、古瀬さんが駆けつけて、救急に通報した」

「はい」

ここで水庭は、なにかを喋りたそうに視線を上げた。彼女の目に、迷いが浮かんでいる。島崎もその様子に気づいたらしい。

「なにか、お話になりたいことが？」

「いえ、あの……」

彼女は口ごもって、黙ってしまった。島崎は無理強いしなかった。

「では、古瀬さんの通報後はどうしました？」

「ええと、まず、越地先生が駆けつけてきました。驚く彼に、古瀬先生が『もう救急には通報した。念のためAEDを取ってくる』とおっしゃりました。で、彼が走っていったので、わたくしと越地先生はその場に残りました。AEDをすぐつけられるように、彼の服を脱がせてくださったのは越地先生です。わたくしは、ハンカチを使って止血を……」

「そのとき、エヴァンズさんの意識はすでになかった？」

「ええ。しばらくしたら古瀬先生がAEDを持って戻ってきて、装着いたしました」

怜は疑問を抱いた。校長の机越しに口を挟む。

「ひとつよろしいですか。ＡＥＤは、心停止状態になった人に電気ショックを与えて蘇生させる装置ですが……当然、使われた人の身体には強い衝撃を与えます。頭部を負傷して出血したエヴァンズさんに使うのは不適切なのでは」

水庭は「あら、いたのね」というような顔で怜を見た。

「刑事さんならご存じでしょうけれど、ＡＥＤからは音声ガイドが流れるのです。人に装着すると、本当に使う必要があるか否かも教えてくれます。エヴァンズ先生につけたときには『使う必要はない』という音声が流れました。だから、古瀬先生が胸骨圧迫をして、心臓マッサージを……」

「氏家さんと江国さんも、駆けつけてきましたか」

島崎が訊いた。水庭は彼女のほうに向き直る。

「ええ。氏家先生は濡れ布巾を持ってきてくださって、その後……江国先生も階段を下りてきました」

怜の胸はざわついた。

「江国先生」と言うときの水庭の声には、いわく言いがたい不穏な含みがあった。

(彼女に――不破くんの奥さんに、なにかあるのか？　まさか)

島崎は気づいているのかいないのか、頷いて話題を変えた。

「ありがとうございます。事件発生時の流れは、よくわかりました。次に伺いたいのは、被害者であるパーカー・エヴァンズさんとあなたとのご関係です」

「関係と申しましても……、同じ学校で働いていた同僚です、としか」

「どの程度親しくされていましたか？」

「親しかったとは申せません。エヴァンズ先生は、今年度この学校に着任されたばかりですもの。まだ四月も終わっていませんから、彼がこの学校で働かれていたのは、たった三週間程度ですよ」

「その三週間に、生徒や他の先生とのトラブルはありませんでしたか」

「ありませんねえ。短い間でしたけど、生徒からは好かれていたようにお見受けしました。とても明るい性格でいらしたから」

そこまで言って、彼女はふっと口を閉ざした。鋭く眉根を寄せて、考えこむような表情になる。

「……今のご質問って、エヴァンズ先生と口論したうえ突き落としたのは誰かをお調べになるための、ですかしら」

「はい、もちろんです。秘密はお守りしますので、なにも遠慮なさらず話してください」

島崎の力強い言葉に励(はげ)まされたらしく、水庭は深呼吸をしてから、ゆっくりと口を開いた。

「そのことでしたら、わたくし、ひとつだけ知っていることがありますの」

「なんと！　そんなことがあるなら、早くおっしゃってくださいよ」

日野原の大声に、水庭はひるんだように身をすくめる。

「ご、ごめんなさい。でも、他の先生がたの前では言いにくかったのです。きっと、古瀬先生もそうだわ」

「どういうことです？」

島崎に促されて、教頭はゆっくりと話しだす。

「じつはエヴァンズ先生は転落した直後、少しだけ意識があったんです。なのでわたくし、彼に話しかけました。『大丈夫ですか』ですとか『しっかりしてください』ですとか」

彼女は、また深呼吸を挟んでから続ける。

「それで——古瀬先生がいらして、救急車に通報している間のことです。わたくし、相変わらず呼びかけ続けてましして、こう尋ねたのです。『いったい誰がこんなことをしたんですか』って。エヴァンズ先生は、途切れ途切れでしたがこれに答えてくれました」

口論を聞いていた彼女なら、してもおかしくない質問だ。ペンを持つ怜の手に力がこもった。島崎が冷静な口調のまま尋ねる。

「それで、エヴァンズさんは誰が犯人だと？」

「江国先生——江国美緒先生です」

怜はペンを取り落とした。

4

　怜が帰宅したのは、事件発生から二日が経った夜のことだった。

「ただいま……」

「おかえりなさい」

　光弥は、すぐにリビングからやってきて出迎えてくれた。苛酷な捜査と睡眠不足ですさんでいた心に、同居人の声は優しく沁みた。

「お疲れ様です、怜さん。……いま捜査しているのは、音野市の」

「そう、ＡＬＴ殺害事件だ。三時間くらい仮眠を取ったら、また本部に戻らないと」

　殺人のような大きな事件が出来したとき、通常、刑事は事件が解決するまで帰宅できない。怜は事件当夜は音野中学校で夜を明かしたし、昨日は音野署の道場で仮眠を取った。

　だが、関係者への事情聴取などに当たる際は清潔感も大事なので、こうして数時間だけ着替えのための帰宅が許可される。

　現在時刻は午後八時少し過ぎ。島崎からは「日付が変わるまでには戻ってください」と言い渡されていた。

「……お風呂は溜まっていますよ。どうぞ」

　光弥の気遣いで、怜は風呂に向かった。だが睡眠不足のせいで、バスタブに浸かっていると何度も瞼が下りてきた。ここで寝るわけにはいかない。すぐに上がった。

リビングに入ると、光弥が食事を用意しておいてくれた。

メインディッシュは、疲労回復効果のある鶏肉料理だった。怜が捜査で疲れているときは、いつもそうしてくれるのだ。今日は、大根おろしがたっぷりかかったみぞれ煮だった。

「ありがとう。いただきます」

光弥はすでに食事を終えていたようで、怜の向かいに座って、無言でお茶を飲んでいた。

半分ほど食べると、からっぽで悲鳴を上げていた怜の胃袋は癒やされてきた。食事のペースを落として、光弥と話すことにする。

「今日も大学だったのか？」

「ええ。もう三年生なので、授業は少ないですが」

「〈MELODY〉でのバイトは？」

「夕方に一件、夕食づくりの仕事がありましたが……」

光弥はお茶をひと口啜ると、心持ち怜のほうに身体を乗り出してきた。

「ねえ、怜さん。僕の話はいいですから、事件について少々聞かせていただけませんか。もちろん、差し障りのない範囲で構いませんので」

普通に考えれば、どれほどわずかな情報であっても部外者に漏らすのは差し障るのだが、光弥が相手だとつい口が緩んでしまう。もちろん、彼が持つ類まれなる推理力ゆえだ。

しかも、今回の場合は大きな懸案事項がある。

「そうだな。この事件も、君の知恵を借りなければならないかもしれない。そういう、不可解な謎があるんだ」

そう言ってすぐに、不正確な表現だな、と思い直す。

「いや、違うな。もしもある容疑者が犯人であるなら、この事件に謎はない。だが、おれとしてはどうにも、その人が犯人だとは信じられなくてね」

「その人が、不破刑事の奥さんだからですか」

怜は危うく、味噌汁に噎せそうになった。

「ごほっ……、ど、どうしてそのことを知っているんだ、光弥くん！」

「昨日の夕方、不破刑事がこちらにいらしたんです。『音野中で起きた事件で、妻が容疑者にされてしまった。連城さんに相談したい』と言って。いらっしゃらないと伝えたら、しょんぼりして帰ってしまったんですけど」

「そうだったのか。彼も、直接来るくらいなら電話してくれればよかったのに」

「怜さんがその捜査に当たっていることを察したからじゃないでしょうか。容疑者の夫である自分が電話したことを知られたら、迷惑がかかると思って」

たしかに、昨日も今日もずっとそばに仲間の刑事たちがいた。不破からの連絡があったら少々困っていただろう。

「なるほどなあ。そうか、そういうことなら仕方ない」

光弥も、不破美緒が第一容疑者であることを知ってしまっているなら――。

「乗りかかった舟（ふね）です。お話を聞かせてください」

本人がそう言ってきたので、怜は頷いて話を始めた。

まずは、遺体発見までの事件の流れを話す。

「なるほど、階段の踊り場で……」

光弥は、相槌（あいづち）を打ちながら怜に食後のお茶を注いでくれる。

「それで、たしかなんですか？　事件当夜学校にいた五人の先生の中に、エヴァンズさんを襲った犯人がいるというのは」

「間違いない。防犯カメラの映像は複数人で何度もチェックしたが、事件後に校地から出た人間はいなかった。もちろん、敷地内は入念に捜索したが、誰も潜んでいなかった」

「なるほど。それで、なぜ不破刑事の奥さんが容疑者と目（もく）されるようになってしまったんでしょう？　強力な動機があったとか、唯一アリバイがなかったとかでしょうか」

「いや。そのどちらも違う。そういう決め手があれば話は早いんだが……」

怜はマグカップで手を温めながら、ため息をついた。

「根拠というのは、我々警察が証拠として扱うにはとても薄弱なもの——いわゆる、ダイイング・メッセージなんだよ」

＊＊＊

犯人は江国美緒。

校長室での事情聴取中に、水庭公子はきっぱりとそう言った。

「本当にエヴァンズさんはそう言っていたのですか。江国さんが犯人だと」

島崎に念を押されて、水庭はきゅっと顎を引いた。

「え、ええ……。そう聞こえました」

怜はしばし、呆然と水庭を見つめていた。とても信じられなかった。

「正確に、エヴァンズさんの言葉を繰り返してください」

島崎は冷静に質問を続けた。

「まず、あなたが『いったい誰がこんなことをしたんですか』と尋ねた。それから？」

「エヴァンズ先生は絞り出すような声で、途切れ途切れにおっしゃいました――『ふ、わ、み』って」

「うん？　それがどうして江国さんを……」

日野原が言いかけて、自分の額をぴしゃりと叩いた。

「ああ！　そういえば、江国さんの今の本名は、不破さんとおっしゃるんでしたな」

「ええ。不破美緒さんです。この学校に『不破』なんて名前のかた、彼女の他にいらっしゃいません。まして、今夜この学校にいた他の先生がたの名前は、『ふわみ』という言葉からかけ離れております」

「『ふわみ』と言った後は、エヴァンズさんはなにか言いましたか」

島崎の問いに、水庭はかぶりを振った。

「いいえ。そこまで言い残して、がっくりと気を失ってしまいました。それから後は、ひと言も喋っておりません。でも、そこまで聞けばもう決定的じゃありません？」

「待ってください！　おかしいですよ」

とうとう怜は口を挟んだ。

「彼女は、学校では『江国』という旧姓を使っていて、他の先生からもそう呼ばれているんでしょう？　それなら、エヴァンズさんは『江国美緒』と言うはずです」

「それは——そうですけど。でも、エヴァンズ先生が『ふわみ』と言ったのは間違いありませんもの。あの場にいらした古瀬先生にも確認してくださいな」

「のちほど、そうしましょう。では次の質問です」

島崎が淡々と話を進める。

「江国さんが仮にエヴァンズさんと口論していたとしたら、その原因はなんだったとお考えになりますか？」

「さあ、わたくしにはさっぱり。あのふたり、そこまで親密にしていらした印象はありませんし。……でも、」

水庭は少し口ごもる様子を見せた。島崎が「でも？」と促す。

「いいえ、あの……古瀬先生とは、今日の昼に言い争っていらしたような」

「エヴァンズさんが？」

「ではなくて、江国先生がです。あれは給食の時間のことでした」

「古瀬さんと江国さんの、口論の原因は？」

「存じません。わたくしの机は、三年生の先生がたの席から離れておりますので。おふたりが険しい表情で話しているのが、遠目に見えただけです」

島崎は考えこむように、指先で顎に触れた。

「なるほど。その点ものちほど確認しましょう。――さて、江国さんはエヴァンズさんとさほど親しくなさそうだったということですが、逆にエヴァンズさんがもっとも親しくしていた先生はどなたでしょう？」

「それはなんといっても、氏家先生かと」

即答だった。

「さっきも言いましたように、エヴァンズ先生は三年生の授業だけを手伝っておいでだったんです。ALTの先生はあとひとりいらして、一年と二年にはそのかたが。ですので、三年生に英語を教えている氏家先生だけが、いわば教務上の相棒だったわけです」

怜は手帳に「氏家＝親密」と、大きめに書いた。

「これもすでに申しましたけど、職員室でもおふたりの机は隣同士ですので。よく休み時間にお喋りしていました」

「なるほどねえ。しかし、今夜ここにおられる先生がたは、みなさんエヴァンズさんと席が近かったでしょう」

日野原の指摘に、水庭は小さく頷いた。

「そうですね。わたくしだけは席が離れておりますけど」

日野原と島崎は、視線を交わした。やがて島崎が告げる。

「質問は、今のところ以上です。申し訳ありませんが、他のかたの事情聴取が終わるまで、職員室でお待ちください」

5

水庭の聴取の様子を光弥に語り終えると、いったん怜は言葉を切った。

「被害者は『ふ、わ、み』と言い残したんですね」

光弥は考えこむように、唇に指を当てながら呟いた。

「しかし怜さんが指摘したように、不破美緒さんが職場では旧姓を名乗っていたなら、被害者は『江国美緒』と言ったはずですよね」

「おれも島崎さんも、最初はそう思ったんだ。ところが、その次に事情聴取した古瀬さんの証言で、被害者が『不破美緒』と言おうとしたことに説明が――」

怜の言葉を遮る(さえぎ)ように、チャイムが鳴った。

こんな遅い時間に誰が、と思ってインターホンに応答すると――。

『ああ、連城さん！　連城さんですね？　よかったあ、いらして！』

聞こえてきたのは、不破史博の声だった。

『お願いします、助けてください。美緒が──僕の妻が──』

「わかった、わかった。いま開けるからちょっと待ってて」

光弥のほうを振り返ると、彼は肩をすくめて、「お茶を淹れます」と応じた。

それから一分後、怜と光弥、そして不破はリビングのテーブルを囲んでいた。

「不破くん、美緒さんは今どこに？」

「うちで休んでいますよ。すっかり参ってしまってて。ねえ、連城さん。ひどいじゃないですか。音野署の連中、妻を不当に取り調べたりして」

「ちょっと待て、不当はないだろ。美緒さんにだけ任意同行を求めたのはたしかだが」

「それが不当だと言っているんですよ！　二時間も警察署に留め置かれて、あれこれと質問されたと妻は言ってましたよ。これが警察のやり方ですか！」

「……君も刑事だろ」

「ハーブティーはお嫌いではありませんか？　落ち着きますよ」

光弥が差し出したマグカップを受け取って、不破は深呼吸をした。

「すみません、取り乱して。しかし納得がいかない。妻は無実です。その新任のＡＬＴとは、挨拶や世間話程度しかしたことがないそうですよ。なんで殺さなきゃならないんです」

「犯行は衝動的なものだった。たぶん殺意はなくて、ちょっとしたきっかけで突き飛ばしたら、運悪く被害者は命を落としてしまったんだ……ああ、いや」

不破の顔が険しくなったのを見て、怜は慌てて言い足す。

「もちろん、美緒さんが犯人だと言っているわけじゃないぞ」

「でも、なんで美緒だけ疑っているんです？　彼女の話だと、『エヴァンズ先生が私に突き落とされたと言っていたらしい』ということだったんですが、本当にそんなことが？」

「そ、捜査中の情報を漏らすわけには……」

弁解しながら目を逸らすと、光弥と視線がぶつかった。僕には話しているじゃないですか、とその目が言っていた。

「ああ、わかったよ、不破くん。頼むから落ち着いて。事情を説明するから」

「お願いします。……ええと、三上くんには席を外してもらったほうが」

「いや、構わない。むしろ、彼とも情報を共有したほうがいい」

目を丸くする不破に、怜は口を挟む暇を与えず説明する。

「いいか、黙って聞いてくれ。こないだ話に出た大道寺音楽アカデミーの事件だが。あれらは、ここにいる光弥くんが最初に真相に辿り着いたんだ。それだけじゃないぞ。舞台女優の変死事件に童話作家殺害事件、恩海市連続放火事件、創桜大の女子学生が殺害された事件、そして河川敷の拳銃事件も、すべて光弥くんが解決したんだ」

しばし不破は呆気にとられたように光弥と怜の顔を見比べていた。

「……からかっているんですか？」

「違う。すべて光弥くんが推理力を駆使して解決した事件なんだ。音楽アカデミーの事件では、君も光弥くんが推理を披露する場面に居合わせただろ」

「えーと、そりゃ、見てましたけど。他のも全部、この彼が？」

不破は眼鏡の蔓を持って、穴が開くほど光弥の顔を見た。光弥が困惑気味に頷いた次の瞬間、不破はテーブルに身を乗り出して両手で光弥の手を取った。

「お願いします、三上くん！　妻の……美緒の濡れ衣を晴らしてくださいっ」

「……推理には、ご協力します」

不破はぱっと顔を明るくして、深々と頭を下げた。

（単純な男だな、まったく）

怜はため息をつくのをこらえた。光弥は、素直にイエスとは言わなかった。それは、美緒が犯人ではないと確信する理由がまだないからに他ならない。

「じゃあ、不破くん、お利口に黙って聞くように。光弥くんもな」

「僕は最初からお利口でした」

光弥は真顔で答えた。

「まず、捜査の進捗について簡単に説明する。知ってのとおり、事件が発生したのは二日前の夜――およそ四十八時間前だ。まず、我々は学校にいた五人の先生を事情聴取した。並行して、校内の捜索がおこなわれた。その捜索と防犯カメラの映像から、エヴァンズさんを突き飛ばした犯人は五人のうちの誰かだと確定した」

不破はなにか言いたそうに唇をむずむずさせたが、黙っていた。

「昨日も、関係者への事情聴取で一日が潰れたよ。当夜学校にいなかった先生全部に当たった。エヴァンズさんの人柄やら、動機があった人物はいなかったか、やら」

その時点ですでに捜査本部は美緒が第一容疑者だと睨んでいた。つまり、露骨に言えば

「美緒に動機はなかったか」という捜査だったのだ。

「ただ、それでもなにも出てこなかったから、今日の午前中は三年生を中心に、生徒たちから話を聞いて回った。ところが、これでも動機になりそうな話が出てこないんだ。捜査本部の突き上げもあって、とうとう今日の午後に美緒さんに任意同行を求めたというわけさ」

「なにも出なかったから、ですか」

不破のお利口モードが解除された。

「動機が見つかったから、ならまだしも。うちの土門係長ならなんて言いますかねえ」

「お静かに、不破さん」

光弥に諫められて、不破は居住まいを正した。怜はひとつ咳払いをする。

「じゃあ、いま光弥くんに話していた部分と少し重複するが——事件当日の流れを話そう」

それからの数分間、怜は光弥にしたのと同じ話を、早回しで不破に語った。

「ふんふん」

水庭の事情聴取のくだりが終わったとき、また不破が口を開いた。

「ダイイング・メッセージは『ふわみ』ですか。たしかに妻の名前と一致する。しかし、

美緒は職場では旧姓を通称として使っているんですよ。被害者のエヴァンズさんも『江国』と呼んだはず――」

「それをこれから説明するところだったんだ。もう少しお利口にしててくれ」

怜は、お茶で喉を湿してから説明に戻る。

「事件当日の夜――おれと島崎さんは、水庭さんに続いて体育教師の古瀬さんに事情聴取をした。そうしたら……」

＊＊＊

五十がらみの体育教師は、校長室のソファにどっかりと腰を沈めた。

「不破先生が犯人だよ」

古瀬保は開口一番そう言った。

「いいですか、エヴァンズ先生が言っていたんだ。水庭先生が『誰にやられたんですか』と訊いたとき、はっきり『不破美緒』と答えた」

古瀬は、ソファの向かいに座る島崎に勢いよくまくしたてた。島崎は、少しの間を置いてから尋ねた。

「なぜあなたは今、江国さんを『不破先生』と呼ばれたんですか？」

「は？　それがなにか、大事なことなのかな」

「質問にお答えください」

「……なぜもなにもね。『不破』が彼女の本名だから」

「彼女は職場では、旧姓を通称として使っているはずですが」

「私はね、そういうのはよくないと思うんだよ」

古瀬は身体をのけぞらせて、鼻からふんっと息を吐きだした。

「あのね、生徒たちが混乱するから。本名と違う名前を名乗るなんて、正しくない」

「生徒の混乱を避けるために、彼女は旧姓を使っているそうですが」

「いやー、いつまでもそのままってわけにはいかないでしょ。もう、この話題はいいかな？　細かい人だな、あなたは」

島崎は無言で古瀬をしばらく見つめてから、次の質問にかかった。

「あなたが現場に駆けつけたときの状況を話してください」

「ああ、あのときは校舎内の見回りをしていました。私の役目でね。残っている生徒がいないかどうか見るのも兼ねて、特別教室の戸締まりを確認するんです。コンピュータ室や音楽室には、高価な品があるから」

「完全下校時刻から二時間近く経っていますよね。少々、見回りをするには遅いのでは」

古瀬は、むっとしたように眉根を寄せた。

「時間が経ってしまったんだよ。保護者への電話対応や書類の作成といった雑務が終わらなくてね。学年主任は忙しいんです。まあ、実際に遅くまで生徒が居残っていたためしはないから、見回りというよりは戸締まり確認がメインかな」

「エヴァンズさんとは会いませんでしたか？　彼もスマホを取りに、上のフロアに向かったそうですが」

「会わなかったね。彼は三年生の授業しか担当していないから、当然三年の教室に向かったはずだ。三年の教室は二階にある。私は、まず四階に向かって、上から順番に見回りをしていったんだ――会わないことに説明はつくだろう？」

「わかりました。続けて」

「三階の教室を見回っているとき、大声が廊下の奥から聞こえてきた。エヴァンズ先生の声だとなんとなくわかったよ。でも、電話でもしてるんだろうと思ったから、別に駆けつけようとも思わず、見回りを続けた。ところが、三階のチェックを終えて階段のほうへ歩いていくと、今度は水庭先生の声が聞こえてきた。だいぶ切迫した様子なんで、急ぎ足で階段を下りて駆けつけたんだ」

古瀬は、腕組みをして大きく鼻息を吐いた。

「そうしたらエヴァンズ先生が血塗（まみ）れで倒れていて、水庭先生が彼に呼びかけていた。彼女が救急車を呼んでいないというので、私がその場で電話をかけたんだ。……その電話の最中だったよ。水庭先生が『誰にやられたんですか』と尋ねて、不破先生の名を答えたのは」

「たしかに、『不破美緒』と言ったんですか？」

「たしかだよ。かなり苦しそうで、途切れ途切れだったけど」

「水庭さんによれば、エヴァンズさんは『ふ、わ、み』と言って意識を失ったそうですが」

島崎の指摘に、古瀬は顔をしかめた。

「ああ、言われてみればそうだったかな。だが同じことだろう。『ふわ』なんて名前の人間、この学校には彼女しかいない」

「ですが通常、彼女は『江国先生』と呼ばれていますよね。エヴァンズさんが、江国さんの戸籍上の名字が『不破』だと知っていたとは……」

「エヴァンズ先生は知っていたはずだよ。それも今日、知ったばかりだ」

古瀬の口調は確信に満ちていた。日野原が「おやおや」と呟いた。

「どういうことですかい」

「そう言えるのは、学年だよりのおかげなんです」

「学年だよりぃ？」

「うちの学年では毎月、最終週に発行していてね。今日それが刷り上がったんだ。今号は三年生を担当している教員のメッセージを掲載していて、エヴァンズ先生もそこに寄稿してくれた。だから、彼に一部渡したんですよ」

古瀬はぽりぽりと無精髭(ぶしょうひげ)を掻いた。どこか後ろめたそうな表情が浮かぶ。

「……その学年だよりでは、彼女のことを『江国』ではなく『不破美緒』先生だと紹介していたんでね」

「その学年だよりを書いたのは、あなたですか」

島崎に問われて、古瀬はしぶしぶといった様子で頷く。

「あなたは江国さんを、そのプリントにおいては『不破美緒』だと紹介した。エヴァンズさんはそれを読んだ。つまり、彼は『江国先生』＝『不破美緒』だと知っていたはずだ——そういうことですね」

「そう、そう。『三年生副主任』として、ちゃんと紹介していたからね。同一人物だとわかったはずでしょ。ファーストネームは書いてあるし、読み仮名も振ってあった」

「少なくとも、エヴァンズさんは江国さんの名が『不破美緒』だと知りえたわけですね」

島崎の慎重な言い方に苛立ったように、古瀬は硬そうな髪を掻いた。

「細かいな、刑事さんは。もういいですか？」

「もう少々。……エヴァンズさんとトラブルを抱えていた、または彼を恨んでいるような人物に心当たりは？」

「意味のない質問だよ。不破先生が犯人って言ってるでしょ」

「質問にお答えください」

「……そういう人物に、心当たりはない」

「あなたは今日の昼間、江国さんと口論していたそうですね」

古瀬は、喉の奥をぐうと鳴らした。

「水庭先生が話したな。ったく、あの人……」

「口論したんですね」

「口論は言い過ぎだ。ただの言い合いですよ」

なにが違うんだ、と怜は心の中でつっこんだ。

「『言い合い』の原因は？」

「わかるでしょ。学年だよりのことだよ。彼女、私に抗議してきたんだ。『旧姓で書いてくれないと困ります』って」

「あなたはなぜ、彼女の希望どおり旧姓で書かなかったんですか？」

「最初に話しただろう……何度も言わせないでもらいたいな。いつまでも旧姓を使用するわけにはいかない！　そういうことだ」

「それを決めるのはあなたですか？」

　古瀬は島崎の問いには答えず、腕を組んで目を閉じた。

「まあ、その問題は措いておきましょう。江国さんとの口論……失礼、言い合いの際、職員室にエヴァンズさんはいましたか」

「いませんでしたよ！　給食の時間中だったんでね。彼、生徒とコミュニケーションを取るために、いつも給食は各クラスを訪問して食べていたから。……つまり、私と江国先生の話し合いは、事件と無関係だ。もう勘弁してくれ」

「わかりました、質問は以上です。お時間をいただきありがとうございました」

　黙って扉まで向かった体育教師に、島崎は「ああ」と声をかけた。

「本人が職場で旧姓の使用を望んでいるのにそれを拒否することは、人格権の侵害だとして訴訟に至ったケースもありますよ。お気をつけて」

訴訟という言葉にひるんだためか、体育教師は勢いよく背筋を伸ばした。

「べ、別にっ……、普段はちゃんと呼んでますよ、『江国先生』って！　ただ、書面では正式に書こうとしただけだ！　じゃ、じゃあ、失礼しましたっ」

古瀬は逃げるように退室した。

6

「話を聞くだけで不愉快な男ですね、古瀬って教師は」

不破が憤然として声を張り上げた。

「美緒はあまり職場での愚痴をこぼすタイプじゃないんですが、もっと相談してくれたらよかったのに。そりゃ明確なハラスメントですよ」

怜は不破に同情しつつも、つらい事実を告げねばならなかった。

「とにかく古瀬さんの証言ではっきりしたのは、エヴァンズさんが君の奥さんの旧姓を知っていた、ということだ」

「『知っていた可能性がある』ってことでしょ。だいいち、学年だよりなんてもん、僕は真面目に目を通したことありませんね。エヴァンズさんも渡されたからって、どうせ読んじゃいませんよ」

彼は相当おかんむりのようだ。

光弥が黙って、空になった怜と不破のマグカップを持ち上げた。

「コーヒーにしますか？」

彼の問いに、刑事ふたりは頷いた。怜は、ふと気になって光弥に尋ねる。

「どうだ、光弥くん。ここまでの話を聞いて、なにか思いついたことはあるか？」

「……そうですね。セイについて考えていました」

「せい？」

「ああ、同音異義語が多いので紛らわしいですね。ファミリーネームのことです」

彼はポットからコーヒーを注ぎながら、ゆっくりと言った。

「この事件の鍵は、やはり姓にあるように思います。……ともあれ、まだお話の途中ですから、少々情報が足りない気がします。先を続けていただけますか」

光弥がコーヒーと一緒に、クッキーをお盆に載せて運んできてくれた。

怜は、それをありがたく頂戴（ちょうだい）しながら話を再開した。

「さっき不破くんは、奥さんの今の姓をエヴァンズさんが『知っていた可能性がある』と言ったな。ところが……、その後の事情聴取で、エヴァンズさんは実際にそれを知っていたということが確実になってしまったんだ」

＊＊＊

古瀬の次に呼び出した越地良生からは、たいした話は聞けなかった。

「僕は、ずっと理科室にいたんです……校舎の二階の……」

理科教師は、向かい側に座る刑事たちと目を合わせず、ぼそぼそと話した。

「二階ならば、エヴァンズさんが転落した現場と同じフロアですね。彼が誰かと口論していたのを聞いていませんか？」

島崎の質問に、越地は視線を上げずに答える。

「なにも聞いていませんね、はい。理科室は校舎の東の端にあるので……同じ二階でも、例の事件現場とは正反対の場所です」

「わかりました。では、理科室でなにをしていたのか教えてください」

「……細かい仕事ですよ。小テストの採点やら、来月ある中間テストの作成やら」

「職員室ではなく、理科室で？」

「……正確に言えば、理科準備室の事務机です。職員室は、ひっきりなしに電話が鳴るし、先生がたがお喋りしているし、うるさくて集中できないんですよ」

「普段から、理科準備室にこもっていらっしゃることが多いんですか？」

「ええ、はい。……いけませんか」

このとき、日野原が口を挟んだ。

「ちょいとまずいんじゃないですかねえ。あんたの役職は『教務』だそうで。電話対応やら他の先生との相談やら、職員室におらんとできんこともあるでしょう」

「……電話は内線で転送してくれるんでね。必要な事項は、職員会議のときにやりとりすれば十分だ。とにかく、他の人間の視線がある中で作業するのなんて、僕は嫌いです」

「それでは、いつ事件のことにお気づきになりましたか」

島崎が鋭く訊いた。

「離れた場所にいて口論の声が聞こえなかったとおっしゃるなら、事件発生後の騒ぎも聞こえなかったはずですが」

「……トイレに行こうと思って部屋を出て、廊下を進んだときに、声が聞こえたんですよ。古瀬先生と水庭先生が叫んでいたんです。それであの階段まで行ってみたら、血塗れのエヴァンズ先生が倒れていました」

そこからの話は、水庭から聞いたとおりだった。越地が駆けつけたときすでにエヴァンズの意識はなく、古瀬がＡＥＤを取りに向かった――という流れだ。

「なるほど。事件当時の状況はわかりました」

島崎は、ひと呼吸置いてから話題を変えた。

「それでは、次に伺いたいのは、エヴァンズさんの周囲の人間関係についてです」

「……知りませんね。彼とはほとんど話していないから。言ったでしょう、職員室にはあまりいないって」

「それでも、職員会議のときにはいますよね」

「僕はね。逆にALTの先生は会議に出ないんですよ。年度初めの顔合わせにも、エヴァンズ先生は都合がつかなくていらっしゃいませんでした。つまり、互いに自己紹介もしていないわけです、はい」

「では、エヴァンズさんに恨みを持つ人物に心当たりはない？」

「あるはずもありませんね、はい。もうよろしいですか」

寡黙な理科教師から聞き出せた事実は、これだけだった。


次に校長室に呼ばれたのは、英語教師の氏家知世だった。

もっともエヴァンズと親しかったという証言もあったため、刑事たちは大いに期待して彼女と向き合った。

「事件が起きるまでの、今夜のあなたの行動をお聞かせください」

島崎が口火を切ると、氏家は真剣な表情で頷いた。

「職員室で残業していました。三年生を持っていると、いろいろと仕事が多いものですから。今日も、修学旅行のために旅行会社のかたとオンラインでミーティングしたりして。事件が起きたときは、明日の授業で映すスライドを作っていました」

英語教師だからか、心なしかカタカナ語の発音がいい。

「そのとき、職員室にはおひとりでしたよね」

「まあ、そうですね。エヴァンズ先生が学校に戻ってくる少し前に、古瀬先生が職員室を出られて……事件当時は、水庭先生もトイレに立ってらしたから。ええ、ひとりきりでした」

「エヴァンズさんと誰かの口論を聞きましたか？」

「誰かの声がうっすら聞こえたような気はしますけど……。さほど響いてこなかったので、気にせずデスクワークを続けました。ああ、でも、階段のほうから大きな物音は聞こえました。彼が転落した音だったんでしょう。でも、どうしたんだろうと思いつつ、見には行きませんでした。まさかあんな大ごとになっているとは思いもよらなくて」

「では、いつ事件のことを知りましたか」

「古瀬先生がAEDを取るために、職員室に駆けこまれたときに聞きました。すごく血が出ていると言うので、私は給湯スペースでバケツに水を汲んで、布巾と一緒に階段まで持っていきました。救急隊が来るまで、エヴァンズ先生の身体についた血を拭いたりしていたんですけど……余計なことだったでしょうか」

「いいえ。殺人と断定できなかったその状況では仕方ありません」

「じゃあ、これって殺人事件、なんですか」

氏家は怯えるように声を震わせた。

「激昂して突き落としてしまったのなら、傷害致死になるとは思いますが。いずれにせよ、エヴァンズさんを突き落とし、今もそのことを黙っている誰かは確実にいます」

「……ひどい」

「そのような――エヴァンズさんと口論になるような相手に、心当たりはありませんか？他の先生がたの話では、彼ともっとも親しくしていらしたのはあなただそうですが」

「心当たりは、ありません」

氏家は、熱を測るように手の甲を額に当てた。

「たしかに、彼といちばんよく話したのは私だと思います。でも、せいぜい三週間の付き合いですから。彼のパーソナルな部分を詳しく知っていたわけではありません」

「詳しくなくても構いません。大づかみに、彼の性格や生徒との接しかたなど教えていただけますか」

「チャーミングで、人当たりのいい先生でしたよ。漢字の読み書きは少し苦手でしたけど、日本語のスピーキングはお上手でしたね。たしか、もう日本には五年いるとおっしゃっていました。休み時間や給食のときには、生徒たちとフレンドリーに話していました」

「では、生徒から好かれていた？」

「ええ。……あ、でも、先週の英語の授業のときは、エヴァンズ先生、生徒を叱っていました。私が担任している学級の授業でしたけど」

「詳しくお聞かせください」

氏家は、ややためらってから話しだした。

「まず、私がある男子の私語を注意したんです。普段から、授業態度のよくない子で。そしたらその男子、とても品の悪い英単語を私に向かって言ったんです」

彼女は、映画女優のように肩をすくめてみせた。

「それでエヴァンズさんが怒ったんですね」

「すごく怒りました。『そんな言葉、絶対に言うな！』って。そう、彼はとても正義感の強い人でした。誰にでも真剣にぶつかるし、悪いことにははっきりと怒る人。……その男子もびっくりして涙目になっていましたけど、エヴァンズ先生は授業のあと、その子に優しく話しかけていて……。こうして振り返ると、本当にいい先生でしたね」

怜は、手帳のページを無意味にペン先で叩いた。

（そんな人物なら、恐喝なんかに関わりそうもないな……）

そのとき、居合い抜きのような鋭さで、島崎が質問を放った。

「では、江国さんとエヴァンズさんのご関係はいかがでしたか？」

「え？　江国先生ですか」

虚をつかれたように、氏家は目をしばたたいた。

「たしか、二週間前くらいの昼休みに、おふたりが職員室にいらっしゃったので、私がお互いに紹介してあげたんです。そのときが初対面のはず。江国先生のことは『三年生をサポートしてくださっているミズ・エクニ』というふうに紹介したかな。それ以来、おふたりは職員室で、ときどき世間話などしていましたね。まあ、席も近いですから」

「では、今夜学校にいらっしゃる先生の中では、あなたの次に彼と親しかったと言ってもいい？」

「まあ……、そうかもしれません。古瀬先生も水庭先生も、とくに彼と話していた印象はありません。越地先生に至っては、あまり職員室にいらっしゃらないので、そもそもエヴァンズ先生と同じ空間にいたこと自体が少ないかと」

まったく動機らしきものは浮上しない。

刑事たちの質問が手詰まりになった、そのとき――。

「あ、江国先生といえば」

氏家が、ぽつりと呟いた。すかさず島崎が「なにか？」と切りこむ。

「たいしたことではないんですけど。今日の昼過ぎ……五時間目のときかな。私とエヴァンズ先生は一緒に職員室にいました。五時間目はお互い、空き時間だったので。そのとき、彼が学年だよりを読んでいたんです」

(学年だより！)

重要なアイテムが登場して、怜は思わずペンを強く握った。

「エヴァンズ先生、わりとよくひとりごとめいたことを言う人でして。そのときも、自分の書いたメッセージが載っている学年だよりを嬉しそうに読んでいましたよ。『古瀬先生……氏家先生……』って、学年だよりに寄稿した先生の名前を指さしながら」

「では、江国先生が『不破美緒』の名で紹介されているのも目にした？」

「ええ。エヴァンズ先生は『フワ・ミオ。ミオ先生……？』って首を捻ってから、自分で頷いて『ああ』と納得したような表情になりました。だから私、『結婚してファミリーネームが変わったみたいね。昔の名前を使っているみたい』って教えてあげました。まあ、そんなに面白い話でもないので、彼は『アー、ハー』みたいな相槌を打って終わりましたけど」

「そのとき、周囲には誰がいましたか」

「三年生担当のブロックには、先生はいませんでしたね。でも、もしかしたら他のブロックにいた先生が聞いていたかも……。なにか大事なことなんですか」

「ええ。ありがとうございます」

怜は掌に嫌な汗をかきながら、今聞いたばかりの事実を手帳に書きつけた。

（エヴァンズさんは、美緒さんの現在の姓を知っていたんだ……！）

7

「――というわけだ。エヴァンズさんは『江国先生＝不破美緒』だと知っていたことが、氏家さんからの聴取で立証されたことになる。のちの事情聴取で、事件当夜は学校にいなかった先生が、氏家さんの話を裏付けてくれたよ」

怜が話を締めくくると、不破は打ちのめされた様子で項垂れた。光弥は静かにコーヒーを啜っていた。

「こうなっては、警察としては美緒さんをマークするのも仕方ないだろう」

この怜の発言に、不破が勢いよく顔を上げた。

「待ってください。美緒自身への事情聴取では、どんな事実が明らかになったんですか？　事件の夜と今日の午後、二度もしたんでしょう。問い詰めるのも忍びなかったので、彼女からはあまり詳しく聞いていないんです」

「おれも同席していないけど……。島崎さんから聞いた話をまとめると、美緒さん自身の証言はこうだ」

怜は眉間に皺を寄せて、手帳のページを繰る。

「まず、アリバイはない。美緒さんは当夜、家庭科室にひとりでいた。授業で見本にするためのエプロンをミシンで作っていたそうだ。ちなみに家庭科室は、三階――事件現場となった二階の階段を上がってすぐのところだ」

「そこは、古瀬って教師が下りてきた階段ですよね？　もしも美緒がエヴァンズさんを突き落としたなら、家庭科室に逃げ帰るときに、古瀬と鉢合わせになりますよ」

「鋭いな、不破くん。だが事件現場のすぐ近くに、生徒用の女子更衣室があってね。施錠はされていなかったから、彼女はそこに身を潜めることもできた。そして古瀬さんをやり過ごした後で、タイミングを見計らって出ていくこともできた」

「しかし！」

「……先生たちが現場に駆けつけた中で、美緒さんは最後に姿を見せた。救急車がやってくる直前に。事件の前後はミシンを使って作業していたから、気づくのが遅れたと言っている」

「彼女が言っているなら、そうなんでしょう。動機はあるんですか？」

怜は返答に詰まった。そう、動機こそが問題点だった。

「なにひとつ、動機は見つかっていないよ。しかし、それは当夜学校にいた他の先生たちに関しても同じことだ。明らかに計画的な犯行ではないから、その場で『なにかしらのトラブル』が発生したのだろう、としか言えない」

「他の先生も同じ、ですか。それはアリバイについてもそうですよね。越地って男は理科室にひとりでいた。氏家という先生も、事件が起きたときは職員室にひとりきり。古瀬はエヴァンズさんを突き落とした後、三階に忍び足で上がって、それから何食わぬ顔で階段を駆け下りてきたかもしれない」

「まあ……、そうだな。第一発見者の水庭さん以外、全員可能性はある」

不破はこれにも噛みついた。

「その水庭さんだって例外じゃありませんよ！　エヴァンズさんと口論になって突き落とした後、我に返って彼に駆け寄ったところを古瀬に見つかったかもしれない。その後は第一発見者のふりをしたというわけです」

「可能性はあるが……」

「つまり、事件当時学校にいた教師五人は、全員同じ条件でしょう！　美緒だけを疑う理由は、エヴァンズさんが最後に言った言葉――いわゆるダイイング・メッセージだけだということですね」

「……そうなる」

「ねえ、連城さん。そんなものに証拠能力はありませんよ。もしかしたら、古瀬と水庭さんが共謀(きょうぼう)して、嘘の証言をしているかもしれないじゃないですか」

「残念ながら、その線は消えた」

怜は気重に思いながら説明した。

「救急指令センターに問い合わせたら、古瀬さんが通報したときの音声が録音されていてね。古瀬さんが容態を説明する声の後ろで、水庭さんがエヴァンズさんに呼びかけているのも聞こえた。――『いったい誰がこんなことを』ってセリフが。それに対するエヴァンズさんの答えも、小さな音だがしっかりと録音されていた」

「たしかに『ふ、わ、み』と言っていたんですか？」

不破の顔は信じられない、と語っていた。怜は重々しく頷いた。

「この耳で、たしかに聴いた。科捜研でノイズを取ったりいろいじってもらったりしたら、かなり鮮明な音になったよ」

不破はしばし考えこんでから、はっと顔を上げた。

「そうだ！　このダイイング・メッセージは、他の解釈もできるんじゃないですか」

「というと？」

光弥が促すと、不破は人差し指を立てて、興奮気味に解説する。

「被害者は、まさに絶命寸前でした。途切れ途切れの言葉は『ふわみ』に聞こえた。しかし、本当は別の言葉を言おうとしていたんです。それを聞き違えてしまった」

「どんな言葉だ」

「えー、たとえば……音名の『ファ』、『ミ』にも聞こえますよね。だからそう、音楽教師が犯人とか」

「音楽の先生は容疑者の中にはいないぞ」

「だ、だからたとえばですよ。他にも可能性はあります。そう、古瀬の名前も『ふ』で始まりますね」

「『ふるせ』と『ふわみ』を聞き間違えるわけはないだろう。母音が違いすぎる」

「母音——母音と言えば『水庭（MIZUNIWA）』という名前には、『ふわみ（FUWAMI）』の母音がすべて入っていますね。途切れ途切れに『水庭、水庭』と繰り返したときに、『ず』『わ』『み』の音だけが拾われたんじゃないですか」

「しっかりしろよ。『誰にやられたんですか』って訊いたのは水庭さん自身なんだぞ。犯人がそんなふざけた質問をしてきたら『おまえだ』とでも答えるだろう」

「意識が混濁していて、質問者が水庭さん自身だと気づかなかったんですよ」

「苦しいな」

不破は助けを求めるように、光弥のほうを振り向いた。

「三上くん！　なにか考えはありませんか？　ダイイング・メッセージの解釈について」

「そうですね……。常識的に考えれば、『不破美緒』と言おうとしたと考えるのがもっとも妥当でしょう」

「そんな！　他の解釈はなにかありませんか」

涙目になる不破を見て、光弥は困ったような顔になる。

「まあ、無理やり他の解釈を探せば……、なにかしらの英単語のように聞こえるかもしれませんね。エヴァンズさんはアメリカ人ですから」

不破が、ぱんと手を叩く。

「そうだ！　それですよ。ふわ、ふー、わ……『Who』か！　彼は『Who are me?』――つまり『私は誰？』と言いたかったんです。頭部を負傷して記憶障害になっていたんですよ」

「あのな、不破くん。『私は誰？』なら『Who am I?』だろう。文法がめちゃくちゃだ」

「文法も忘れてしまったんです」

話にならない。つっこむことをやめて、怜は無言で首を振った。

「ふー、わー、ふわ、みぃ……」

めげずに英単語を探していた不破は、唐突にテーブルを叩いて立ち上がった。

「わかった！　とうとうわかりました。エヴァンズさんが遺した言葉の本当の意味が」

「……一応、聞こうか」

「『ふわみ』は、『ファミリー』と言いかけて途切れたものなんです」

怜は少し考えてから、頷きを返した。

「音としては無理がないな。だが、そんな言葉、意味をなさないだろう」

「ところが、意味をなすんです。氏家知世さんが犯人だとしたらね」

「まさか、氏家の『家』を指していると言うんじゃないだろうな。それなら『ホーム』か『ハウス』だろう」

ちっちっち、と不破は指を振った。

「三上くんが先ほど言いましたね？　この事件を解く鍵は『姓』にあると。まさにそうだったんです」

「あっ……まさか」

先ほどから何度か話に出た、ある外来語が思い浮かぶ。

「そう。エヴァンズさんは『ファミリーネーム』と言おうとしたんです。日本語では『姓』とも『氏』ともいいますね」

不破は瞳をきらめかせて、怜のほうへ身を乗り出す。

「ね、この推理なら破綻はないでしょう？」

「う、うーん……否定はしにくいな」

「三上くんはどう思います？」

「違うと思いますよ」

即座に否定されて、不破はぽかんと口を開けた。

「えっ、そんな……どうして？」

「たしかに『ふわみ』は『ファミリー』に聞こえなくもありません。ですが、氏家さんはエヴァンズさんと校内でもっとも親しかった人物でしょう。普段から『氏家先生』か『ミズ・ウジイエ』と呼んでいたはずです。普段どおりに名前を呼べばいい」

「ふ、普段どおりに名前を……ですか。あっ、そうだ、今気づいたっ」

不破は腕を振り回して必死に語る。

「エヴァンズさんはアメリカ人なんでしょう。それなら、ファーストネームからファミリーネーム、という順番で名前を言うはずです。『フミヒロ・フワ』とか『レイ・レンジョウ』みたいにね。つまり、本当に美緒が犯人なら『ミオ・フワ』と言ったはずだっ」

「それはないいな」

怜は痛ましく思いながらも反論する。

「エヴァンズさんは、日本では姓・名の順番で名乗ることは知っていた。五年も日本にいれば当然だが。じつは島崎さんが同じ疑問を抱いて、氏家さんに確かめたんだ。そうしたら『エヴァンズ先生は、日本人のフルネームは姓・名の順番で呼んでいた』と言っていたよ。郷に入っては郷に従えという主義で、英語の授業中ですらそうしていたとさ」

ぐうの音も出なくなって、不破は椅子に腰を下ろした。

「そんな……じゃあ三上くんは、僕の妻が犯人だと言うんですか？」

「そうは言っていませんよ」

この言葉にはっとしたのは、不破だけではなかった。怜も驚いて、光弥の顔を見返す。

「エヴァンズさんのダイイング・メッセージをシンプルに解釈すると——彼が犯人として指摘したかったのは、美緒さんではない別の人だと思われます」

「なんだって？」

怜はつい大声を上げてしまった。不破が、ほとんど抱き着かんばかりの勢いで光弥に詰め寄った。

「お、教えてください三上くん！　いったい誰が真犯人なんですかっ」

「いえ、ちょっと待ってください」

光弥は身を引きながら、困ったように答える。

「僕は、ダイイング・メッセージを『こういう意味だったのではないか』と解釈しただけです。他にはなにひとつ、その人物が犯人であることを示す証拠を見つけていません。それなのに、犯人を指摘するのは気が引けます」

「大丈夫です。僕も今さんざん、それをやりましたからね」

「威張るな、不破くん」

怜は若き刑事をぴしゃりと叱ってから、光弥に向き直る。

「なあ、光弥くん。よければ君の推理、聞かせてくれないか」

「ですが――」

「ダイイング・メッセージだけを根拠に、君が指摘した人物を追い詰めるような真似はしないさ。だが、君の推理だと美緒さんは無実なんだろう」

「ええ――少なくとも、ダイイング・メッセージは彼女を指していません」

「なら、やはり聞かないわけにはいかない。捜査本部は、このメッセージを重く見て、美緒さんに的を絞っている。逆に言えば、メッセージに違う意味があると捜査員たちを説得できれば、捜査は正しい方向に舵を切れる。美緒さんの人権は守られるんだ」

根負けしたように、光弥は頷いた。

「わかりました。ですがその前に、一点だけ確認を。学年だよりについて」

彼は、すっと目を細めて尋ねる。

「三年生担当教員のメッセージということですが、どんな内容が書かれていたのか。そして、寄稿していた人は誰なのか」

「内容って言っても……。誰のメッセージも他愛ないものだよ。『一年間よろしくお願いします』とか『受験学年なので頑張っていきましょう』とかね。寄稿していたのは……学年主任の古瀬さんと、副主任の美緒さん、ALTのエヴァンズさん、そして三年一組から四組の担任だ。氏家さんは一組の担任だよ。ちなみに、水庭さんと越地さんは三年生だけの担当じゃないから寄稿していない」

「ああ……僕の思ったとおりでした」

光弥は、艶っぽい唇に、緩やかな笑みを浮かべた。

「ありがとうございます。これで、確認ができました。……それでは、『ふわみ』というダイイング・メッセージが、誰を指し示しているのかをお話しします」

8

時刻は十一時になろうとしていた。怜はあと三十分で家を出なくてはならない。

「大丈夫、怜さん。僕の話はすぐに終わります」

時計に向いた怜の視線を察知したらしく、光弥がきびきびと口を開いた。

「繰り返しの念押しですが、僕がするのは、メッセージの解釈を提示することだけです。本当にその人が犯人かどうかはわかりません」

「ガッテン承知ですよ。さあ、ご説明を」

身を乗り出す不破に、光弥はちらりと頷いた。

「まず、エヴァンズさんが言い残した『ふわみ』という言葉について――最初に確認しておきたいのは、この言葉は江国美緒さんを指してはいないという事実です」

「事実、とまで言い切れるのか」

いきなり断定されて、怜は困惑した。

「エヴァンズさんが美緒さんの戸籍上の名前を知っていたことは確実だ。『不破美緒』という名前を読み、口に出しさえしたんだぞ」

「知っていたとして――だからどうなのだ、と僕なら思いますね」

光弥の意味ありげな言葉に、怜の困惑は深まった。

「少しだけ、回り道をさせてください。僕の昔の話をします」

光弥は、長い睫毛をすっと伏せて語りだす。

「僕の両親は、僕が中学生のときに離婚しました。怜さんはご存じですよね。……母に引き取られた僕の名字は、そのとき『空谷』から『三上』に変わりました」

「ああ。覚えてるよ」

「友達のほとんどは、以前から僕のことを名字で呼んでいました。だから姓が変わった後も、多くの子は僕のことを『空谷』と呼び続けていたんです。いちばん仲の良かったやつだけは、今も昔もずっと僕を『光弥』って呼んでくれてるんですけど――ああ、脱線しましたね」

光弥はゆるゆると首を振った。

「とにかく、姓が変わってからしばらくの間はそうでした。……僕が『三上』と呼ばれるようになったのは、改姓の数か月後でした。でも、それだけ経ってもまだ、『三上』と呼ばれるたびに戸惑っていました。だって、それまでの人生、僕は一秒だって『三上』じゃなかったんですから。三上って誰、と心の中ではずっともやもやしていました。今ではもう、すっかり慣れましたけど」

「……ええと。それが、なにかこの事件と関係が？」

不破がそろりと尋ねた。

「僕が言いたいのは、たとえエヴァンズさんが美緒さんの戸籍上の名前を知ったとしても、彼女を呼ぶときに『不破美緒』と呼ぶ道理はないということです。なぜなら、彼女は職場ではずっと『江国先生』だったのですから」

「あっ……たしかに」

不破は上ずったような声を上げた。

「美緒は職場では『江国』で通していたんですから、瀕死のエヴァンズさんが『不破美緒』と呼ぶ必要性はないですよね。江国美緒、と言うはずだ」

「ええ。そのほうが通りもよかったはずです。氏家さんも美緒さんを『ミズ・エクニ』と紹介したんでしょう？　戸籍上の『正しい姓』なんて、エヴァンズさんからしたら知ったことではありません。むしろ『江国美緒』のほうが正確な言いかたです」

光弥の口調にはやや感情がこもりすぎている気がしたが、理屈自体は怜も納得できた。

エヴァンズが『不破』という名前を知っていたからといって、そう呼ぶ理由はないのだ。

「以上の理由から、エヴァンズさんは美緒さんを犯人として指摘する気はなかったのだと結論しました」

「となると、いよいよ、『ふわみ』の本当の意味が大事になってきますね！」

不破が興奮気味に拳を握りしめた。

「教えてください三上くん！　いったい、彼はなんと言い残したかったんですか」

「『ふわみ』まで言ったのなら——彼は『不破美緒』と言いたかったのでしょう。それが、もっとも妥当な解釈です」

怜と不破は顔を見合わせた。

「光弥くん、君は……なにを言おうとしているんだ」

「ですから、エヴァンズさんは『不破美緒』と言おうとした、ということです」

「いや、君がいま言ったばかりじゃないか。美緒さんが犯人なら、エヴァンズさんは『江国美緒』と言ったはずだって」

「そのとおりです」

「なら、メッセージが『不破美緒』だったというのはおかしくないか？」

「たしかに、おかしいですね。本当にエヴァンズさんが、『江国先生＝不破美緒』だと知っていたのなら」

「知っていたさ。さっき、氏家さんが事情聴取で話した内容を教えただろう？　他の教員の裏付けもあるから、彼女の嘘とは考えられないし」

「その氏家さんの証言、繰り返していただけますか——五時間目のときにエヴァンズさんと交わした会話の内容です」

「あ、ああ……」

怜は手帳のページをめくって、そのくだりを読み上げる。

「えーと、エヴァンズさんは学年だよりを読んでいた。先生たちの名前を指でなぞって読み上げながら。そして『フワ・ミオ。ミオ先生……？』と訝しげな声を上げてから、納得したように『ああ』と頷いた。で、氏家さんがこう言った。『結婚してファミリーネームが変わったみたいね。昔の名前を使っているみたい』」

「ありがとうございます。今の氏家さんの証言には、重要な点がふたつあります。まずひとつ、今の話の中に『江国先生』という言葉は一度も登場していません。もうひとつ、エヴァンズさんは氏家さんの説明を聞く前に、『ああ』と納得しているんです」

「つ、つまり？」

「つまり――エヴァンズさんは、職員室で顔を見かける別の人物を『不破美緒』だと誤解した可能性があるということです」

あっ、と不破の口から声が漏れた。

「そ、そうか……。見慣れない名前を見つけて、『不破って誰だろう？』という疑問を抱いて、すぐに『あの人か』と思い当たったから『ああ』と納得したってことですね」

「そうです。『結婚してから姓が変わったみたいね』という補足情報を聞いてもエヴァンズさんのリアクションが薄かったのは当然です。よく知らない先生のそんな情報を聞かされても、とくに言うこともないでしょうから」

「いや、ちょっと無理がないか？」

怜は口を挟まずにはいられなかった。

『『美緒』という名前も載っているんだから、『江国先生と同じ名前だ』と気づくんじゃないか？」

「でも、エヴァンズさんは音野中学校に赴任してきてまだ三週間ですよ。授業でバディを組んでいた氏家さんならいざ知らず、職員室で世間話をする程度の相手のファーストネームまで覚えているでしょうか？　普段の学校生活では、先生のファーストネームが呼ばれる機会は少ないです」

「うん……『ミズ・エクニ』の下の名前が『美緒』だと知らなかったのはいい。だけど、それなら三年生の学年だよりに彼女の名前がないのを不審に思ったろう」

「氏家さんはエヴァンズさんに、副主任である美緒さんを『三年生をサポートしてくれている』人だと説明していたんですよね。その説明を聞いて、メインで関わっていないのだと彼は認識したかもしれない。学年だよりに名前がなくても不審には思いません」

「……そこまでは納得した。しかし、ろくに情報がない中でどうしてエヴァンズさんは『不破美緒』が別の誰かの名前だと思い込んだんだろう？」

「それが三年生の学年だよりだったからですよ。三年生担当教員のブロックに机を持っていて、名前を知らない、ろくに話したこともない先生がいたら――その人を『不破美緒』だと思うはずです。では、エヴァンズさんが『不破美緒』だと誤認しうる人間の条件を挙げてみましょう」

光弥は指をひとつずつ折りながら告げた。

「一——三年生担当教員のブロックに机がある人物。

二——例の「学年だより」に名前が載っていない人物。

三——エヴァンズ先生とあまり親しくない人物」

「女性であること、は入らないんですか？」

不破の問いに、光弥はかぶりを振った。

「いくら日本に五年住んでいても、大量にあるファーストネームのどれが男性名でどれが女性名かを識別するのは難しいはずです。そもそも『ミオ』という男性だっているでしょう」

「たしかにな……。『美緒』という字面を見ると、おれたちなら『女性っぽいな』と思うが、エヴァンズさんがその微妙なニュアンスを読み取ることは難しかっただろう」

「そのとおりです、怜さん。それでは、検討に入りましょう。事件当夜学校にいた先生の中で、誰が想像上の『不破美緒』たりえたか？」

怜は息を呑んで、光弥の唇を凝視する。

「まず、第一の条件から水庭さんは容疑者から外れます。三年生のブロックに机を持っていませんから。彼女を積極的に『不破美緒』だと誤解する理由はない」

「そうだな」

「次に、古瀬保も除外されます。彼は学年だよりに寄稿していました。エヴァンズ先生は現に、学年だよりを見ながら『古瀬先生』と彼の名を読み上げていますす」

怜も不破も、無言で頷く。

「最後に、氏家さんも犯人ではありません。まさか、一緒に英語の授業をしている相方の名前をエヴァンズさんが知らないわけはありません。彼女の名前も、たしかエヴァンズさんは読み上げていたんですよね」

「そうだ。……ということは、犯人は！」

光弥はおごそかに頷いた。

「ええ、三年生のブロックに机を持っていたものの、職員室にあまりいないためにエヴァンズさんとの交流の機会が少なかった人物――そして、とくに三年生の担当というわけではないため、学年だよりには寄稿していない人物」

不破が、怒りのこもった声でその名を叫んだ。

「理科教師の……越地良生！」

9

それからの二日間は、嵐のように過ぎ去った。

光弥が推理を披露した夜、さっそく怜は島崎にその推理を伝えた。第三者に情報を漏らしたと知れるとまずいので、自分自身の推理として話したのは、少々気が咎めたが。

ダイイング・メッセージの解釈は捜査本部でも共有され、越地良生も容疑が濃厚なひとりとしてマークされた。

翌日、音野中学校には令状をもとに家宅捜索が入った。職員室がひっくり返される中、島崎は越地良生のパソコンを熱心に調べていた。彼女はこう話した。

「現場の状況――エヴァンズさんを殺害する理由が誰にも見当たらないこと――そして、犯人が江国さんではなく越地さんである可能性が高いこと。これらを考え合わせて、エヴァンズさんとの口論のきっかけとしてひとつの仮説を思いついたんです」

その日の午後、とうとう島崎はパソコンの中からある手がかりを発見した。

「何重にもカモフラージュされたうえにロックがかかっていたので、怪しいと思ったんです。どうにかパスワードを解除したら、大当たりでした」

それは、島崎が立てた「仮説」に符合するデータ――パソコンに入っていただけで罪に問えるデータだった。

「これで、越地を逮捕できます。別件ですが」

その夜、任意同行を求められた越地は、音野警察署に出頭した。

データの件を問い詰めるとともに、エヴァンズに対する傷害致死の容疑も匂わせたところ、彼は意外にもあっさり陥落(かんらく)した。

越地良生は、パーカー・エヴァンズを突き落としたことを自白したのだ。

＊＊＊

事件発生から十日が経った、ゴールデンウィークのある日――。

連城家では、怜と光弥、そして不破夫妻の四人が食卓を囲んでいた。

「本当に三上くんにはなんとお礼を言っていいか……！　あ、もちろん連城さんにも」

湯気に眼鏡を曇らせながら、不破が何度も光弥に頭を下げた。

当の光弥は、テーブルの中央に置かれたきりたんぽの具合を見ることに余念がなく、生返事をした。

「本当に、あなたが事件を解決してくださったんですね」

美緒は不思議そうに、光弥をまじまじと見た。

「なんだかドラマの中の探偵さんみたい」

「そんなに感謝していただくほどではないです。ただダイイング・メッセージの解釈を提案しただけですから。実際に犯人を追い詰めたのは怜さんたち警察ですよ」

光弥は、単に事実を述べるような調子で言った。

「でも、あのときは圧倒されましたよ、三上くん。君の推理がなければ、捜査の方針も変わっていなかったでしょうし……あ、別に連城さんたちを責めてるわけじゃないですよ」

「はいはい。……実際、おれも光弥くんには感謝しているよ」

「連城さんも、ありがとうございます」

美緒に頭を下げられて、怜は戸惑った。

「いえ……、当初、我々はあなたを不当にマークしていたんですから、お礼なんて」

「それでも、感謝しないわけにはいきません。あのまま彼が捕まらなかったら、たぶんもっと多くの生徒が苦しんでいましたから」

「最低の野郎ですね、越地良生というのは」

不破は眼鏡を拭きながら、ぶつぶつと言った。

「盗撮の常習犯だったんでしょう。挙句、それがバレてエヴァンズさんを突き落とすなんて」

「ああ……島崎さんが睨んだとおりな。すでに報道されているとおり、余罪もぼろぼろ出てきたよ」

越地良生は以前から、教師という立場を利用して生徒の盗撮をおこなっていたことが明らかになった。現在出てきたもっとも古いデータは去年のものだが、さらに前から犯行を重ねていた可能性もある。

事件があった日も、彼は女子更衣室の見えない位置にデジタルカメラを仕掛けていた。多くの教員が帰り人気(ひとけ)がなくなった夜の校舎で、彼はカメラの回収を試みた。そして女子更衣室から出てきたところを、エヴァンズに見つかったのだ。そこはちょうど、例の階段の前だった。

更衣室の扉には女子トイレと同じピクトグラムが貼ってあったため、そこから男性教員が出てきたらおかしいとエヴァンズにもわかっただろう。まして、越地は周囲の様子を窺(うかが)いながら、カメラを持って出てきた。なにをしていたかは一目瞭然だったはずだ。

「エヴァンズさんは越地を問い詰めた。『なにをしているんだ』『カメラを渡せ』とね。越地は最初、言い訳をしてその場をやり過ごそうとしたが、エヴァンズさんは納得せずカメラに手を伸ばしてきた。それを取られまいと揉み合ううちに、越地は姿勢を低くして彼にぶつかっていき……その先には階段があったというわけだ」

怜が口を閉ざすと、鍋が立てる音だけが部屋に響いた。光弥は、無言できりたんぽをお椀（わん）に取り分けた。美緒がゆっくりと口を開く。

「残念でなりません。エヴァンズ先生は、生徒を守るために必死になって……それで、命を落としてしまったってことですね」

「美緒の言うとおり、本当にやりきれない。教育関係者による性犯罪が後を絶たないのは、以前から深刻な問題ですが……。そんなクズみたいな男に、まっとうな教育者が命を奪われてしまうなんてね」

「うん。氏家先生の証言では、エヴァンズ先生はとても正義感が強い人だったそうだ。彼は人生を終えるそのときまで、正義の人であり続けたということだ」

しんみりとした空気が漂い始めたとき、光弥がお椀をそれぞれの席に配った。

四人は、どことなく重々しい雰囲気のまま食事を始めた。

「……ちゃんと読み取れてよかったです」

それまで口を閉ざしていた光弥が、不意に言葉を漏らした。三人は彼のほうを向く。

「読み取るって、なんのことです。三上くん」

「もちろん、ダイイング・メッセージのことですよ。生きるか死ぬかという最後の瞬間に、ちゃんと犯人が裁きを受けるように告げた言葉ですから。届かないとしたら、それは悲しすぎます。だから……彼の言葉を受け取れて、本当によかった」

不破と美緒は無言で頷いて光弥を見やった。

彼らの表情は温かかったが、怜は胸の奥が切なくなるのを感じた。湯気の向こうに見える光弥の顔は、どこか寂しそうだった。

光弥とともに解決した事件でダイイング・メッセージが出てきたのは、過去には一度しかなかった。それを遺した被害者は、光弥の弟。そのメッセージを解読したのも光弥だった。あの事件が解決した今でも光弥が謎を解き続ける理由が、なんとなくわかった気がした。

怜は短く息を吐いてから、まだ熱いきりたんぽを口に運んだ。

第二章

死せるインフルエンサーの問題

1

今にも雨が降り出しそうな曇天(どんてん)にもかかわらず、寧路(ねいろ)芸術大学のキャンパスはそれなりの人出だった。正門から伸びたスロープを上る途中で、光弥は数組の学生とすれ違った。彼らを横目に見ながら、前を歩く良知蘭馬(らちらんま)についていく。

スロープを上り詰めた先の噴水広場では、学生たちがそこここにイーゼルを立てて写生をしていた。光弥たちは広場から奥へ伸びる並木道へ向かう。サックスやトロンボーンを構えた集団が練習しているそばを通り、まっすぐ進む。コンクリートの無骨な建物が立ち並ぶエリアに出ると、今度はTシャツ姿でダンスしている若者たちがいた。

「いつ来てもにぎやかだなあ。おれ、ここの雰囲気けっこう好き」

蘭馬が楽しそうに呟いて、慣れた様子で敷地の奥へと歩いていく。

「よく来るんだ」

光弥が声を投げると、友人はライトブラウンの髪をかき上げながら振り返る。

「律(りつ)と遊ぶとき、たまにな」

「ほんと、律と仲良しだね」

寧路芸術大学に通う今別府(いまべっぷ)律は、もともと光弥の友人だった。一時期同じアパートに住んでいた縁で知り合い、蘭馬にも紹介したのだ。それが今では、光弥抜きで会うほど気の置けない友人同士になっている。

「大丈夫だって光弥。やきもち焼かなくても、おれは光弥ともちゃんと親友だから」

「そんなんじゃないんだけど……。早く行こう」

六月初旬の、特別なことなどない水曜日。

今日は寧路芸大に入っているカフェで落ち合った後、三人で映画を見に行く予定だ。光弥と蘭馬が通う創桜大学はここから離れているから、予定を合わせることは難しい。今日は行楽日和とは言いがたい天気だが、たまたま三人とも午後の講義がなかったため、集まることになったのだ。

蘭馬が在学生さながらの慣れた足取りで、敷地の奥へと進んでいく。ほどなく森を背にした白い平屋が現れた。目的のカフェである。光弥が腕時計に目を落とすと、二時二十分過ぎ。そろそろ三限が終わる頃合いだ。

幸いカフェは空いていた。大手コーヒーチェーンの店舗であり、制服を着たスタッフがカウンターの中に立っている。光弥と蘭馬は、それぞれ飲み物を買ってから席に着いた。

蘭馬は、泡が積もったキャラメルマキアートに口をつけながら、スマホに目を落とす。

「映画は三時十五分からだっけ。まだ時間あるな」

そのとき、三限目終了を知らせるチャイムが鳴った。それからしばらく、カフェの出入りが激しくなる。光弥たちの待ち人も三分ほどで現れた。

律は小柄な体躯だがよく目立つ。ライトグレーに染めた髪を後ろでちょこんと束ねているのがなによりの目印だが、ファッションもいつも個性的だ。今日は肌寒いためか地味なジージャンを着ているが、内側のゴールデンイエローのパーカーは彼らしい。

「おまたせぇ、ミカくん、ラッチー」

「おー、律。今日もイカす服だな」

「へへ、ありがと。ラッチーもそれ、新しいピアスでしょ。かっこいいじゃん」

律はそれから、くりっとした目を光弥に向けて、

「ミカくんは相変わらず、シックな服装だねぇ」

「それ、褒めてるの？」

「もちろんだよ」

ファッションにこだわりのない光弥は、白いシャツに黒い上着、下はジーンズという格好をしている。なにも考えずに服を選ぶと、すぐ白と黒になってしまうのだ。

「三十分くらいはここでのんびりできるよね。オレも飲み物買ってくる」

律はひらりと手を振って、カウンターへと向かった。

彼と入れ違いに、光弥たちのテーブルのほうにひと組の男女が近づいてくる。なんとなく目を引くふたりで、店内にいる学生たちはちらちらと彼らに目をやっていた。ふたりとも背が高いうえに、わかりやすい美形だ。

先を歩く女性のほうは、やけに早足である。一歩ごとにブーツの底が音を立て、ウェーブのかかったミディアムボブが揺れる。ナチュラルメイクをした顔は整っているが、その

表情は険しかった。

　後を追う男性は百八十センチを超えていそうな長身で、栗色に染めた髪の間から見える目は、やや気だるげな二重瞼。革ジャンもジーンズもありきたりだが、スタイルがよく着こなしは見事だ。彼は彫りの深い顔に困惑したような表情を浮かべて、ふたりぶんのドリンクを手に持っていた。

　その目立つふたりは、蘭馬の背後――光弥の視界に入る席に陣取った。

　律がカップを手に戻ってくると、蘭馬が彼に向かって小声で言う。

「目立つ人たちだよな」

　指先を身体で隠しながら背後に向けた。律はたっぷり載ったホイップクリームをひと舐めしてから、やはり小声で答える。

「学内の有名人。ふたりとも」

　当人たちが近くにいるので、その話題を掘り下げるわけにもいかない。すぐに、蘭馬と律は違う話に移る。光弥はときどき相槌を打ちながら、隣のテーブルにいる「有名人」ふたりの様子に、それとなく注意を払う。押し殺した声が漏れ聞こえてくる。

「……だから、前に付き合っていたのは本当だけど」

　男性のほうが言った。どこか困惑したような声だ。

「それは、多佳子と付き合い始めるよりも前のことだって」

　女性は硬い声音で答える。

「その『前』って、いつまで」

「去年のクリスマスの、ちょっと前だよ。とにかく、去年のうちには別れてた」

「へえ、そう？　本当に？　時間をあげるから、もうちょっとよく思い出してみてよ」

（もしかして、不穏な会話なんだろうか）

人並みに好奇心が疼（うず）きはしたものの、光弥は努めてふたりの会話を意識から追い払った。他人が首を突っこむことではない。

「そういえばさ、ふたりとも〈モニー〉は知ってる？」

律が新たな話題を持ち出した。光弥に思い当たるところはなかったが、蘭馬は「もちろん」と大きく頷いた。

「恋愛系インフルエンサーの〈モニー〉だろ？　有名じゃん」

「なんの話？」

光弥が問うと、律はおかしそうに目を細める。

「ミカくんは流行に疎（うと）いよねぇ。本当に今の大学生？　って思っちゃうよ」

「光弥はＳＮＳやらないもんな」

笑いながら、蘭馬がレクチャーしてくれる。

「インフルエンサー」というのは、ＳＮＳでのフォロワー数が多く、その発言が世間に対して一定の影響力を持つ人のことだという。芸能人はもちろん、一般人にも存在する。ちなみに、発信が広く拡散されて多くの反応を得ることは「バズる」というらしい。

「最近は面白いつぶやきでバズる一般人が多くてさ。ひとつのつぶやきがバズっただけじゃアカウント自体が人気になることはないけど、面白い投稿を繰り返すとフォロワーも増えて、ものすごい人気者になっちゃう人もいるんだぞ。十万フォロワー超えたりして」

「ん、ラッチーの情報も微妙に古い。一般人でも、面白いつぶやきをしてるだけで二十万、三十万フォロワーの人はザラだよぉ。五十万フォロワーも少なくないし」

恩海市の人口よりも多い。光弥はふぅとため息をついた。

「そういう世界もあるんだね」

「上には上がいるよぉ。一般人で百万フォロワーの人もいる。そこまで行くと商品の宣伝でお金もらってたりするから、『一般』にカウントしていいか怪しくなってくるけどね」

「ふぅん……。それで、その〈モニー〉っていうインフルエンサーが、どうかしたの」

光弥が問うと、律はまた少し声をひそめて、

「あのね、その〈モニー〉って、どうやらうちの学生みたいなんだ」

「え、マジかよ！」

「蘭馬、声大きい。……そんなに有名なの、そのアカウントは」

光弥が問うと、律は「んー」と首をかしげる。

「最近は『有名』の基準も難しいからねぇ。でも、大学生の間じゃかなり人気のアカウントだよ。フォロワー数は十六万……とかだったかな。待ってね、いま見る。オレ、フォローしてたと思うから」

律がスマートフォンを操作する間、蘭馬が説明を引き継ぐ。

「彼氏との惚気みたいなことばっかりつぶやいてる女子大生のアカウントなんだけど、文章の切れ味がよくてさ。恋愛の『あるある』みたいな感情を切り取ってるのが面白いんだよな。若者の恋愛相談にも答えたりしてて、その回答もまた面白くて」

光弥がいまひとつイメージできないでいると、律が「あったあった」と画面を見せてくる。

〈モニー〉というアカウントは、フォロワー数十六万一千九十五人。アイコンは朝顔の花で、どうやら顔出しはしていないらしい。こんなつぶやきが並んでいる——。

「『付き合ってはいけない3B』にバンドマンが入ってるらしいけど、毎日作曲に打ちこんでいるうちの彼氏はバンドマンに入るのかな。まーそんな世間の偏見よりも好きになれるかどうかだよね、結局」

「プレゼントはお金じゃなくて気持ちが大事、それはそう、でも金額ってときどきなによりも雄弁。初デートでファミレス連れていかれて大切にされてると思える女子いないよ」

「梅雨。おうちデートがアツい季節だけど、うちは友達とルームシェア、彼氏は寮生活なんだが」

こんな具合の投稿が延々続いている。いずれのつぶやきにも「いいね」が少なくとも百個はついていて、中には一万回以上「いいね」されている投稿もある。〈モニー〉本人が写っている写真はないが、「彼氏」が町を歩いている後ろ姿や、ソファに寝そべっているところが写った写真がいくつか投稿されていた。「彼氏」のほうも顔は必ず隠されている。

光弥にはよさがよくわからなかったが、アカウントの趣旨は理解できた。

「へえ……この投稿の主が、寧路芸大の学生なんだ。でも、どうしてそれがわかったの」

「今朝出たばっかかのネットニュースの検証記事だよ。うちの学生の間で拡散されててさ」

一般人にすぎない「インフルエンサー」も、身許特定の憂き目にあっているのか。他人事ながら同情してしまう。

「なんか最近は、特定とか怖いよなー。でも、身近にそういうインフルエンサーがいると思うと、ちょっとテンション上がる……」

蘭馬は途中で言葉を途切れさせた。彼だけでなく、カフェにいた全員がぴたりと口を噤む。あの「有名人」ふたりの女性のほうが、店じゅうに響き渡る大声を上げたからだ。

「だから、とぼけないでって言ってるじゃん！」

女性は椅子を倒して、座ったままの男性を睨みつけている。男性のほうは、座ったまま困惑したように彼女を見上げる。

「落ち着いてくれよ、多佳子。なにかの間違いだって。どうしてそんな勘違いをしてるのかわからない」

「ああ……、あんた、ＳＮＳやってないもんね。だから知らないのも当然か。それでとぼけてられるわけね」

「座って、多佳子。俺には本当になんのことだか」

「わかんないよね。じゃあ、見せてあげようか……証拠を」

彼女は素早くスマホを操作して、男性の目の前に突き出した。ぽかんとしていた彼の表情が、しばらくすると変わった。

「これ、どう見てもあなただよね」

「……こ、これは」

「一枚じゃ足りない？　彼女、たくさん投稿しているよ」

多佳子がスマホを操作する。発言を考え合わせると、複数の写真を男性に見せているようだ。店内の人々はふたりを注視していたが、多佳子はまったく気にしていない様子だった。彼女の指が動くにつれて、男性の顔が蒼ざめていく。彼は悔しそうに唇を噛んで、自分のシャツの胸もとを摑んだ。

「あいつ、勝手に……！」

男性が憎々しげに叫ぶのを聞いて、律が顔をしかめた。蘭馬は「あーあ」とでもいうような形に口を動かした。店内にいた他の「陪審員」たちも、心の中で判定を下しただろう。

（語るに落ちる、ってこういうことか）

光弥は心の中で結論した。恋愛にはとくに興味がないが、あまり愉快な展開ではない。

「認めるってわけね」

男性は、はっとしたように口許を押さえて腰を浮かせる。

「……多佳子、聞いてくれ、これは」

「ああもう！　聞きたくない！」

多佳子はプラスティックカップを振りかぶって、男性にかけた。緑色のピスタチオドリンクを、男性は頭からまともに被った。氷が床に飛び散る。

「あの、ちょっと、落ち着いて」

声をかけた勇敢な外野は、蘭馬だった。多佳子はハンドバッグを大きく振って、彼を拒絶した。ぽたぽたと頭から緑色の液体を滴らせている男性は、椅子に腰を落として俯く。彼を置き去りにして、多佳子はブーツの音も高らかに店を出ていった。このときになると、店内の客はほとんど目を逸らして、見て見ぬふりをしていた。

光弥は男性に近づいてハンカチを差し出した。彼は無言でそれを受け取って、自分の頭を拭いた。光弥は常備している布巾をバッグから取り出して、床を拭く。だが、すぐに店員が駆けつけてきて「おまかせください！」とモップを動かし始めた。

男性が使い終わったハンカチを差し出してきたので、光弥は緑色に濡れたそれを無言で受け取る。男性は「ごめん」と呟くと、ふらふらと歩いて店を出ていった。

それから五分ほどして、光弥たちも店を出た。

「さっきはすごいの見ちゃったねぇ」

律がぼそりと言った。蘭馬がうむ、と大きく頷く。

「修羅場というやつだな。話の流れからすると、男のほうが浮気をしていて、浮気相手のSNSの投稿から、それがバレた」

「現代的だよねぇ。浮気相手は、浮気だって知らないのかな。それとも、わざわざ匂わせをしたのか」

「におわせ、ってなに」

光弥の質問には、蘭馬が答えてくれる。

「恋人がいることとか、あるいは特定の誰かと付き合ってることを、わざとわかるように投稿することだよ。レストランで向かいの席に誰かが座ってるのがわかる写真を載せたりとか」

「へえ……。なんでそんなことするの」

「まあ、意地悪に解釈すれば『幸せ』ってアピールなのかもしれないけど……。本人はとくに『匂わせ』のつもりもなく、普通にやってるだけかもな。とにかく、浮気相手がその手の投稿をしたために、あの男は浮気がバレちまったってわけか。あ、そうだ」

蘭馬は、歩きながら律のほうを向く。

「律、あのふたりが学内の有名人だって言ってなかったっけ」

「ん、そう。ふたりは去年の学祭で、それぞれミスコンとミスターコンのグランプリに輝いてるからね。時代の趨勢でどっちも今年から廃止されるから、最後の優勝者コンビ」

律によれば、女性のほうが音楽学科で声楽を専攻している松井多佳子。男性は作曲専攻の伊集院泰隆。ふたりとも四年生だという。

「まぁ、オレは美術学科で工芸やってるから接点ないんだけど……SNSやってると、どうしても詳しくなっちゃうんだよねぇ。こんな狭い学校じゃ、みんなゆるくオンラインで繋がってるからさ」

しばらく話が途切れた。蘭馬も律も、他人の色恋沙汰をこれ以上云々することは控えた。

坂に差しかかったあたりで、蘭馬が「にしても」と口を開く。

「ミスターコンもミスコンも、うちの大学は最初からなかったから羨ましいよな、光弥」

「僕はそうは思わない。その手のイベントは外見至上主義を助長するから、社会学の徒としては批判的に捉えるのが筋だよ」

「またおまえは難しいことを言う。てか、光弥も高校のとき参加してたじゃん、女装コンテスト」

「ちょっと蘭馬、勝手に変な話蒸し返さないでよ。あれは景品の最新型掃除機が欲しかっただけだから」

「それで参加しちゃうミカくんの潔さがすごいよ……。まぁ、似合いそうだけどね」

「律も似合いそうだぞ」

「ん、ラッチー、それは褒めてるの……？」

他愛ない会話を延々としながら、三人は大学の敷地を出て、学生街を歩いていく。

しばらく進んだとき、蘭馬が光弥の顔を覗きこんだ。

「どうしたよ、光弥。黙りこんじゃってさ」

「ああ……。さっきのカフェでのことを考えてて」

「そういや、あの伊集院って男、ハンカチ洗いもしないで光弥に押しつけやがったよな」

「それは別にいいよ、彼も混乱してたし。ただ……なんか、気になって。嫌な予感がするというか」

「あの浮気男が、逆ギレして彼女か浮気相手に暴力ふるうとか？　それはたしかに、心配だよな」

「うーん、それもあるけど……なんだろう」

光弥は、曇天を見上げて目を細めた。

「思い過ごしだといいんだけどね」

2

その翌々日——金曜日。

雨上がりの公園の一角に、ブルーシートの囲いができていた。入口は立ち入り禁止の黄色いテープで封じられている。時刻は午前八時になるところで、登校途中の小学生たちが、物珍しげな顔をして通り過ぎていく。

怜と島崎が車で乗りつけたときには、すでにマスコミの第一陣が駆けつけており、中継の準備を始めていた。その横を足早に通り過ぎて、怜たちは現場に入れてもらう。

周囲を木立で囲まれた小さな公園だ。道路から入って右手は遊具があるスペースで、ジャングルジムとブランコ、滑り台と鉄棒が所狭しと並んでいる。敷地の左半分は遊具が置かれていないグラウンドになっていて、子供たちがキャッチボールやサッカーをするにはちょうどよさそうだ。しかし手入れが行き届いていないらしく、雑草が伸び放題になっているところもある。遺体は、その繁みの中に斃れていた。

遺体の近くには、ふたりの刑事が背を向けて立っていた。そのうちのひとりが怜たちに気づき、駆けつけてくる。

「お疲れ様です！　県警のかたですね」

福々しい顔の若い男だった。丸い身体は上等なスーツに包まれている。

「寧路署の澁谷と申します。よろしくお願いします」

「県警の島崎です。よろしく。こちらは部下の連城巡査部長」

島崎は淡々と挨拶して、遺体のほうへ歩いていく。ディフェンスをかわされた選手のように、澁谷は慌てて島崎を追う。怜も続いた。

すでに鑑識作業は終わっているらしく、遺体には白い布が被せられていた。その横には青いビニールシートが敷かれ、証拠物件が並べられている。グレーのコートを着た刑事が、前のめりになってそれらを眺めていた。

島崎は、その刑事の背中を目にした途端、足を止めた。

「数村さん？」

　数村と呼ばれた刑事は、のっそりと振り返る。鋭い目つきの女性だった。癖のある髪はベリーショートで、化粧はほとんどしていない。年の頃は五十手前といったところか。彼女は島崎を見ると、にやりと唇の端を持ち上げた。

「おや、島ちゃんじゃないか。県警さんにお越し願うと聞いていたから、もしやとは思ったんだけどねえ」

　がらがらとした声で、気さくに声をかけてくる。

「ご無沙汰しております」

　島崎が居合い抜きのような素早さで敬礼したので、怜も慌てて倣った。ふたりを見比べて、数村は面白そうに目を細めた。

「噂はかねがね聞いているよ。県内でも近ごろは物騒な事件が続くけど、それだけにあんたの辣腕ぶりはうちの署でも有名なんだ。以前の上司として誇らしいねえ」

「数村さんの教えの賜物です」

　怜は、島崎の横顔を窺い見てぎょっとした。普段は表情をほとんど変えることのない島崎が、なんと微笑んでいるのだ。彼女のこんな表情は初めて見る。思わず凝視していると、数村が「あんたは？」と視線を向けてきたので、怜は彼女のほうを向いて名乗る。

「巡査部長の連城です。この度はよろしくお願いいたします」

「ああ、よろしくね。あたしは寧路署の数村警部だ。三年ばかし前までは県警にいてね、島ちゃんはそこであたしの班にいたのさ。……まあ、積もる話は後にするかねえ。まずはホトケさんに手ぇ合わせないことには始まらない」

数村はすり足で遺体のほうへ近寄り、そっと白い覆いを取り去った。

顔を出したのは、まだ若い女性だった。閉じられた瞼に塗られているピンクのアイシャドウが目を引いた。全体的に華やかな化粧だったようだが、今は雨と泥でぐしゃぐしゃになってしまっている。ブリーチされた髪も、濡れてしんなりとしていた。細い首には赤黒い痕が横切り、その周囲には縦向きのひっかき傷がついている。死因は明瞭だった。

手を合わせてから、怜と島崎はあらためて遺体を検分する。覆いをさらにずり下げると、着衣の乱れはほとんどなかった。暴行目当ての犯行ではないようだが、泥の汚れがひどく、怜は思わず眉をひそめた。淡い水色のワンピースは無惨に汚れ、大部分が濡れている。女性のファッションに詳しくない怜でも、この服が被害者にとってよそゆきのおしゃれ着だったのだろうということは想像できた。

「見てのとおり絞殺さ」

後ろに立っている数村が、重苦しい声で言う。

「むごい殺しかただよ。凶器を剝がそうともがいたせいで、綺麗なチップをつけた爪も割れちまっている」

「索条痕がやけに太いですね。それも平たい……」

島崎が淡々と指摘すると、数村は軽く鼻を鳴らす。

「あんたは相変わらず冷静だね。ご指摘のとおりさ――澁谷、凶器を」

澁谷刑事が、ブルーシートからひとつの証拠物件を取り上げて怜たちに示す。

「ホトケさんのショルダーバッグだよ。こいつの肩紐で絞め殺したらしい」

もともとはクリーム色だったと思われる革製のバッグは、全体が茶色く汚れていた。水たまりに落ちてもこうまではならないだろう。

「こいつが発見されたのは、五十メートルほど離れた用水路でね。見てのとおりの有様だから、指紋も期待できない」

「犯人が水路に投げこんだのでしょうね」

島崎が身を起こしながら言った。

「被害者自身の所持品が凶器ということは、おそらく犯行は衝動的なものだったのでしょう。当然、手袋などはしていない。だから現場から持ち去り、自分が触れた痕跡を消すために用水路に投じた」

「お見事。あたしの見立ても同じだよ。昨日は県内全域で雨模様だったろう。現場周辺もご覧のとおりでね。水路もだいぶ水が溢（あふ）れていたから、証拠は綺麗さっぱり洗われちまっている――とまれ、幸いにも中身は無事さ。財布も入っていて、身許もわかった」

数村が顎をしゃくると、澁谷が手帳を取り出して太い指でページを繰（く）る。

「えー、学生証によりますと、被害者の名前は本多朝顔（ほんだあさがお）。寧路芸術大学美術学科の四年生です。自宅は、この公園の目の前にあるあのアパート――〈寧路ハイツ〉です」

澁谷が指さしたのは、道路の反対側にある薄青い外壁の建物だった。

「ついでに、わかっていること全部話してやんな」

「はい。まず第一発見者ですが、ランニング中に通りかかった近所の夫婦です。うつ伏せで倒れていたため、酔って寝てしまったのかと抱き起こしたところ、死んでいることがわかったそうです。この夫婦は被害者との面識もなく、殺しとは無関係のようです。昨夜の死亡推定時刻にも町内会の飲み会をしていたとかで、アリバイもありますし」

「その死亡推定時刻というのは？」

島崎が尋ねると、澁谷は「失礼しました」と頭を掻く。

「昨夜の七時から九時の間です。気象庁のデータでは、その時間このあたりはずっと雨が降っていたそうですから、犯人の指紋や皮脂が遺体に残留している見込みは薄いです」

ここで数村が注釈を挟む。

「検分の邪魔だから片しちまったけど、遺体のそばには開きっぱなしの傘が落ちていたよ。雨が降っているさなかに事件が起きたことは確実だね。……続けな」

「はっ。えー、現場周辺にも目ぼしい足跡は発見できておらず、現在は付近の聞きこみとカメラのチェックを手分けしておこなっております。被害者が通っていた芸大と、名古屋(なごや)に住んでいる被害者の両親には連絡済みですが、友人関係の聞きこみはこれからです」

「被害者のスマートフォンは、残っていましたか？」

「例のショルダーバッグに入っていました。水没して壊れていましたが、科捜研に回して復元を頼んでいます」

「ま、スマホがオシャカになったのはきっと偶然さね。念入りに壊したきゃあバッグから取り出して水に放りこんだろうし……どうだい、島ちゃん、連城巡査部長。なにか思いついたことはあるかい」

「財布が残っていたという事実は示唆に富みますね。物取りの犯行ではない」

島崎の指摘に、数村はのっそりと頷く。

「そうだねえ。それから、身分がわかる物を抜かなかったあたり、犯人はあんまり気働きのある男じゃあないってこともわかるよ」

「犯人は男性だと判明しているのですか？」

怜が驚いて問うと、数村は苦笑しながら薄い眉毛を掻く。

「言葉っ尻を捉えなさんな。ただまあ、この手の事件は九分九厘、男の仕業さね。若い女がむごたらしく殺されるときは、たいていそうなのさ。動機も色恋沙汰ときたもんだ」

「お言葉ですが、断定はできません」

反論したのは島崎だった。

「被害者は百五十センチ程度で小柄ですし、倒れたところを馬乗りになったようですから、女性の腕力でも十分に絞殺は可能です」

「おや、どうしてわかるのかね。倒れたところに馬乗りになったなんて」

「数村さんもおわかりでしょう。スカートの膝付近がとくにひどく汚れていて、両掌にも泥がついています。転んで地面に手をついたことは一目瞭然です。発見時は、被害者はうつ伏せだったとも伺いました」

「本当に、あんたは切れるねえ」

数村はそっけなく褒めて、道路の向かいの建物を見上げた。

「それじゃあ、そろそろ行くとするかい、被害者の部屋に。……どうやら、彼女には同居人がいたらしいよ。まあ、あいにく女らしいけどねえ」

3

被害者の部屋は〈寧路ハイツ〉の二階にあった。

2DKで、バスルームとトイレは別になっている。ルームシェアしているということだが、それでも学生が住むには十分すぎるほど広いと怜には思えた。数村によれば寧路芸術大学からは徒歩十五分の距離だそうで、なかなかの優良物件だろう。

本多朝顔と同居人はもちろん、別々の部屋を使っていた。現在、本多の部屋は刑事たちが手がかりを求めて捜査している。

怜は、島崎と数村とともに同居人から話を聞くことになった。「男がふたりも来ちゃあむさくるしいからね」と数村に言われ、澁谷刑事は本多の部屋の捜査に加わった。

本多のルームメイト――砂岡千秋（すなおかちあき）は、自分のベッドに座って項垂れていた。彼女の部屋はこざっぱりと片付いていて、物が少ない。

「まだ、信じられないんです。朝顔が……殺されたなんて」

砂岡は細い声で言った。黒い髪は少し乱れていて、服装も寝間着らしいスウェットのまだ。動揺のあまり、身繕いをすることも忘れてしまっているらしい。彼女は眼鏡の奥の瞳を床に向けている。数村がキャスターつきの椅子をベッドのそばに寄せて座った。

「遺体の確認は、ご両親がやってくれることになっているんでね。申し訳ないけど、少し話を聞かせちゃあもらえませんかね」

砂岡はぎこちなく数村に向かって頷いた。怜が手帳を構える。

「ええと……どんなことをお話しすればいいんでしょうか」

「そうさね、まずは……被害者の本多さんを恨んでいた人の心当たりから」

砂岡は、かすかに肩を震わせた。

「朝顔は、人に恨まれるような子じゃありませんでした」

「しかし、金や暴行が目的の犯行とは思えなくてね。もちろん、本多さんになんかしら落ち度があったなんて言っているんじゃあない。逆恨みという線もある」

「わかりません、私には……」

彼女は俯いて、スウェットの膝のあたりをひっかく。

「じゃあ、質問を変えようかね。本多さんってのは、どんな人でした」

「いい子でした。明るくて、いつも私をひっぱってくれて……。でも、決して強引な子ではないです。周りの人に合わせるのが上手くて、場の空気を乱すようなことはしませんでした」

「なるほどねえ。あんたにとっては、大切な人だったたってわけですね」

「……はい。私たちふたりとも名古屋出身で、高校の同級生で……そのときから、友達で。同じ大学に進学が決まったから、ルームシェアすることになったんです」

「ああ、あなたも寧路芸大に通ってらっしゃる？」

「朝顔はファッションデザイン専攻で、私は文芸専攻でしたけど」

「ははあ、文芸ねえ。物書きの卵ってわけですか。最近は芸大さんもいろんなことをやっているもんだ……。さて」

世間話めいた話題を、数村は突然打ち切る。

「じゃあ昨夜のことをお聞かせ願いましょうかねえ。あんた自身が昨日の午後、どこでなにをしていたか順を追って話していただくのが、いちばんいいと思いますが」

砂岡は、とくに抵抗も示さずに頷いた。

「昨日は一日じゅう大学にいました。朝から実習があって……朝顔と一緒にここを出ました。学科が違うので基本的に学内では別行動ですけど、昨日の三限の『広告デザイン論』の講義は一緒でした。講義の後、少し立ち話をして……それが、朝顔と話した最後です」

「そのとき、なにか彼女に変わった様子は？」

「普段どおりでした。『今夜は七時には帰るから』って言っていました」

死亡推定時刻は七時からだった、と思い出しながら、怜はメモを取る。

「それから私は、またひとつ講義を受けて。そのあとは、大学の図書館に居残ってレポートを書いていました。夕方の五時くらいから、でしょうか。大学を出たのは七時過ぎです」

「まっすぐここへ帰宅したんですか」

「いいえ。まず書店に寄って、そのあと大学近くのラーメン屋で夕食を食べました。ここに帰ってきたのは……そう、八時半頃ですね。スマホで時間を見たのでたしかです」

「あんたが帰り着いたとき、本多さんはすでにいなかったってわけですね？」

砂岡は機械的に頷く。

「部屋に灯りもついていなくて」

「ははあ。では、心配なさったんじゃないですか。だって、七時には帰ると言っていたわけでしょう、彼女は」

「朝顔には珍しくないことなんです。彼女は、急にコンパで帰りが遅くなったり、他の友達の家に外泊したりすることがあって。私自身、昨日は十時過ぎには床についてしまいましたし。一昨日(おととい)の夜、ほとんど寝ずにレポートを下書きしていましたから、眠くて」

「なるほどねえ。それで事件のことは、今朝お目覚めになるまで気づかなかったと」

「ええ……。目が覚めても朝顔は帰ってきてなくて、パトカーがそこの公園にたくさん停まっていて……。嫌な予感がして朝顔のスマホに電話したら、繋がらないし。どうしようかと思っていたら、刑事さんが来て」

砂岡は言葉を途切れさせて、掌をぐっと握りしめた。

数村は質問をやめて、怜たちを見上げた。聞きたいことはあるかい、と目顔で尋ねてくる。島崎が一歩前に進み出た。

「本多さんは、SNSをしていましたか？」

砂岡は、びくっと顔を上げた。

「え……、ええ、まあ、していたと思いますよ」

「本多さんが所有していたアカウントを、可能な限りたくさん教えてください。とくに、非公開の類がありましたら、是非」

島崎の質問の意図が怜にはわかる。昨今、若者が被害者となる事件では、SNSへの書きこみがきわめて有力な手がかりとなるのだ。とりわけ、許可されたフォロワーしか閲覧できない設定の非公開アカウント——俗に言う「鍵アカ」——は、身近な者への好悪があけすけに綴られていて、被害者の交友関係を丸裸にできる。

「あの、わかりません。私はメッセージアプリでしか朝顔と繋がっていないから……。動画とか写真をアップする類のSNSは、朝顔、あまりやっていなかったと思いますよ」

「へえ、意外だねえ」

数村が、ひとりごとめかして呟いた。

「あの手の派手好きな子は、自撮りを載せる類のアカウントのひとつやふたつ、持っていそうなもんだけれど」

「派手好きだなんて……、朝顔のこと、そんなふうに決めつけないでください！」

ぼそぼそと話していた砂岡が、急に声を張り上げた。これには、さすがの数村も目を丸くする。

「こりゃ、すみませんね。決めつける気はなかったんだが……、いや、今のはあたしの言いかたが悪かった。面目ない」

平謝りされて、砂岡は浮かせていた腰を下ろした。彼女はなにごとか口の中で呟いて、ふたたび視線を落とす。そのとき扉にノックの音がして、澁谷が入ってきた。

「失礼します。あの、砂岡さん……。本多さんの部屋にあった白いノートパソコンは、あなたの物ですか？」

「いいえ。朝顔のですけど」

「いや、起動したところ、ユーザー名があなたになっていたものですから」

「ああ……。それ、一年のとき私が買ったパソコンなんですけど、ほとんど使わずに朝顔にあげちゃったんです。やっぱり違うOSのものがよくなったので。朝顔、ユーザー名変えてなかったんだ」

砂岡は早口で説明した。

「じゃあ、本多さんの物なんですね。パスワードはわかりますか？」

「パスワードって……中身を調べるんですか？　どうして、そんなことしなきゃいけないんですか」

　砂岡は、ひどく嫌そうに顔をしかめている。しどろもどろになる澁谷に代わって、数村が答える。

「悪く思わんでください。こいつは、明らかに怨恨殺人だ。本多さんの交友関係を調べる必要がある。ＳＮＳアカウントについて知りたいのも、その一環ってわけでね」

「でも、パソコンまで……。朝顔は被害者なのに、どうしてプライバシーを暴くようなことをされなきゃいけないんですか？」

「彼女を殺害した犯人を捕まえるために、必要なことなんです」

　島崎が簡潔に答えると、砂岡は唇を嚙んで目を逸らした。

「私が設定したパスワードは『Nagoya052』……Ｎが大文字です。私と朝顔が高校のとき入っていた文芸部のパソコンがこのパスだったので、流用しました。だから、彼女も変えてないかも」

「試してみます」

　澁谷が部屋を去った。だが、砂岡はまだ不満そうだった。

「朝顔はＳＮＳをいつもスマホで見てました。パソコンを調べる必要は感じません」

「おや。あんたさっき、本多さんはあまりＳＮＳをやっていなかったって」

「……あ、だから。たまに見るときは、です」

「なるほどねえ」

　一連の会話の要点を書き留めながら、怜は砂岡の態度に違和感を抱き始めていた。

(彼女は、なにか隠している……。それも、被害者のSNSに関して、なにかを)

次に数村は、砂岡以外に本多と親しかった人間の名前を聞き出した。砂岡は、どことなく不服そうな声で、ファッションデザイン専攻の学生たちの名前を挙げた。

「……どうも、ありがとう。大助かりです。じゃあ、そろそろお暇しますか」

まもなく、数村が椅子から立ち上がった。これ以上、砂岡をつつくのは得策ではないと判断したのだろう。

「ああ、そう。最後にひとつだけ」

数村は椅子を元の位置に戻してから、砂岡を見つめた。

「本多さんに、お付き合いしている人はいましたか？」

この質問は砂岡にとって、ありがたくないものらしかった。彼女は顔をしかめた。

「知りません！　私、彼女とは恋愛の話とか、全然しないから。付き合っている男性がいるらしいことは、言葉の端々から感じましたけど……、でも、知りません」

「……わかりました。とにかく、お時間いただき感謝しますよ。お力落としのないよう」

数村は優しく言い置いて、ドアへと向かった。

「どう思うね」

二〇五号室から廊下に出るなり、数村は県警のふたりのほうを向いた。

「本多朝顔のSNSアカウントを、詳しく調べる必要を感じました」

怜が答えると、数村は退屈そうに額を掻いた。

「優等生の回答だね。あたしには、あの子がはっきり嘘をついているように見えたがね」

「砂岡さんが犯人だと思われるのですか？」

島崎が訊くと、数村はにやりと唇の端を上げる。

「本当に、あんたは容赦なく切りこんでくるね。うんにゃ、あの子は人を殺しちゃいないと、あたしは見るね。やっぱりこの犯罪は男くさい」

「では、砂岡さんはなぜ嘘を？」

怜の問いかけに、数村は首をすくめるような仕草をする。

「砂岡って子が隠しているのは、被害者の彼氏をめぐるなにかさ。きっと、鞘当てでもしていたんじゃないかね。あたしらに知られるとばつが悪いことがあったんだろう」

島崎が「その根拠は？」と鋭く問う。

「あの年頃の子が、同居人と色恋の話をしないなんて考えられるかい。『全然しない』なんて嘘をついたのは、なんかしらあの子に不都合なことがあったからさ」

「私は学生時代、ルームメイトと恋愛の話をしたことはありません」

万事実際的な島崎の感覚は、こういった際あまり参考にならないだろう――と怜は思ったが、もちろん口には出さない。

「ま、一歩引いた島ちゃんの感覚もありがたいもんだ。刑事の勘は九分九厘当たるもんだとあたしは思うが、残りの一厘だった日にゃことだからね」

「冤罪（えんざい）ということですね」

すべて言葉にせずにはいられない島崎は、恐ろしい言葉を迷わず使った。

刑事たちは話しながら階段を下りて、エントランスへと向かった。自動ドアをくぐって外へ出ると、数村が「ちょいと！」と声を上げた。

彼女が呼びかけたのは、〈寧路ハイツ〉に向けてスマホを構えている男だった。

青いスタジャンを着た若者で、茶色い髪はくるくると巻き毛になっている。彼はシャッター音を隠そうともせず、建物の外観を連写していた。

「なんのつもりだい、あんた」

「そっちこそ、なに？　アパート撮ったらダメって法律あんのかよ」

数村は低く唸（うな）って警察バッジを取り出した。

「法はないが気にはなるよ。なんの目的で写真を撮っていたか、伺えますかねえ」

「お、刑事さん？　ラッキー。お話、聞かせてもらってもいいですかね」

「こっちが聞かせろと言っているんだよ。なんだいあんた。新聞屋（ブンヤ）さんには見えないけど」

「寧路芸大の学生ですよ。同じ大学の仲間が命を落としたと聞いて駆けつけたんです」

男はにやにや笑いながら、平然と答える。数村は顔をしかめて、

「まだ、被害者の身許はニュースに出ていないはずだが」

「ちょっとした情報網がありましてね。被害者は本多朝顔なんでしょう？　彼女のルームメイトが『同居人に不幸があったから欠席します』とゼミ仲間にメッセージを送ったよう

で、学内でも早耳の人間は、亡くなったのは彼女だとすでに知っていますよ」

流出元は砂岡千秋ということか。もっとも、故意に広めたわけではないだろうから、責めるわけにはいかない。

「だが、あんたどういった目的でこの建物を撮っていたんです。本多さんを悼むこととは関係ないじゃあないか」

「素材ですよ、素材。ネット記事に載せるためのね」

「もしや、事件をネタにしてブログのアクセス数を稼ごうとしていたとか？　困りますねえ、そういうのは」

「うーん、ちょっと違うんだけどな。……あ、申し遅れましたが、こういう者です」

彼はにやにや笑いを絶やさず、懐から名刺を出して三人に配った。こう書いてある。

「寧路芸術大学放送学科テレビ制作専攻四年生　マスコミ研究会会長　千曲篤郎」

胡散臭い男は、刑事たちに向かって両腕を広げてみせる。

「本多朝顔殺害事件の捜査をしているんでしょう？　お話しできること、ありますよ。じつは俺、ここ一か月ほど、彼女の秘密を追跡調査していたものでね……」

怜は島崎と目を見交わした。数村は唸って、考えこんだ。

4

光弥は、腰の上の重みに気づいて目を覚ました。

瞼を開けて上半身を起こすと、ふたつの瞳が覗きこんできていた。

「……おはよう」

腰に乗っている猫――トラくんに声をかけた。「にゃぁーお」と鳴いて前脚を伸ばしてくる。しばらく彼に構っていると、隣で寝ていた律がくしゃみをした。光弥が身を起こしたため、シェアしていた掛け布団がめくれてしまったのだ。光弥は布団を脱出して、律にかけてやる。トラくんは空いたスペースに滑りこんできて、飼い主である律の横に丸まった。

光弥は伸びをして、部屋の中を見回す。

律の居室はファンシーである。カーテンもカーペットも布団も本棚も、ピンクや水色のパステルカラー。成人男性ひとり――と一匹――で暮らしている部屋とは思いがたいが、こんな空間にも馴染んでしまうのが律なのだ。

ベッドで寝ている蘭馬を見て、光弥は微笑んだ。「いちばん背が高いから」と律が自分の寝床を譲ったのだが、ポップなデザインのベッドは蘭馬にはどこか窮屈そうに見えた。

昨日は、光弥と蘭馬と律の三人で軽い飲み会をしたのだ。とくにお祝いというわけではなく、水曜に続いて、今度は夜の予定が合ったから集合したにすぎない。しかも飲み会といっても光弥はお酒が飲めず（「飲むとすごいことになる」と人は言う）、蘭馬も弱いほうなので、いたって平和な飲み会だった。律は三人の中ではいちばんの酒豪で、いくら飲んでも顔色がさっぱり変わらないのだが、身内を飲酒で亡くしていることもあり、羽目は外さない。平和的に飲んで、三人はそのまま寝た。

トラくんに前脚でつつかれて、律が日を覚ました。光弥は寝ぼけ眼の彼から許可を得て、台所で朝食を作り始めた。

フレンチトーストとベーコンエッグが三人前できるころには、蘭馬も起き出していた。律が棚からマグカップを出して、熱いコーヒーを注ぐ。三人は、朝の光の中でもそもそと朝食を食べた。布団が畳まれたため、居場所をなくしたトラくんは光弥の横で丸くなっている。

「あれ、まだ九時になってないじゃん。早起きしちまったなあ」

「蘭馬、食事中にスマホ見ない。あと、八時台は別に早起きじゃないでしょ」

「光弥は真面目だよなー。はいはい、スマホはしまうから」

「ま、午前の授業がない学生としては、早起きだよねぇ。オレ、昨日は正午に起きた」

「だろー？　ほら光弥、律もこう言ってるぞ」

「多数決で決まることじゃないと思うけど……。あんまり遅く起きると、損した気分にならない？」

「ミカくんはお堅いなぁ。もうちょっと肩の力を抜きなよ。ほら、トラくんのごとく」

「そいつ、めっちゃ光弥に懐いてるな。おれが撫でようとすると逃げるのに」

「蘭馬が乱暴だからじゃないの」

「……なんか最近、光弥、おれにあたり強くないか？」

三人はあっというまに朝食を腹に収めて、食器を片付けた。テーブルの周りに集まって、さてどうしようか、と互いの顔を見合う。

「全員、午前は講義ないんだもんな。カラオケでも行くか？」

蘭馬が提案したとき、スマホを見ていた律があっと声を上げた。

「ね、ね、ふたりとも見て。寧路市内で殺人事件があったって！」

彼は画面を光弥たちのほうに向けた。

「うわ、マジじゃん。ていうか、ここも寧路市だよな？　近いのかな」

「読み上げるね。えーと、本日午前六時半頃、寧路市西区の……区が違うから、そんなに近くないな。西区の公園で、二十代前半と見られる女性の遺体が見つかった。寧路署は殺人事件と見て捜査を進めている」

「死因とかは出ていないの？」

「うわ、ミカくん怖いこと訊くねぇ。出てないよ。被害者の名前とかも出てない」

自分たちが今いる市内で殺人事件というのは、ぞっとしないものだ。律はそれきり口を閉ざし、蘭馬も難しい顔になった。

しばし沈黙が続いたあと、蘭馬がぱしんと自分の太ももを叩いた。

「そうだ、光弥。ちょっと警察の捜査に加わってみろよ」

「え？　なに言ってるの蘭馬」

「おまえの推理力ならきっと役に立つ！　これまでもそうだっただろ。現場の近くにいながらそれを活かさない手はないって」

「近くないって律は言ったでしょ。関係ない事件に首を突っこむのはよくないよ」

「でも、連城刑事は関わってるかも、でしょ？」

と、律が言った。光弥は少し考えてから頷く。

「殺人事件で、もしもまだ被疑者がわかっていないなら……県警の怜さんは捜査に参加してるかもね。でも、僕が口を出すことではないし」

これまでの事件で何度か「口を出」してきたことを無視して、きっぱりと言った。

蘭馬も律も、それ以上は光弥を焚きつけなかった。

「……ま、いつまでもこの部屋にいてもしょうがないよねぇ。そうだ」

律は、ぽんと手を叩いて提案する。

「一昨日行った芸大のカフェ行かない？」

「あ、いいな。おれ、ちょうど甘いもん飲みたい気分だった。光弥も行くだろ？」

「……ん。じゃあ、付き合う」

かくして三人は、事件の話をやめて出かける準備を始めた。

＊＊＊

怜たちは〈寧路ハイツ〉の管理人室を借りて、千曲篤郎に事情聴取をおこなった。

「俺がやっているのは学生向けのニュースサイトみたいなもんでしてね」

千曲は得意顔で説明を始めた。

「関東圏のいろんな大学に関する小ネタを載せるっていう。ま、直接見てもらったほうが早いでしょう」

千曲は素早くスマートフォンを操作して、画面を数村と、その横に座っている怜に見せた。壁に背中を預けて立っていた島崎も寄ってくる。こんな見出しが並んでいた。

「赤川(あかがわ)学院大学でミスコン開催！　気になる優勝者は……」

「**【悲報】**創桜大学のダンスサークル、ＳＮＳで炎上」

「**【実録】**明智(あけち)大学は学歴フィルターを通るのか？**【就活】**」

数村は「ふん」と鼻を鳴らした。

「なるほどねえ。学生さんの内輪ネタで盛り上がっているってわけだ」

「そういう言いかたは心外だな。俺はこう見えて、発信力あるほうでね。名刺にもマス研会長って書いてありますけど、これ、八大学合同のインカレサークルっすからね」

「たいしたもんだ」

千曲の不遜な態度に合わせたように、数村の口調も荒くなる。

「あんたが写真を撮っていたのも、ここで記事にするためってわけだね。しかし、大手のマスコミさんがすでに報道しているから、あんたの出る幕はないさ」

「お言葉ですが、こっちは当事者でもあるんでね。とっておきの情報で付加価値を出せるってわけです」

「そうそう、あんたの『当事者』としての話を聞きたくて、ここにご案内したんだった。いったい、本多さんについてどんな調査をしていたっていうんです」

千曲は、もったいぶるような間を置いてから告げる。

「……あのね、じつは本多朝顔は、有名人だったんですよ」

「有名人？　雑誌モデルでもやっていたのかい。そんな情報は聞かないが」

「そっちの若い女性の刑事さんなら、ご存じかもしれませんが」

彼は、離れて立っている島崎に媚びるような笑みを向ける。

「インフルエンサーの〈モニー〉です。その正体が、本多朝顔だったんですよ。名前を聞いたことくらいあるんじゃないかなあ」

「いいえ、初耳です」

島崎の返事に、千曲は気勢を削がれたようだ。「おたくは？」と水を向けられたが、怜もかぶりを振った。数村に至っては、まず千曲の言葉の意味がわからなかったようだ。

「インフル……？　なんだい、そりゃ。新しい流行り病かい」

千曲は「仕方ないなあ」と呟いて、説明を始めた。「インフルエンサー」とはなにか、そして〈モニー〉とはどんなアカウントかを得々と語る。匿名の恋愛系インフルエンサー、と言われても、怜にはイメージできなかった。

「で、とにかくその〈モニー〉が、本多朝顔なんですよ」

「どうしてわかるんだい。あんた今、そのアカウントは匿名だって言ったじゃないか」

「だから、突き止めたんですよ。いやあ、苦労したなあ」

千曲は、頼んでもいないのに〈モニー〉の来歴を説明しだした。

彼女が活動を開始したのは、一昨年(おととし)の十二月のこと。初期のつぶやきによれば、クリスマスの直前に恋人と付き合い始め、その勢いでアカウントを開設したらしい。最初は、誰から見られるとも想定していないひとりごとめいたアカウントで――千曲によれば「壁打ちアカ」というらしい――フォロワーは少なかったが、クリスマスプレゼントに関して「女子の気持ち」を代弁するつぶやきをしたところ、それが偶然、拡散された。それに気をよくしたためかはわからないが、惚気に加えて「男女の機微」に関する一般論も投稿されることが増え、去年の夏にはフォロワーは七万人を超えていたという。

「〈モニー〉は現役の学生で、しかもつぶやきによりゃ、どうやら美大か芸大らしい。メディアが専門の寧路芸大生としちゃ、捨て置けないでしょ。そこで俺は、彼女の追跡調査を始めたってわけ」

「個人情報を特定しようとした、という意味ですか?」

島崎が簡潔に問うと、千曲は唇を大げさに歪める。

「オーバーだな。最初は、ガチで身許を特定する気はありませんでしたよ。記事のベースはカスみたいな情報でいいんっすよ。『〈モニー〉の在籍している大学はどこ？』って見出しにできればね。アクセスさえ稼げればコンテンツが伴う必要がない――これ、ネット時代の原則ね。記事を開いてもらえりゃ広告収入になるから。刑事さんらもネット見ててさ、芸能人の誰々に彼氏はいる？　出身校はどこ？　みたいな記事、どうせ結論は書いてないと思っても、ついクリックしちゃうでしょ」

「しませんね」

「しません」

「しないよ。暇だねあんたも」

三人から否定されて、千曲は唇で「ぱっ」と下品な音を立てた。

「お堅い人たちなんだなあ、刑事さんって。ま、そんなわけで俺は〈モニー〉をフォローして様子を窺っていたんですが……ある日、でかい手がかりがあることに気づいたんです」

千曲が注目したのは、学園祭に関する投稿だった。

〈モニー〉は学園祭が台風で延期になったという趣旨のつぶやきをしたのだが、当初の開始日と延期後の日程が一致している関東圏の大学は、寧路芸術大学だけだったのだ。

それが去年の九月のこと。自分と同じ学校に〈モニー〉が通っている可能性を常に頭に置きつつ、彼女をフォローし続けた。その間にも〈モニー〉はバズるつぶやきを繰り返し、フォロワー数を伸ばし続けていた。次に手がかりとなったのは、今年の四月の投稿だった。

「〈モニー〉は自撮りを一切アップしないんっすけど、服装のセンスがいいことは感じられるつぶやきをしてたね。その流れで彼女、ファッションデザインを専攻していて近々コンテストがあることをつぶやいたんですよ。投稿から数分後にそのつぶやきを消したことから見て、いかにもうっかりって感じだったな。要するに、芸大でそういうコンテストが近々あるのも、調べたら寧路芸大だけだったってわけ」

「なるほどねえ。学科まで絞れりゃ、かなり身許の特定に近づいたわけだ」

「いやあ、たまたまですけどね。ま、ここまで来たら〈モニー〉ご本人を特定したくなるのが人情でしょう？　詳しい過程は省きますが、学年が三年生以上であることは本人のつぶやきから特定できました。寧路芸大でファッションデザインを専攻している、三年・四年の女子。そこまで絞れたらあとはローラー作戦ですよ。他にもつぶやきから、学校の徒歩圏内に住んでいることや、愛知県出身ってことなんかがわかっていました。三人ばかりヒットしたんだが、あることが決定打になって、本多朝顔なる人物が〈モニー〉だと俺は確信するに至ったわけですよ」

千曲は満足げに、膨らませた鼻孔から息を漏らした。

「ご説明感謝するよ。そんで、あんたは本多さんに取材を敢行したわけだ」

「ええ。ところが彼女、すごい照れ屋でね。俺が『〈モニー〉さんですか』って出し抜けに訊いたら、ぎょっと目を見開いて、なんの話ですか、とこうくるわけ。そんで俺が丁寧に身分を名乗って『ぜひ取材をさせてください、さらにフォロワーが増えますよ』とまで言ったのに、頑として首を振るんです。『そんなアカウント、知りません』ってね」

「あんたの特定の過程に間違いがあったんじゃないかい」

「冗談じゃない！　さっき言った『決定打』ですがね、〈モニー〉のアカウントの写真は朝顔の花なんですよ。本多朝顔、という名前がリストに残っているのを見た瞬間に、ピンときました。〈モニー〉とは朝顔の英名『モーニング・グローリー』から取っているんだとね」

怜にも、その符合は偶然とは思えなかった。やはり、本多朝顔が〈モニー〉と見て間違いないということか。

「だから俺は、外堀を埋めることにしたんですよ。もう〈モニー〉の在籍している学校を特定する根拠は揃っているわけだから、先を越される前に記事にしてしまおうとね」

またしてもスマホを操作して、新たな画面を開く。怜たちに向けられた画面には――。

「噂のインフルエンサー・モニーが通っている芸大が判明！　噂の彼氏も同じ学校⁉」

怜は眉をひそめた。なぜ一般人が、ここまで書き立てられねばいけないのか。

「いやあ、もう、この記事バズりまくりで大変。うちの大学、大いに沸きましたよ」

「ご苦労なこったね。それで、本多さんの反応は？」

「いや、この記事が出たのはまだ一昨日で……。俺、昨日は大学に行かなかったから、本多嬢と接触する機会がなくてねえ。彼女が死ぬ前に取材すべきだったと反省していますよ」

数村がバンとテーブルを叩いた。千曲は口を閉ざす。

「……さて、じゃあちょいと話題を変えようかね——あんたの、昨夜の七時から九時のアリバイとかね」

「やだな刑事さん。俺が取材をさせてもらえなかった腹いせに、彼女を殺したとでも？」

「おや、腹を立てていたんですか、そいつは知らなかったな」

「ったく……あなたが考えていそうなことを言っただけですよ。えー、なに、七時から九時？　アリバイはないですねえ。そのころは自室にこもって、サブスクサイトで映画をだらだら見てましたから。あ、十時頃、友達とビデオ通話を始めたな」

「十時のことは聞いちゃいないよ。アリバイなし、と。……おや、どうしたんだい島ちゃん」

振り返ると、島崎はスマホを操作していた。彼女は考えこむような様子で口を開く。

「千曲さん。先ほどの記事によれば〈モニー〉さんには学内に彼氏がいるとのことでしたが」

「ああ、そうでした。言い忘れていた。すでに言ったとおり、彼氏の惚気をつぶやくのがメインのアカウントですからね。彼氏のほうの情報もなにか摑めないかと様子を窺っていたところ、〈モニー〉はとうとう先月の末につぶやいたんですよ。『彼、作曲のコンペで一位！　すごすぎる』ってなふうに。条件に合致するのはひとりだった」

「どこのどいつだい」

「作曲専攻の伊集院泰隆って男ですよ。去年のミスターコンで一位になったイケメンで、華のインフルエンサーの彼氏には相応しいってところですね。ただ、記事には彼の名は出しませんでしたよ。勇み足の可能性もゼロじゃなかったから、学内の有名人を敵に回すのは避けたわけです」

数村は、ふんと鼻を鳴らして島崎に視線を戻す。

「それで？　どうして急にその話題を持ち出したんだい」

「今、その〈モニー〉というアカウントを見つけて、投稿を見ていたんです」

「おっと、しまった。今朝はまだ〈モニー〉のアカウントをチェックしていなかった」

千曲が悔しそうに舌打ちする。

「公園で事件があったと知って、野次馬をやりに来たところで本多さんの訃報を聞いたから、時間がなかったんっすよね。警察に見つかる前に早く素材写真を撮ろうとしていたし」

「で、見つかっちまったってわけだ。……あんたの話はもういいよ。で、なんて書いてあるんだい、島ちゃん」

「昨夜の八時、〈モニー〉の最後の投稿です」

千曲を横目でちらりと見てから、島崎は読み上げた。

「『これから彼氏に会いに行く。雨なのに、会えると思ったら全然出かけるの苦じゃない』」

数村と怜は顔を見合わせた。千曲が叫ぶ。

「伊集院だ！　伊集院泰隆が犯人ですよ。間違いないっ」

「ちょっと、あんた」

数村はテーブルに腕をついて、千曲のほうに身を乗り出す。

「ここで知りえた情報を、勝手に外に漏らさないように頼むよ。捜査を邪魔立てするんなら、公務執行妨害が立派に成立するからね」

罪状を挙げられて、千曲の威勢もやや弱まった。

「……わかりましたよ。ただ、事件が起きるよりも前に知りえていた件については、記事にする自由があるでしょう？　報道の自由です。そう怒らないでくださいよ、伊集院の居所を教えますから」

「大学に問い合わせりゃわかることだけれど——まあ、お教え願おうか」

「彼はここ最近、ずっと芸大の音楽科棟にこもって作曲をしているんです。B－4という実習室が彼の根城ね。あのイケメン、作曲に対してはどうやらガチらしくて、本当にこもりきりなんです。接近しにくくて仕方ない」

「……ふん、なるほどね。ご教示感謝するよ。ただ繰り返すけれど、軽佻浮薄な行動は慎んだほうがいいね。人がひとり死んでいるんだ。あんまり過激なことをすると火傷するってことだけは、憶えとくほうがいい」

千曲は肩をすくめて、部屋を出ていった。砂岡の部屋に取材に押しかけられては迷惑だということで、刑事たちは千曲がアパートのエントランスを出ていくまで見送った。

「……情報源があの男ってのは気に食わないけれど」

数村が、苦々しげに口を開いた。

「どうやら、伊集院とかいう男には会わにゃならんようだね。あたしと連城巡査部長で行こう。島ちゃんは、上の部屋に残ってる澁谷を連れて捜査本部に行ってくれないかい。パソコンと復元したスマホのデータを洗ってほしいんだ」

「承知しました。本多さんが〈モニー〉であったことを証明するんですね」

彼女は、素早く〈寧路ハイツ〉の中へ引き返した。

（その〈モニー〉が本当に本多さんなら……。最後に会いに行った「彼氏」が、たしかに第一容疑者だな）

怜はなにげなく、本多の部屋を見上げた。すると、こちらを見ていた砂岡千秋と目が合った。彼女は慌てたように目を逸らして、カーテンを引いた。

5

晴れているせいか、寧路芸術大学のキャンパスは二日前よりも人出が多かった。広場にも並木道にも、多くの学生がたむろしている。

「ミカくん、さっきから浮かない顔してるね」

律に話しかけられて、光弥は顔を上げた。

「そうかな」

「おっ、律も光弥のポーカーフェイスが読めるようになってきたか。光弥検定準一級の資格を授けよう」

光弥は呆れて、蘭馬をねめつける。

「勝手に変な検定作らないでよ。……ちょっと考えごとしてただけだから。寧路市内で起きたっていう事件のことだけど」

「あ、やっぱり気になってたんじゃんミカくん。今からでも捜査に参加する？」

「そういうことじゃなくて。市内で見つかった二十代前半の女性ってことは、もしかしたらここの学生じゃないかって思ったんだよ」

「あっ、言われてみれば可能性あるよねぇ。うわ、やば。後でサークルのＳＮＳとか見てみよう」

口には出さなかったが、光弥はもうひとつ気になっていることがあった。

（カフェで見たあの喧嘩は、関係ないんだろうか）

カフェは一昨日よりも混雑していた。光弥たちは飲み物をテイクアウトして、外で飲むことにする。最近金欠気味の光弥は、ショートサイズのアイスコーヒーを選んだ。

陽光が降り注ぐベンチに並んで腰を下ろして、光弥たちは飲み物を啜る。律が片手でスマホを操作して、しばらくなにかを読んでいた。それから「むっ」と声を上げる。

「やっぱり、亡くなったのうちの学生みたいだよ。オレが入ってる愛猫家サークルの部長がつぶやいてた。『うちの学生が亡くなったっていう今朝の事件、友達から訃報が回ってきた。ファッションデザイン専攻の本多朝顔さん。演習一緒だったからショック。ご冥福をお祈りします』……ってさ。オレは知らない人だ」

とりあえず、この間カフェで激昂していた女性――松井多佳子ではないようだ。だが、被害者の名前を聞いたとき、光弥の心に引っかかるものがあった。

（朝顔……）

たしか、律が一昨日見せてきた〈モニー〉というアカウントのアイコンも――。

「光弥くん！」

名を呼ぶ声に顔を上げた。光弥は思わずぽかんと口を開けていた。

「怜さん……」

蘭馬と律が立ち上がって、怜に「お久しぶりです」と挨拶をした。ふたりも怜とは面識がある。

「おや、あんた、ずいぶん学生さんの知り合いがいるようじゃないか」

怜の後ろから歩いてきた五十がらみの女性が、からかうように言った。怜は困ったように頭を掻いて、光弥と女性を交互に見やる。

「えーと……、こちらは、寧路署の数村警部だ。で、警部、彼らは……」

言葉に詰まっていた怜の代わりに、蘭馬が自分と光弥、律を紹介した。

「おれたち、みんな連城刑事にはお世話になってるんです。ご近所なんで」

彼も律も連城家の近所には住んでいないが、蘭馬の咄嗟の嘘だろう。怜と光弥の関係を初対面の人に説明するのは難しいから、気を利かせてくれたのだ。

「へえ、そういうわけかい。しかし、おふたりは創桜大の学生さんで、そっちの子は工芸専攻だったね。被害者とは学科も学年も違うから、事件と関係は……」

「いや、関係あるかもしれません」

光弥が言うと、数村は彼のほうに顔を向けた。

「もしも、被害者の女性がSNSでよく知られた〈モニー〉なるアカウントの主なら、僕たちもちょっとした情報を握っていることになります」

数村は光弥をじっと見つめて、低く唸る。

「なにを根拠に、被害者がそのアカウントの主だと思ったんだい」

「学生の間では、もう被害者が『本多朝顔』さんだということは知られているようですよ。その名前を聞いたときに〈モニー〉のアイコンが朝顔だったと思い出したんです」

「ふん、なかなか勘働きがいいね。しかし、そこまでは我々も辿り着いている。よその学生さんらしいけど、あんたはその〈モニー〉とどう関係しているんだい」

「じつは一昨日、そこのカフェでちょっとした現場を目撃したんです」

蘭馬が「ああ！」と手を叩いた。

「あの痴話喧嘩？　でも、あれと〈モニー〉とどう関係あるんだよ」

「これはほとんど直感なんだけど、あのふたりは〈モニー〉のアカウントをめぐって喧嘩していたんじゃないかな」

「えーっ、伊集院さんの浮気相手が〈モニー〉だったってこと？」

律の言葉を聞いて、刑事ふたりは目を見交わした。

「どうやら、ビンゴのようだね。ちょいとあんたら、詳しく話を聞かせておくれよ」

話の上手い蘭馬が代表となり、カフェで起きたできごとを語った。怜は驚いたように目を大きくしながらメモを取っていた。

「ははあ、そういうわけかい……。しかし、三上くんと言ったね。どうしてわかったんだい、その伊集院なる男の浮気相手が〈モニー〉だと。その場で名前は出なかったんだろう」

「まず、松井さんという女性の『ああ、あなたSNSやってないもんね』という発言が引っかかりました。SNSをやっていれば自然に浮気相手の『匂わせ』投稿を知るだろう、という意味に取れます。――つまり、浮気相手のアカウントは影響力があるのだと。寧路芸術大学の中を〈モニー在学説〉が駆けめぐった当日にあのカフェでの事件が起きたんですから、関連があると思えたんです」

「なるほど。〈モニー〉なる女が在学しているという目でアカウントを見て、松井って子はその女の彼氏とやらが自分の彼氏と同一人物だと勘づいた――というわけかい」

「ええ。加えて〈モニー〉の『彼氏』は作曲をやっているそうで、これも伊集院さんと同じです。さらにその『彼氏』の写真は――どれも身体の一部しか写っていませんが――伊集院さんと似ているように見えました」

「なるほど……やっぱり、あんた勘働きがいいね。助かったよ」

数村は深々と頭を下げてから、校舎のほうへと向かう。怜は、ちらりと光弥を見て手を上げた。

「じゃあ後でな、光弥くん」

去っていく刑事ふたりを、光弥たちは見送った。

＊＊＊

怜と数村は音楽科棟に入り、案内板を確認した。作曲実習室は地下だった。

(なんか、思ったよりおとなしい建物だな……)

怜は、芸大というとエキセントリックな人々が闊歩しているというイメージ——偏見？——を抱いていたのだが、すれ違う学生たちはそこまで奇抜なファッションをしているわけではなかった。予想に反して、そこここに変なオブジェがあるわけでもない。

地下はコンクリート造りであることを隠そうともしない無骨なデザインで、防音らしいクッション材の扉がいくつも並んでいた。

「千曲氏によりゃたしか、Ｂ－４って部屋が伊集院さんの根城らしいね」

目的の部屋はすぐに見つかった。中に聞こえるとは思えないが、怜は一応ノックしてから重たい防音扉を押し開く。ギターの大音響にでも襲われるかと思っていたが、室内はしんと静まり返っていた。

パソコンが載ったデスクが並ぶ部屋に、男がひとりだけいた。廊下に背を向けて作業していた彼はヘッドフォンをしていたが、気配を察知したのか手を止めて、怜たちを振り返った。

「なにか？」

ヘッドフォンを外しながら尋ねる彼に、怜は警察バッジを見せた。

「伊集院泰隆さんを探しているのですが」

「俺ですけど——なにか」

「本多朝顔さんが殺害された件で、ちょいとお話が聞きたくてね」

伊集院は、わずかに眉をひそめた。

「……どうして俺のところに？」

「おや、その『本多朝顔』さんが誰かはお尋ねにならない？」

「知っている名前ですから。彼女が亡くなったことも存じています。おかけになったらいかがですか」

伊集院は、デスクの前に並んだキャスター付きの椅子を指した。彼はパソコンをスリープモードにしてから、着席した刑事ふたりに向き直る。

「本多朝顔さん——美術学科でファッションデザインを専攻している人ですね。ええ、俺は彼女のことを知っています」

「で、お付き合いをしていらした」

「半年前までね。去年のクリスマスのちょっと前に、別れました」

怜は、嘘をつくなよと思いつつも一応メモを取る。

「ほほう、そうでしたか。お付き合いしていらしたというのに、落ち着いてらっしゃる」

「もう他人でしたから。学科が違うと、ほとんど顔を合わせる機会がないんですよ。たまに図書館ですれ違ったりしたし、昨日も夕方、キャンパスの隅で立ち話しましたけど」

さりげなく、重要と思えることが話された。怜はペンを強く握る。

「ほう。どんなお話をしたんですか」

「最近はどう、みたいな話とかを、いろいろとね。お互い納得尽くで別れたので、とくに気まずいことにはならなかったな」

数村は疑わしそうな顔でこめかみを掻いた。

「ほう。いわゆる『お友達に戻った』わけだ。じゃあ、今年に入ってからも、ふたりでちょくちょく一緒に出かけるなどしていたんですか」

「いえ、そういうことはしていません。彼女と別れてから、他の女性と交際を始めたので」

数村は、大げさに鼻から息を吐いた。

「左様ですか。ところで、いま付き合ってらっしゃる女性と、一昨日喧嘩をやられたとか」

椅子に前かがみに座って床を見ていた伊集院は、視線だけを上げた。どことなく虚(うつ)ろな目だ。

「それが、本多さんの事件となにか関係があるんですか」

「いやね、他人の色恋沙汰を掘り返そうってつもりは毛頭ないんですが、コロシの捜査となると、そういった下司(げす)な真似もしなきゃならんのです。因果な商売でね」

「そのようですね」

まったく表情を変えず、声にも張りがない。数村は苛立ったように太ももを叩く。

「率直にいきますかね。あんた、本多朝顔さんとまだ切れてなかったんだろう」

伊集院は、なお表情を変えない。

「本多さんは、あんたがいま別の女と付き合っていることを知らなかった。そのために、SNSにあんたとの交際を思わせる文章や写真をアップしちまった。それをあんたの正式な恋人が勘づき、喧嘩になったたってわけだ」

「本多さんとは、去年の冬に別れました。その後は、彼女とふたりきりで出かけることはおろか、メッセージアプリでの会話もしていませんよ」

「じゃ、なんであんたの恋人は飲み物をぶっかけるほどキレちまったんだい」

「彼女の勘違いです」

数村は自分を落ち着かせるように深呼吸をしてから、伊集院の目を覗きこんだ。

「……昨日の夜、あんた、どこにいた？」

「夕方まで、ここで作曲をしていました。ここを出たのは、七時半過ぎかな。それから、いくつか寄り道をして、午後九時には寮に着きました」

数村は、ふんと鼻を鳴らした。

「午後九時、ね。一時間半も、どこに『寄り道』をしていたんですか」

「人と会っていました」

「おや！　人とね。どんなかただろうな」

ひとりごとめかした数村の言葉に、伊集院は間を置かずに答える。

「女性です」

「松井多佳子さん？」

「違います」

「……こりゃ、驚いたね」

数村が皮肉めいた口調で、呆れ声を上げる。怜はなるべく感情を表に出さないように努めたが、不快感に眉が寄るのを感じた。

(要するに……本多さん以外にも、こっそり付き合ってた女の子がいたってことか)

しかも伊集院はそれを、投げ出すような口調で言ったのだ。怜の反感はいやが応でも高まった。

「うーん、そうすると、その女性の名前をお教え願いたいね」

伊集院は答えなかった。数村の言葉が耳に入らなかったかのような態度だ。

まさかこの期に及んで、そのまだ見ぬ第三の女性に浮気を隠しておきたいとでもいうのだろうか――怜はそう考えて、辟易(へきえき)した。

数村は立ち上がって、伊集院の前のデスクに掌をつく。

「その子の名前を聞かせてもらえりゃ、あんたの容疑は晴れるかもしれないんだけどね」

「俺には、容疑がかかっているんですね」

「まあ、動機という点じゃ、あんたが最有力だね。……連城巡査部長。例のアカウントを見せておやりよ」

怜は自分のスマートフォンで〈モニー〉のアカウントを呼び出した。「彼氏」の姿が写りこんだ画像を選んで、伊集院に向けて突き出す。

「これは、あんたの写真だろう？」

「そう見えますね。これは、本多さんのアカウントなんですか」

「そのとおりさ。……あんたはもう、松井さんから見せられただろうけどね、これを」

「ええ、見せられましたよ。――でもこれ、投稿されているのは、去年彼女と付き合っていたときに撮った写真だと思いますよ」

伊集院の口調は、もはや他人事のようだった。

「あんたねぇ……、この写真は、今年の五月に投稿されているよ」

「写真というものは、撮ってすぐ投稿されるとは限らないでしょう」

数村はしばらく黙ってから、伊集院のそばを離れた。埒（らち）が明かない、というように首を振る。数村が顎をしゃくったので、怜は頷いて〈モニー〉の最新のつぶやきを表示した。

「どうだい。『これから彼氏に会いに行く』――彼女はそう書いているよ」

「そうですか。少なくとも俺はもう本多さんの『彼氏』ではないですが」

「けどねえ、あんた。投稿を遡（さかのぼ）ったところ、先月時点での〈モニー〉の『彼氏』の写真が、あんたなんだよ」

「そのアカウントが本多さんのものだという証拠はあるんですか？」

「それについちゃ、専門家がいるよ。証拠をたくさん集めて記事にした人間が」

「……警察で一度、ちゃんと調べたらどうですか。とにかく、そのアカウント、でたらめだと思いますよ、俺は」

伊集院はヘッドフォンを取り上げて、感情のこもらない目で刑事ふたりを見やる。

「他にご質問は？」

「そうさね、松井多佳子さんとはまだお付き合いが継続中なのか知りたいね」

数村は、ついでのような口ぶりで問うた。

「……どうなんでしょうね。あのカフェで会ったのが最後です。あれはフラれた、ということになるんじゃないかな。あのあと何度電話しても、出なかったし」

やはり他人事めいた口調だった。

「じゃあ、砂岡千秋さんのことは知っているかい」

「スナオカ？……誰ですか。聞いたことがあるような、ないような」

「本多さんのルームメイトさ」

「ああ……。チアキ、という名前は聞き覚えがあるな。本多さんが言っていたんでしょう。でも、会ったことはありません。彼女の部屋に上がったことないですし。その人がなにか」

「いや、単に知っているかと思っただけさ」

「そうですか。……じゃ、そろそろ作曲に戻ってもいいですか？」

伊集院は、返事を待たずにヘッドフォンを装着した。

数村はなにか言いたげに唇を動かしたが、すぐに背を向けて歩きだした。


廊下に出ると、数村は「どう思うね」と怜に向かって顎をしゃくった。

「……少し、予想と違いましたね。予想したよりもひどい男でしたが、犯人像とは合致しないように思えます」

「あたしもそう見るよ」

数村は、苛立たしげに髪を搔き回した。

「たしかに、浮気がバレたことで松井さんとの関係はご破算になっちまったらしい。だが、あの口ぶりじゃあ複数の女の子と関係を持つことを屁とも思っていない様子だ。松井さんから捨てられたショックで、怒りの矛先が本多さんに向いたとはどうも考えにくい」

「そうですね。カフェの一件でプライドを傷つけられたというならば、松井さんを恨むのではないかという気がしますし」

数村は首を捻って、苛立ったように呟く。

「どうも平仄が合わないねえ。なにかが根本的に間違っている気がするよ。SNSのアカウントなんてものが絡んでくるから厄介だ。……だが、匙を投げるにゃ早いね。動機がある人物がもうひとり残っている」

数村の言葉で、怜ははっと顔を上げた。

「女の仕業という気はしなかったけれど――どうもこの事件、見かけどおりじゃなさそうだからね。もしかしたら、次が本ボシかもしれない」

怜は顎を引いた。

「松井多佳子さん、ですね」

6

松井多佳子は所在がわからなかったので、事務局に頼んで構内放送をかけた。たまたま近くにいたのか、彼女は三分と経たずに現れた。

パーテーションで事務室と区切られた面談室を借りて、事情聴取をおこなうことにした。数村が身分を名乗ると、松井は鋭く眉根を寄せた。

「……刑事さんが、どうしてあたしのところに？」

警戒心を露(あら)わにして、怜と数村を見比べる。

「今朝、寧路市内の公園で遺体が見つかった事件は知っているね」

「……はい。うちの学生だっていう噂も聞きましたけど」

「そのとおり。被害者は美術学科ファッションデザイン専攻の本多朝顔さん、四年生」

松井は驚くよりは、困惑を深めたような顔になる。

「すみませんけど、知らない人です。もしかしたら、キャンパスですれ違ったことはあるかもしれないけど。あたしがなにか、その子と関係あることになってるんですか？」

「あんまり、あなたにとって愉快な話じゃあないんだけどね」

数村もさすがにためらう様子を見せてから告げる。

「その子が、噂のインフルエンサー――〈モニー〉の正体だったのさ」

松井は荒々しく息を吐いて、長い脚を組んだ。

「ああ、そういうこと！　〈モニー〉が殺されたってわけ、ふうん、そう」

「そこで、あなたが関係者になっちまったというわけでね」

「別に関係はないです。少なくとも、今は関係ない」

「伊集院泰隆さんと別れたから、ですか」

当たり前でしょう、と言うように松井は頷いた。

「ねえ、もしかして、あたしが泰隆を取られたからって理由で〈モニー〉を殺したとでも言うんですか？　冗談やめてください。そこまで彼に執着してなかったし、第一あたし、アカウントの主が誰かなんて知りませんでしたから」

数村は手を突き出して、まくしたてる松井をなだめた。

「ええ。ええ。別にあなたを疑っているわけじゃないんですよ。ただ、関係者全員の話を聞いてるんです。とりあえず、昨夜の七時から九時の間、どちらにいらしたかお聞かせ願えませんかねえ」

「アリバイ調査ですよね、それ。やっぱり疑ってる。……七時から九時ですか？」

憤然としながらも、彼女は答える。

「八時から、寧路駅前のバールでバイトしていました。閉店の午前一時までいましたから、八時以降のアリバイは完璧ですよ」

「バール……ああ、あのカフェとバーがひとつになったようなこじゃれたやつねえ。しかし、若い女性がそんな遅くまで勤めるのは物騒ですね」

「割がいいので。店の名前も言いましょうか」

彼女が告げた店名を、怜は書きとる。その様子をちらりと見てから、数村が続ける。

「ところで、八時より前まではどちらに？」

「家で仮眠をとってました。あたし、寧路市内にある実家から通学してるんです。七時五十分くらいに家を出て、バイト先まで十分足らずで着きます……あ、言っておきますけど」

松井は数村が質問を重ねようとするのを遮る。

「昨日の夕方は、家族は出払っていてあたしひとりでした。これで満足ですか？」

数村と怜は目を見交わして頷いた。〈モニー〉の最後の投稿は、午後八時ちょうどになされている。ということは、それが本多自身の投稿であると証明できれば、松井多佳子のアリバイは成立する。

「アリバイについては、おおむね満足がいきました。ただ、もう少しだけお付き合いください。……伊集院泰隆さんとお付き合いを始めたのは、いつ頃です」

「そんなことまで答えなきゃいけないんですか？」

「ご辛抱いただけると幸いです」

「……まだ、そんなに長くないですよ。知り合ったのは去年の十月です。ミスコンとミスターコンであたしたちがお互い一位になったのがきっかけで、友達になって。だけど、そのとき彼には付き合っている子がいたんです」

松井は少し間を置いて、腕をさすりながら続けた。

「年が明けてから、彼が『付き合っていた子と別れた』っていうので、なんとなくお互いにそういう空気になって……。ちゃんと付き合い始めたのは今年の二月ですね。バレンタインデーに、彼が夕食に誘ってくれて、そこから。なので、正味六か月も付き合ってないですね。わかるでしょう、そこまで執着する相手じゃないって」

彼女はそこで、思い切り顔をしかめた。

「まあ、たしかに浮気されたのには腹が立ちましたけど」

「兆候はあったんですか」

「おくびにも出していませんでしたけど……、意外ではないですね。彼、顔がいいからモテるんですよ、本当に。いつも穏やかでよく気が利くし、物惜しみもしない人でしたけど……ときどき、なんだか裏があるような気はしてたかな」

苦々しげに、松井は唇を嚙んだ。

「たとえば『付き合っていることをあまり周りに言わないようにしよう』って言われたと

きは、なんでって思いましたよ。オープンにしたほうがいろいろと楽なのに。『お互い、変に学内で有名になっちゃったから、騒がれそうで嫌だ』っていうのが彼の言い分で、そのときは納得したんですけど……やっぱり変」

（複数の相手と付き合っていることが、周囲に露見しにくくするためか……）

そう考えて、怜はげんなりした。

「振り返ってみると、どこか嘘くさかったとも思うんです。『こんなに人を好きになることがあるとは思わなかった』なんて、あたしに言ったこともある。実際に言われると悪くない気分だったけど、いま思うとちょっとドラマチックすぎますね。そう、彼は演技をしていたのよ。それが――」

言葉を探すような間があってから、彼女はゆっくりと頷く。

「化けの皮が剝がれたということね、〈モニー〉の投稿のおかげで。本当に、隠しごとができない時代になったと思いません？　ＳＮＳって、人の本性（ほんしょう）を映しだす鏡ですよ」

「〈モニー〉のアカウントを発見したのは、やはり学内で話題になっていた記事のおかげですかね」

「ええ。マス研の人が書いた記事だって小耳に挟みましたけど。あたしは〈モニー〉みたいに自意識の強いアカウントは嫌いだからフォローしてなかったけど、学内の人だっていうから興味が湧いて見てみたんです。……そしたら、びっくり」

びっくり、と言いながら、目を見開いてみせる。

「『彼氏』として写真に写りこんでいる男が、明らかにあたしの彼氏だったんだから。あたしと泰隆が付き合い始めて以降の三月とか四月にも、その『彼氏』は写りこんでいました」

「さぞお怒りになったでしょうね」

「泰隆に対してね。その日のうちに喫茶店で問い詰めたら、彼は『あいつ、俺に黙って載せやがって』みたいなことを言いました。正確な言葉じゃないかもしれませんけど、とにかく語るに落ちたわけ。……この程度の男か、と思って、もう連絡先も消しました」

松井は、ハンドバッグを手に取って立ち上がった。

「もういいですよね。あたしは〈モニー〉については『うちの学生』ってことしか知らなかったんだから、仮に恨みに思っても、殺せるはずないじゃありませんか？　彼女がどこの誰か知っていたのはただひとり――泰隆だけでしょう？」

事務室を去る松井を、数村は引き留めなかった。

＊＊＊

「ミカくんはほんと真面目なんだから」

呟いて、律は二杯目のドリンクを啜った。

蘭馬は、プラスティックカップの底に残っていた氷を喉に流しこみながら答える。

「ま、あいつは昔からそうだからなぁ」

正午が近かった。そろそろ昼休みになる。光弥は、三限の講義に間に合わせるため創桜大学に向かったのだ。蘭馬はと言えば、三限は自主休講する意思を固めていた。もう少し、律と話していたかったのだ。

「それにしても〈モニー〉が殺されちまうなんて、ショックだよな」

「ね。それでオレ、さっきから〈モニー〉のアカウント見てたんだけど、最後のつぶやきがヒントにならないかなあ」

彼が蘭馬に見せたスマホには、問題のつぶやきが表示されている。

「『これから彼氏に会いに行く』……か。その浮気男に会いに行ったのが最後なら、そいつがたしかに怪しいかもしれないな」

「ね。……でもオレ、思ったんだけど、じつは〈モニー〉のほうも複数の男と付き合ったりしてないかな。全部のつぶやきが同じ『彼氏』を指してるとは限らない」

律の発想に、蘭馬は呆れつつも感心した。

「あー、それ、なんだっけ。『叙述トリック』っていうやつ？　面白いな」

人が死んでいるので面白がるようなことではないが、興味が出てきた。蘭馬は自分もスマホを取り出して、ＳＮＳを開いた。〈モニー〉のアカウントで『彼氏』というワードが含まれているつぶやきを検索する。

「……こうして見ると、本当に惚気が多いよな」

「うーん。オレの邪推だったかな。〈モニー〉はこんなに彼氏のこと好きなんだもん、反省」

蘭馬は、おそらくもう更新されないであろう〈モニー〉のつぶやきを眺めていく。

今年に入ってからも、彼女は『彼氏』とたくさんの思い出を作ったらしい。明治神宮での初詣は、去年も行っており二度目らしい。バレンタインにはディナーをともにし、春には渋谷でショッピングをし、さらには舞浜のテーマパークにも行き……と、充実した活動ぶりがつぶやかれていた。

（こんなに人生楽しんでた人が、突然殺されなきゃなんないなんて……）

「……あ、刑事さん」

律がカップのストローを音楽科棟のエントランスに向けた。先ほど会ったふたりの刑事が出てくるところだった。怜がこちらに気づく。

「ね、ちょっと挨拶してこようよ」

律が刑事たちのほうへ歩きだしたので、蘭馬も後を追う。光弥と一緒にいるときは、どちらかといえば自分が引っ張っていくほうなのだが。こうして振り回されるのは新鮮で、だからこそ彼と一緒にいるのは楽しい。光弥といるときの安心感とはまた違う。

「どうですか、刑事さん。あのふたりのどっちか、犯人でしたか」

律が直球で尋ねると、数村警部が呵々と笑った。

「あんた、面白いこと訊くね。仮にそうだったとして、教えられるわけないだろう」

「いや、カフェでの一件を見てた者として気になりますから」

「残念ながら、まだ犯人は特定できないよ。これから、被害者の友人たちに話を聞きに行くところで……おっと、こいつは余計な話か。じゃあ行くかね、連城巡査部長」

「あ、はい」

返事しつつも、怜は心残りがあるように蘭馬たちのほうを見る。

「光弥くんは？」

「先に創桜大に行きましたよ。あいつ、真面目なので」

「そうか。まあ、君たちもあまりさぼるなよ。とりあえず、今日はありがとな」

礼を言って、彼は数村とともに美術科棟のほうへ歩いていった。

「……そういえばラッチー、なんでさっき嘘ついたの？」

律が唐突に尋ねてきた。蘭馬は慌てて彼を見る。

「え、嘘って？」

「オレとラッチーが連城さんのご近所さんだって」

「あ、それは……。ほら、あの女性の刑事さんの前だったから。光弥と連城さんが一緒に住んでること、勝手に言わないほうがいいと思って」

「……そっか。ラッチーも真面目なのだな。カップ捨てに行こう」

律がカフェのほうへ向かって歩きだしたので、蘭馬も後を追う。

「それにしても、ミカくんと刑事さんの関係はつくづく不思議だねぇ。連城刑事、オレたちより九歳くらい年上だったよね」

「ん、まあ、光弥は昔から年上に懐くからなー。中学のときは国語の教育実習生だろ……高校のときは生物の先生で……」

これ以上はやめておくことにした。これも勝手に話すべきことではない。

「ま、光弥も最近幸せそうにしてるから、いいんじゃない。そういう人生があっても」

蘭馬はときどき親友として、光弥と怜の生活に複雑な感情を抱くこともある。

中学生のときからずっと一緒にいた自分じゃなくて、どうしてたまたま知り合った刑事さんと同居関係になるのだろう、と。こっちは実家暮らしだけれど、同じ大学に通う友達同士、おれとルームシェアする選択もあっただろうに……などと。

(でもたぶん、光弥が欲しいのはそういうのじゃないんだろうなあ)

幼いころ弟を亡くし、両親が離婚した光弥が欲しいのは、家族に限りなく似たなにかなのだろう。だから、友達の自分では駄目なのだ。そういえばいつだったか、怜は両親を亡くしていると話していたことがある。なにかを失った者同士でしか、わかりあえないことがあるのだろう、きっと。

蘭馬と律はプラスティックカップを捨ててから、ふたりでのろのろとキャンパス内を歩いた。二限目終了を告げるチャイムが鳴る。昼食を摂るために、学生たちがわらわらとキャンパス内に出てくる頃合いだ。

「どこで昼飯食う？」

「ラーメンの気分かな。そこの気風堂(きふうどう)でいい？」

彼は、校門のすぐ前にあるラーメン屋を指した。

見かけに似合わぬ健啖家の律は、いつもかなり食べる。並みの人なら二十分かけて食べる気風堂の特盛ラーメンも、十分と少しで平らげてしまうのだ。数分後の食事の場面を想像するだけで、蘭馬は愉快な気分になった。

「じゃ、行くか」

7

怜と数村は昼休みの校舎を歩き、本多朝顔の友人を探した。

その道中、怜の携帯に島崎から報告が入った。怜も、自分たちが得た情報をかいつまんで話し、松井のバイト先でアリバイを確かめる仕事も手配した。通話を終えてから、島崎の話を数村に報告する。

「やはり本多さんが〈モニー〉で間違いないようですね。押収したノートパソコンで〈モニー〉のアカウントにログインしていた形跡が見つかったそうです。確認された限り、投稿はすべてそのパソコンでおこなわれていたようです」

数村は立ち止まって、鼻に皺を寄せた。

「パソコンから？　妙だね。最近の子はみんな、スマホからSNSをやるもんだろう」

「復元したスマホのデータからは、〈モニー〉のアカウントにログインした記録は見つかっていないようですが……。おそらく、使い分けていたのではないでしょうか。スマホでアカウントを見ていたら、学内の友人に自分が〈モニー〉だとバレてしまいますから」

「……なるほどね。そうかもしれない。となると、松井さんはアリバイができそうだ」

怜は同感の証に頷いた。〈モニー〉の最後の投稿がスマホからされたものなら犯人自身がおこなった可能性もあるが、パソコンを持ち出して戻すというのは無理だ。松井が午後八時にバイト先にいたと確認できれば、彼女はシロになる。

「他に、スマホからわかったことは？」

「伊集院泰隆とのメッセージアプリでのやりとりは、去年の十二月を最後に途切れていたとのことです。これは、伊集院さん自身の供述と一致しますね」

「そうだねえ。まあ、うっかり都合の悪いメッセージを松井さんに見られないよう、伊集院が本多さんに釘を刺しておいたんだろう。アプリでは連絡するなと。……だとしたら、本多さんは」

数村は声を低めて、呟くように言った。

「伊集院との関係が浮気であると、認識していたのかもしれないねえ」

「しかし、それなら〈モニー〉のアカウントで交際を匂わせたりしないのでは？」

「そこなんだよねえ。……どうも、ちぐはぐな感じがするよ」

たしかにちぐはぐである、と怜は思った。しかし――。

「いろいろと疑問はありますが、〈モニー〉が本多さんだと特定された以上、やはり伊集院さんが怪しいということにはなりませんか。死の直前のつぶやきが『これから彼氏に会いに行く』なのですから。アリバイを証明してくれる『女性』の名前を言わなかったのは、その子に浮気が発覚するのを恐れたからだと思いましたが、そもそもそんな女性がいなかったのかも……」

「その可能性はあるけどねえ。……まだ、呑みこみきれないよ。ちぐはぐだ」

数村は同じ言葉を繰り返すと、すり足で歩きだした。

美術科棟の事務室で、ファッションデザイン専攻の学生がどこにいるかと尋ねた。「コンペが近いので、たいていの学生は実習室にこもっているはず」という返答だった。

剣道場ほどの広さがある被服実習室を訪れると、たくさんの学生たちが昼食を食べているところだった。ほとんどが女子学生で、闖入（ちんにゅう）してきた怜たちを不審そうに見てくる。

「すみませんが、こういう者です」

数村が警察バッジを示すと、彼女たちは一斉に顔を見合わせた。「本多さんの？」「やっぱりそうなんだ」といった声が聞こえてくる。その中のひとりが立ち上がって、歩み寄ってきた。大振りの丸眼鏡が目立つ、ショートボブの女性だった。

「朝顔が殺害されたって、本当なんですか」

「……ええ、残念ながらね。あなたは」

「菅衣吹（すがいいぶき）と言います。朝顔とは、一年のときから親しかった者で……」

砂岡から「いちばん親しい」相手として聞いていた名前だった。

「よろしければ、あなた、話をお聞かせ願えますかねえ」

「もちろんです」

代表として名乗り出た菅を、他の学生たちは「いってらっしゃい」と送り出した。学科内で本多ともっとも親しかったのは菅だということは、周知の事実のようだ。

空いていたミーティングルームを借りて、聴取を開始した。

被害者を恨んでいた者はいないか？　人柄はどうだったか？　という問いについては、砂岡とほとんど変わらない答えが返ってきた。誰からも恨まれていなかった。明るい性格だが、押しつけがましいところはなく、場の空気を読むのが上手かった。

「では、本多さんがSNSかなんかやられていなかったか、伺いたいですな」

「ええ、やってました。でも、彼女はほとんどつぶやきませんでしたね。見る専門で、仲のいい友達のつぶやきに『いいね』をするだけ、みたいな。……だから」

菅はためらうような間を置いて、首をかしげた。

「人気インフルエンサーの正体が朝顔なんじゃないか、ってうちの学科で話題になったときも、私はちょっと信じられませんでした。そんなことないでしょ、って思って」

「おや、〈モニー〉が本多さんではないかと囁かれていたわけですね。その件、詳しくお聞かせください」

〈モニー〉の名を出すと、菅はぱちぱちと目をしばたたいた。

「刑事さんもご存じだったんですね。そう、記事が出たのが一昨日だったかな？　人気インフルエンサーの〈モニー〉はうちの芸大でファッションデザインをやってる、って情報が出回って。まあ、うちの専攻は三十人くらい学生がいて、大半は女子ですけど……あのアカウント、アイコンが朝顔の花なので『もしや』って話題になったんです」

千曲の記事は、本多の実生活に影響を及ぼしていたということか。

「その日、朝顔は学校来てなかったから、すぐには確認できなかったんですけど——わざわざメッセージを送って確認するのも気まずかったし。で、昨日会ったとき朝顔に訊いてみたら、彼女、ちょっと変な笑いかたをして『知らないよ。その記事、デマじゃないの』って、珍しく強い言葉で否定したんです。それを見てかえって、朝顔が〈モニー〉だったたんじゃないかなって気がしたんですよね」

「なるほど……。身分を特定されてしまうと、本多さんとしても自由なつぶやきがしにくくなったのかもしれませんね。知り合いに見られると思うと、萎縮しちまうだろうから」

「そんなところだったのかもしれませんね」

数村は少し考えるような間を置いてから、質問を続ける。

「本多さんには、お付き合いをしている男性がいたのかい」

「んん……、どうでしょうか。あまり恋愛の話はしなかったから。去年の秋は付き合っている人がいたっぽいんですけど、年明けのあたりから全然その彼の話をしなくなったから、別れちゃったのかも。先月だったか、『いま彼氏いたっけ』って訊いたらはぐらかされましたし」

怜は無言でメモを取りながら考える。

（やはり、本多さんは浮気だと承知で、伊集院と付き合っていたのだろうか）

そのとき、菅が突然ぱんと手を叩いた。

「あ、そうだ！　昨日の夕方、朝顔がすごいイケメンと話してました。小雨が降り始めてたからふたりとも傘を差してましたけど、ちらっと顔が見えたんです。たぶん去年のミスターコンで一位だった人だと」

伊集院泰隆が言っていた、夕方の立ち話か。

「ほう、興味深いね。ふたりはどんな話をしていたんだろうね」

「さあ……。そばにいたわけじゃなくて、私たちが飲み物を買おうと外に出たら、たまたま見かけただけなので。朝顔はその数分前に帰る準備をして出ていったところだったので、門を出る前にたまたま会ったって感じでしたね」

「ふたりは、口論なんかしてやしませんでしたか」

「まさか、反対です。ふたりとも笑顔で、和やかに話してるようでした。ただ、男の人のほうは、ちょっと周りの視線を気にしてるふうだったかも」

「ふむ。さっき『私たち』と言いましたが、数人いたんですか？」

「ええ、ファッションデザイン専攻の子が三人くらい」

それから、数村は「本当に念のためですが」と前置きをして、菅のアリバイを尋ねた。

彼女たちファッションデザイン専攻の女子は数人で、夜七時頃まで残って作業をしていたという。課題の提出が終わらなかったのだ。本多朝顔は、早々と済ませていたから居残りせずに済んだという。

「七時に大学を出て……、居残り組の五人でちょっとした打ち上げをしました。駅前の飲み屋で、十一時くらいまで。偶然ですけど、朝顔とよく話す子たちが集まってたかも」

実習室に戻って話を聞くと、菅をはじめ朝顔ととくに親しかった五人にはアリバイが成立した。ついでに、伊集院と本多が和やかに立ち話をしていたことも裏書きされた。

怜と数村は、彼女たちと別れて廊下を歩き始めた。

数村は無言を貫いていた。なにか気に入らないことがあるような顔で、ときどき低い唸りを漏らす。

「このあと、どうしましょうか」

「……そうだねえ。あたしらがこの芸大の聞きこみ担当になっちまった以上、とりあえず学内でもう少し証言を拾ってみよう」

数村は窓の外に視線を飛ばし、ぼそりと言った。

「どうも、なにか気に入らない」

それから、ふたりは数人の関係者から事情聴取をおこなった。

本多の指導教員や、サークル――カラオケ愛好会とボウリングクラブ――の友人にあたったのだが、砂岡や菅から聞けた以上の情報は出てこなかった。サークルではそこまで深い付き合いをしなかったらしく、さりげなく〈モニー〉の話を振ってみても、本多朝顔と結びつけて考えている学生はいなかった。

途中、松井のバイト先でアリバイを調べていた捜査員が連絡してきて、彼女のアリバイが立証されたと言った。怜がそのことを数村に告げると、彼女は黙って頷いた。

怜と数村が駐車場に戻ったときには、もう午後五時を過ぎていた。

怜が車を発進させてしばらくすると、数村はスマホをいじりだした。彼女はぶつぶつと呟く。

「どうもスマホってやつを見ていると、生産的なことをしているって気分が湧いてこないね。でも、今あたしが見ているのは〈モニー〉のアカウントだから、さぼっていると思わんでくれよ」

怜は寧路署のほうへ走らせながら、学内で得た情報を頭の中で整理した。

伊集院泰隆と松井多佳子。

アリバイの件を抜きにしても、どうもふたりの性格は犯人らしからぬものに思えた。伊集院が本多と浮気をしていて、それが彼女のつぶやきで露見したから逆恨みをした、という筋書きがまず考えられる。だが、彼のあの投げやりな態度からして、そこまで松井多佳子というひとりの女性にこだわっていたとも思いにくい。逆にこだわっていたら、浮気などしないだろう。したがって、松井に見捨てられた恨みが本多に向いても、「殺意」

というほど強いものに育つとは考えにくい。

一方の松井も、本多を逆恨みせず――まっとうに、というべきか――伊集院に対して腹を立てていた。また彼女は〈モニー〉というアカウントの主も知らなかった。

となると、強力な動機を持つ者はいないということになる。

「おや？」

数村が、突然声を上げた。ちょうど赤信号で停車中だったので、怜は彼女のほうを向く。

「どうしました？　なにか、気になるつぶやきがありましたか」

「……ああ。非常に気になるつぶやきがね」

彼女がスマホの画面を見せようとしたとき、信号が青になった。怜は慌てて発車させる。

「まあいいさ、署に戻ってから、島ちゃんたちとも共有しよう」

車が走りだしてしばらくしてから、怜は横目で数村を見た。その口許には、なにやら自信ありげな笑みが浮かんでいた。

8

怜と数村が寧路署の捜査本部に入ると、島崎と澁谷がパソコンの前で作業をしていた。

「お疲れさん。報告が山とあるよ。連城巡査部長、話しておやり」

怜は、光弥たちから聞いたカフェでの口論、伊集院と松井の証言、そして菅の話を報告した。島崎には先ほど電話でかいつまんで聞かせていたが、澁谷は報告を聞きながら目を丸くしたり、顔をしかめたりしていた。聞き終えると、島崎は思案するように指を顎に当てた。一方、澁谷は色めきたって腰を浮かせた。

「数村警部！　もう、伊集院泰隆が被疑者と見て間違いないのではないですか？」

「どうしてだい」

「我々の捜査で〈モニー〉は本多朝顔だと断定されました。彼女の持ち物であるこのパソコンから、一連のつぶやきはなされていましたからね。ということは、昨夜の『これから彼氏に会う』というつぶやきも、本多さん自身がしたものです。すなわち、怪しいのはその『彼氏』――伊集院ではありませんか？」

「まあ、待ちなよ。若いのは気が早いね」

数村は部下をたしなめて、島崎に顎をしゃくる。

「あんた、なにか気に入らないところがあるようだね」

「はい。問題の投稿が本多さんによってなされたと決めつけることはできません」

「えっ？」

怜は思わず声を上げた。その事実は、疑いようがないと思っていたのだ。

「しかし、パソコンは部屋の中にあったんですよ。どうして第三者が……」

怜は言いかけて口を噤んだ。見落としていた可能性に気づいたのだ。

「そうです。砂岡千秋さん――彼女になら、例の投稿ができました」

被害者と同居していた、砂岡千秋。たしかに彼女はパソコンに接近することができた。そして、なんらかの動機で被害者を殺害したあと、自分に嫌疑が向かないように「これから彼氏と会う」という嘘を〈モニー〉のアカウントに書きこむこともできた……。

「いや、待ってくださいよ。あの、すみません、差し出がましくて」

口ごもる澁谷を、上司が「早く言いな」と小突く。

「はい。――たしかに、同居していた砂岡さんならパソコンに触れることはできました。パスワードも知っていましたし。……でも、〈モニー〉のアカウントにログインすることはできないんじゃないですか？　そっちのパスワードは知らないでしょう」

この疑問に、怜は答えられると思った。

「SNSには、特定の端末でログイン状態を保持する機能がある。きっと本多さんは、いつも〈モニー〉のアカウントにログインしっぱなしだったんじゃないですかね。それなら、パソコン本体のログインさえできれば、砂岡さんにはこの投稿ができた」

「いいえ」

島崎の否定に、怜は面食らった。どこが違ったというのだろう。

「私はそもそも、このアカウントが本多朝顔さんのものだったとは思えません。〈モニー〉とは、砂岡さんが作った、砂岡さんのアカウントなのではないでしょうか」

怜は呆然として澁谷と顔を見合わせた。その横で、数村が呟く。

「あたしも同感だね」

すっかり混乱してしまった男ふたりに、数村は「おかしいと思ったよ」と語り始める。

「この手のアカウントを作る女の子は、たいてい自撮り写真ってやつを載せたがるもんさ。このご時世だ、顔出しは危険だけれど……やれネイルアートだ、髪を新色に染めたって、身体の一部分は載っけるもんなのさ。それがひとつもない」

怜は納得がいかなかった。写真を載せない人もいるだろう、としか思えないのだ。その表情を読み取ったのか、数村は苦笑いする。

「あたしみたいな中年女が若者事情を云々しても、説得力がないかい？　しかし、もうひとつの論拠は決定的さ。松井さんの証言の中にヒントがあった」

「彼女は、なにかおかしなことを言っていたでしょうか」

「いや、なに。あたしもたまたま、車の中で見つけたのさ。〈モニー〉のこの投稿をね」

数村が自分のスマホに表示した〈モニー〉の投稿を見せてくれる。

「彼氏とデートからのディナー。幸せってこういうことを言うんだな」

日付は、今年の二月十四日となっている。

（……二月、十四日？）

「松井さんは、バレンタインデーに伊集院さんから告白されたと言っていましたね」

「それだよ。プレイボーイの伊集院も、まさか〈モニー〉と別れた後、二度目の夕食を食いに松井さんのところに駆けつけたってこたあないだろう。となると、可能性はふたつにひとつだ。〈モニー〉の『彼氏』が伊集院さんじゃないか――」

「〈モニー〉が事実と異なるつぶやきをしたか、ですね」

怜が締めくくった後を、島崎が引き取る。

「おそらく、砂岡さんは本多さんがバレンタインデーに帰ってこなかったことから、伊集院さんと夕食を共にしたと考えたのでしょう。実際には、本多さんは別の用件で出かけていたのでしょうが」

怜は「朝顔の帰りが遅くなることは珍しくない」と砂岡が話していたのを思い出した。

島崎が淡々と続ける。

「パソコンのユーザー名が砂岡さんだと知った時点で、可能性はあると思っていました。こうして投稿と現実の間に齟齬が生じている以上、本多さんの生活をよく知っている砂岡さんが、彼女に成り代わっていると考えるのが妥当です」

「では、パソコンはそもそも砂岡さんが使っていたものということですか」

「本多さんにもときどき貸していたとは思います。全体的に入っているデータ自体が少ないのですが、本多さんのものらしい文書ファイルは保存されていましたから。もちろん、本多さんはSNSをほぼやらなかったそうですから、〈モニー〉が見つかった可能性も低いです。借り物のパソコンの履歴を調べることもしないでしょうし」

「で、警察の捜査が及ぶ直前に、砂岡さんは本多さんの部屋にパソコンを運んだんだろうね。本多さんが〈モニー〉だと勘づいている人間はすでに学内にいたし、あの千曲に至っては完全に特定していた。本多さんの周囲に〈モニー〉の痕跡がまったくないと疑われるんで、仕方なしにパソコンを本多さんの部屋に置いたんだろう」

数村の説明には不思議な説得力があった。異様な行動にも思えるが、もしもなりすましが事実なら、砂岡には他に選択肢はなかったとも思える。

「そうか、それで説明がつきますね。本多さんは伊集院さんとの関係を、浮気だと認識していた形跡がありますが、それにもかかわらず〈モニー〉が匂わせの投稿をしていたのは……」

島崎は、怜にちらりと頷いてみせる。

「砂岡さんは、ふたりが浮気の関係性だとは知らなかったのでしょう。本多さんはたぶん、今の『彼氏』との関係を、仲のいい砂岡さんには堂々と語っていた。砂岡さんは、それをいわば転載するような形で、〈モニー〉として発信していた」

数村は、鼻頭を掻きながら島崎に視線を流す。

「しかし島ちゃん、よく気づいたね。松井さんの証言は、直接聞いていないだろうに」

「連城巡査部長から報告を受けた時点で、証言と投稿との食い違いに気づきました。そこで、現実と投稿の矛盾を探そうという目でいろいろ調べたところ、ひとつ見つけました」

今月初旬、〈モニー〉が彼氏と原宿(はらじゅく)までデートに行ったとされている日は、伊集院が優勝した作曲コンテストの授賞式だったのだ。島崎が大学のホームページを確認したところ、伊集院が出席している写真があり、時間的にも〈モニー〉が後ろ姿を投稿している「彼氏」は伊集院ではありえないという。

「でかしたよ、島ちゃん。バレンタインの件と合わせて、カードが二枚揃ったことになる」

「ま、待ってください！　砂岡さんはなぜ本多さんになりすましていたんです？　どういうメリットがあると？」

目を回す澁谷に、数村は肩をすくめてみせた。

「そりゃ、本人に訊くのがいちばん早いだろうね」


寧路署の捜査員を派遣したところ、砂岡千秋はおとなしく任意同行に応じた。時刻は夜七時となり、取調室の窓の外は真っ暗になっていた。

数村が砂岡と相対し、怜が書記にあたる。島崎は少し離れて立っていた。

「愉快な話じゃないだろうけどね」

と前置きをしてから、数村は淡々と事実を並べた。

〈モニー〉というアカウントの主は、このパソコンの持ち主と同一人物であること。現実の「〈モニー〉の彼氏」の行動と〈モニー〉のつぶやきとの間に齟齬があること。本多朝顔は、身体の一部分すら自分の写真を投稿していないこと。

砂岡は黙って聞いていた。祈るように目を閉じて、机の上で手を握っていた。

「このアカウント、あんたのものじゃないのかい」

数村が問いかけると、砂岡ははっとしたように目を開いた。

彼女はしばらくなにも言わず、握り合わせた自分の両手を見つめていた。そうして、一分が過ぎ、二分が過ぎた。三分が経ちかけたとき、砂岡が口を開いた。

「私……朝顔が、羨ましかったんです」

魂のこもらない、乾いた声だった。

「名古屋にいたときから……朝顔はいつも、明るくて、優しくて、私にとっては理想の人でした。彼女みたいになりたい、そう思っていた。いつも、いつも」

赤裸々な言葉に、怜は胸を衝かれた。

（そうか……。本多さんになりきったアカウントを作ったのは、彼女と自分を同一化したいという願望のためだったのか）

「きっかけはなんだったんだい」

砂岡は、わずかに視線を揺らした。自分の思考を整理しているようだ。

「彼女が、すごく素敵な男の人と付き合い始めたって聞いて……。写真も見せてもらったら、本当に格好いい人でした。その人に一目惚れしたってわけじゃないんです。ただ、そうやって欲しいものを手に入れている朝顔が、羨ましかった。それで、つい……」

「つい、本多さんになりきったアカウントを作ってしまったってわけだね。投稿していた男の写真は、どうやって手に入れたんだい？」

「あのパソコン、ときどき朝顔にも使わせていたのは事実なので……。それで、クラウドに保存されていた朝顔のアルバムを見つけて……朝顔の彼氏の写真から、一部分を使って投稿しました」

彼女は、絞り出すようにゆっくりと言葉を紡(つむ)ぐ。

「現実に、朝顔はその人と交際を続けていて……。私、朝顔からよく惚気を聞かされました。それを聞かされるたびに、私は〈モニー〉のアカウントに、彼女が話していた内容を投稿し続けました。一昨年の冬から、つい昨日まで、ずっとそのスタイルで続けてきました」

項垂れた砂岡に、島崎が質問を投げる。

「どうして、パソコンを本多さんの部屋に運んだんですか？」

「え？　ああ……ええと……、警察が〈モニー〉に辿り着いたら、発信元があのパソコンであることも、すぐにばれると思ったので。そのとき、私があれを持っていたら〈モニー〉の正体もわかってしまうと思って、それで」

島崎の推理どおりということか。怜は舌を巻いた。

「そのことはよくわかったよ。だが、まだ合点がいかないことがある。あんたがなんで昨日の夜八時に『これから彼氏に会いに行く』なんてつぶやいたのかだ」

「たまたま、偶然なんです」

砂岡は訴えるように視線を上げた。その瞳は揺れていた。

「私が家に帰ったのは、八時半って言いましたけど……本当はもっと早くて、八時頃だったんです。そのとき、朝顔はすでに部屋にいなかったので、彼氏とデートしているんだろうと思ったんです。それで、すぐにパソコンを立ち上げてつぶやきました」

犯行は八時前だった可能性が高いということだ――と、キーボードを叩きながら怜は考えた。

「ところで、殺したのはあんたじゃないんだね」

さりげなく放たれた数村の問いには、砂岡だけでなく怜も面食らった。

「……殺して、ません！」

「しかし、聞くところによりゃあ〈モニー〉が寧路芸大に在学中って話で、学内は持ち切りだったそうじゃあないかい。当然、本多さんも気づいたはずだ――あんたが自分になりすましているって」

「朝も言いましたけど、朝顔はあまりSNSを見なかったんです。それは本当です。インフルエンサーの噂は聞いたかもしれませんけど、その〈モニー〉が投稿している写真を見るほどには興味がなかったはずです」

こうなっては砂岡の言葉を信じるか否か、ということになってしまう。

（もし本多さんが〈モニー〉が投稿した写真を見たのなら――そのアカウントの主が砂岡さんだということも、すぐわかったはずだよな）

その場合、本多は当然、砂岡に対して怒っただろう。気持ち悪い、と嫌悪したかもしれない。そうしてぶつけられた言葉が、砂岡の殺意を招いた可能性もある。

「とりあえずは、あんたの言葉を信じておこう。ところで、本多さんが交際していた男性の名前、知っているかい」

砂岡は警戒するように視線を上げて、ゆっくりと答えた。

「伊集院泰隆さん……音楽学科の四年生だと聞きました。会ったことはないです」

彼女はすぐ、上げたばかりの視線を下げた。

「……勝手に写真を載せて、彼には申し訳ないことをしました」

「なに、それは構やしないでしょう。本人は〈モニー〉は本多さんだと誤解していたようだが、平然と彼女との関係を続けようとしていたみたいでね」

「そ、そう……なんですか」

「彼が本多さんと、平気でお喋りしているところを見た人がいるんだよ」

怜はふと、伊集院の思考経路について考えた。彼は昨日の夕方、本多と立ち話をしたとき、彼女に〈モニー〉の話を振らなかったのだろうか？　――振らなかっただろう。

（そりゃあ〈モニー〉のせいで浮気がバレたから、本多さんに恨みごとのひとつも言いたくなったかもしれないけど――その後も平然と彼女と付き合うつもりだったのなら、そんな格好の悪いこと、あの青年は言わないだろうな）

それで伊集院が「〈モニー〉は本多ではない」と知らなかった理由に説明がつく、と怜は思った。

数村は、黙りこんでしまった砂岡に、ひらりと手を振った。

「さあ、わかったら余計な心配をしなさんな。ご苦労さん。帰っていいよ」

砂岡はよろりと立ち上がった。彼女は魂が抜けたような奇妙な表情を浮かべていた。怜は玄関まで付き添ったが、彼女は一度もこちらを見なかった。「送らせましょう」と言ったが、彼女は首を横に振った。どこか心許ない足取りで寧路署を後にする砂岡を、怜は言葉もなく見送った。

捜査本部に戻ると、島崎と数村が顔を突き合わせていた。数村が顔を上げて怜を見る。

「彼女がやったと思うかい？」

「なんとも言えませんが……〈モニー〉の正体がバレたら、口論になったかもしれませんね」

「そうだね。しかし、どうも性格に合わない気がするよ。あの子、どうやら本気で本多朝顔を慕（した）っていたらしい。たとえ痛罵（つうば）されても、本多さんを殺すとは思いにくいんだよ」

「慕っていたからこそ、本人に知られたことの羞恥心（しゅうちしん）が大きかったってことはないでしょうか」

数村は煮え切らない表情で首を捻り、島崎を見やる。

「どう思うね、島ちゃん」

「……よくわからなくなりました。砂岡さんは、まだすべてを正直には話していないように思えます。数村さんの質問から返事までの間に、奇妙な間がありましたから。まるで、答えを考えているような」

それは怜も感じていた。しかし、混乱していただけという気もする。

「彼女がホシだと見るかい？」

「いえ……。正直、私にはわかりません」

「あたしもだよ」

数村は、ため息をついて両手をひらりとさせた。

「ま、夜の捜査会議でなにか出てくるかもわからないからね。それを待つことにしよう」


捜査会議は夜十時半から始まった。

まずは、怜たちが今日知りえた事実を数村が代表して話した。芸大で聞きこんだ話はほぼ共有済みだったが、砂岡千秋が〈モニー〉になりすましていたという説明は、他の捜査員たちにとって大きな衝撃だったらしい。

続いて、寧路署の若手刑事が〈寧路ハイツ〉での聞きこみの成果を報告した。生前の本多朝顔を最後に見たのは――犯人を除けば――アパートの隣人だったらしいとわかった。夕方の五時半頃に本多が帰宅してきて、部屋の前で二言三言話をしたという。

「証人が『雨が強くなりましたね』と声をかけたところ、被害者は『肩を拭いたら、ハンカチにデニムジャケットの色が付いちゃいました』とぼやいていたそうです。生命の危機を感じていた様子ではなかったようです」

続いて、定年間近と見える古株刑事が腰を上げた。

「あー、砂岡千秋のアリバイを調べましたところ、書店の防犯カメラにはたしかに映っとりました。午後七時五分から二十分までの間です。それから、砂岡が大学近くの気風堂というラーメン屋に入ったのも本当です。個人経営の古い店なんで店内にカメラはないが、午後七時四十分に食券を買った記録がありました。激辛とんこつネギラーメンの特盛を頼んだのは、昨夜は砂岡さんだけだったそうです。食べっぷりが気持ちいい常連だそうで、本人に間違いないと店主は請け合いました。近ごろの若い娘は、よく食うんですな」

最後のひと言は余計だったが、とにかく、死亡推定時刻は九時まであるから、砂岡のアリバイは成立しない。

続いて、松井多佳子のアリバイを調べた捜査員が、彼女の午後八時以降のアリバイが証明されたと報告した。怜はすでにこれを聞いていたが、〈モニー〉の投稿が砂岡によるものだとしたら、午後八時以前に犯行に及んだ可能性が復活することになる。松井のアリバイは無効化されてしまったのだ。

それから、現場近くの聞きこみをしたり、防犯カメラを調べたりしていた捜査員の報告が続いたが、有力な情報はなにひとつ出なかった。結局、会議の終わりに打ち立てられた方針はこのようなものだった——「怨恨の線を中心に、友人知人関係を引き続き調査せよ。ただし、行きずりの人間による暴行という線もあるため、現場周辺の聞きこみも続行する」。

現場が解散となった後、数村がそばにいた怜にぼやいた。

「怨恨、もしくは行きずりの人間の犯行か。名推理だね。明日の天気も、晴れか晴れ以外のどちらかだろうさ」

彼女は刑事課長のご託宣が気に入らないらしかった。気持ちはわかる。

「いかがいたしましょうか」

澁谷が忠犬のごとく数村の横にまとわりつくが、上司は苛立たしげに手を振る。

「今日の分だけでも報告書をまとめとくことだね。こう夜が更けちゃあ、聞きこみもしようがない。さあ、内勤だ、内勤」

彼女はそれから、島崎と怜を見やる。

「どうだい、あんたらのほうで意見はあるかい？　まず、連城巡査部長」

「ふと思いついたのですが、千曲篤郎についてもっと調べてみてもいいと思いました」

「おお、ユニークな発想だね。どうしてだい」

「彼にも、考えてみれば動機らしきものがありますから。本多さんに取材を申しこみつつも断られていた彼は、記事をアップすることで外堀を埋めました。しかし、それでもなお応じてくれずに苛立っていたかもしれません。それで、彼女の自宅前の公園で待ち伏せをした」

生煮えの推理は口に出した途端、自分でも説得力がなく思えたが、一応続ける。

「ところが、彼のつきまといに耐えかねた本多さんが、千曲さんへの仕返しに『他の媒体(ばいたい)で取材に応じる』などと嘘をついた。そして千曲さんが逆上した……全部、想像ですけど」

「ふん、筋は通るが、裏付けがほしいね。島ちゃんはどうだい」

「……砂岡さんの話の、なにかが引っかかってます。やはり、私は彼女が怪しいと思います。明日、再度の任意同行を求めたいです」

数村は、うむと頷いて両手を打ち合わせた。

「とにかく明日だね。あんたらは、一度帰って寝たらどうだい。うちの署の連中は道場に泊まりこむだろうけど、県警の皆様がたの寝床は確保できそうにない」

「そうですね——では、午前七時ちょうどに戻るようにします」

腕時計を見ながら島崎が言った。

まもなく日付が変わるところだった。

9

翌朝の五時半過ぎに、怜は目を覚ました。

寝たりない、と思いながら階段を下りる。リビングに入ると、光弥がキッチンに立っていた。

「おはようございます、怜さん。お疲れ様です」

「ああ、おはよう……」

昨夜帰宅したとき、光弥はすでに寝てしまっていた。芸大で会ってから丸一日経っていないのに、久しぶりに顔を合わせた気がする。

「すみません、昨日はお帰りにならないと思って、夕食を用意していなくて」

「いや、いいんだ。冷蔵庫も見ずに寝床に直行したから」

「今、朝食を作っていますけど、食べていきますよね?」

「ああ。お願いできるかな」

怜は新聞を取ってきて、リビングで読んだ。本多朝顔殺害事件のことは、社会面で大きく取り上げられていた。

「犯人は捕まりそうですか?」

光弥が目玉焼きを運んできながら問うた。怜は「捕まえるさ」と短く答えた。有力な容疑者は見つかっていない、という告白に等しいが。

とくに追及することはなく、光弥は黙々と料理を運んできた。今朝は質素なメニューだ。目玉焼きの他には、キャベツの漬け物と豆腐の味噌汁。ふたりで「いただきます」と言って食べ始めた。

食べながらも、怜は考えた。この事件は、いったいどう読み解くのが正解なのか。

動機があるようでいてない若者たち。

砂岡千秋。千曲篤郎。伊集院泰隆。松井多佳子。

(〈モニー〉の件が明るみに出たことによる、砂岡さんの羞恥心。取材を断られた千曲さんの怒り。浮気がばれた伊集院さんの逆恨み。松井さんの嫉妬心。どれもありえそうで、どれもしっくりこない)

「人物像に合わない……」

口から漏れた呟きを、光弥が聞き留めた。

「人物像、ですか」

「ああ、うん……それが、今回の事件の悩みの種でね」

話したい、という欲求が頭をもたげた。光弥に話すことで、なにか道が開けるかもしれない――いつものように。

「お悩みなんですね、怜さん」

光弥は、口許にうっすらと笑みを浮かべながら言った。

「うん……悩んでいる」

こうなると、もう抗(あらが)えない。

「いつもみたいに、君に相談させてはもらえないだろうか」

「僕でよければ」

怜は「部外秘だぞ」と念を押したうえで、昨日の朝のことから順番に、細部まで語った。本多の遺体の状況――砂岡の当初の証言――千曲の話――伊集院と松井の言い分――本多の友人の証言――そして砂岡の告白。

さらに捜査会議で出た情報まで語り終えるころには、食事も終わっていた。怜が片付けようと立ち上がると、光弥に手で制された。

「食器は僕が洗います。洗い物をしていると、考えがまとまるので」

怜はおとなしく座って待った。時刻は六時二十分。そろそろ家を出ないと間に合わない。

「ほんのちょっとしたことでいいんだ。なにか、閃きがあれば言ってくれ」

「いくつか思いついたことがあります。それぞれの点を繋いだら、図になりそうなんです」

光弥は考えこむように、きゅっと眉根を寄せた。

しばらく食器を洗う音だけが響いた。怜はじっと待つ。

光弥はすべての食器を洗い終えると、乾燥棚からマグカップを持ち上げた。

「怜さん、コーヒーを飲む時間はありますか」

「ああ、うん。一杯もらおう」

光弥はふたりぶんのコーヒーを用意して、リビングへと運んだ。

「どこから話せばいいのかわからないんですけど……これは複雑な事件ですね」

怜は同意しかけたが、光弥は「いや」と自分の言葉を自ら否定した。

「不正確な言いかたでした。本当はとても単純な事件なんです。犯人も、ほとんど策を弄(ろう)していません。でも、嘘をついている人のせいでややこしくなってしまった」

「その口ぶりだと、犯人とは別に『嘘つき』がいるみたいだな」

「はい。まず、砂岡千秋さんが嘘をついています。彼女は犯人ではないでしょうけど」

「うーん。しかし、砂岡さんが〈モニー〉だったと告白しても、まだ事件を覆う霧は晴れていないぞ」

「違います、怜さん。その告白が嘘なんです」

怜はマグカップを取り落としかけた。

「なんだって？」

「砂岡さんの昨日の『告白』は、咄嗟の嘘だと思いますよ。考え考え話していたようだと、怜さんもおっしゃったじゃないですか」

「う、うん。しかし、あんな告白をするには勇気が要っただろう。滑らかに話せなくても仕方がない」

光弥は、困ったような笑みを口許に浮かべた。

「怜さん、本当に人がいいんですね……」

「悪かったな」

「悪口じゃないですよ。まあ、ともかく……砂岡さんは嘘をついたんです。島崎刑事と数村警部はいい線をついたんですけれど、最後に違うほうにいってしまった。砂岡さんは、その誤った推理に乗っかったんです。彼女にとって大切なものを守るために」

「え、じゃあなにか。〈モニー〉の正体は砂岡さんじゃないっていうのか」

「そうです。そもそも、彼女が〈モニー〉ならパソコンを本多さんの部屋に運んだのは変じゃないですか？　『警察が本多さんの身辺を調べて〈モニー〉の痕跡が見つからないのを恐れた』――という説明は、じつは説明になっていないと思います」

「なぜだ。筋は通るじゃないか」

「いいえ。ノートパソコンが砂岡さんの私物なら、警察も令状なしに押収することはできませんよね。それならば、砂岡さんと〈モニー〉を繋ぐものはありません。〈モニー〉なりすまし容疑者のひとりにはなるかもしれませんけれど、自分の私物パソコンを警察に見られるリスクを冒すのは変ですよ。不都合なデータを消したとしても、警察の技術力でどこまで復元されるかなんて、僕ら素人にはわかったものではありませんし」

言われてみれば、光弥の理屈に分があるような気がしてきた。

「だが、結局は砂岡さんがどう判断したかの問題だからなあ……」

「それだけじゃありません。彼女が明白に嘘をついている点があります。ラーメンがそれを証明しています」

「ラーメン？」

思わぬ単語が飛び出して、怜の声は上ずった。

「律が大食漢なのは、怜さんもご存じですよね」

知っている。この家でバーベキューをしたときも、彼の胃袋の収納量には圧倒されたものだ。しかし、それがなんだというのか。

「砂岡さんが夕食を摂ったという気風堂には、僕も律に連れていってもらったことがあります。ですが、あそこの特盛は普通、食べるのに二十分はかかります。あの律でも十分以下で完食することはできません。さらにそれが激辛ラーメンなら、どう考えても砂岡さんが完食するのに二十分はかかると思いませんか」

「……かかるだろうね」

食べっぷりが気持ちいい常連だ、と店主は語っていたらしい。昨日に限って大量に食べ残したとしたら、店主は刑事にそのことを話したはずだ。

「ところで〈モニー〉のつぶやきはすべて、ノートパソコンから投稿されたものなんですよね。スマホからではなく」

「ああ、そうだ……」

「〈モニー〉の最後のつぶやきも含めて」

怜は、ようやく光弥が言わんとしていることに思い至った。

「〈モニー〉の最後のつぶやきは、八時ちょうどだった」

「ええ、そうです。ちょうど砂岡さんが激辛ラーメンを食べ終えているはずの時刻です。そして芸大から〈寧路ハイツ〉までは十五分の距離なのでしょう？　彼女が供述どおり夕食後に帰宅したのなら、八時に〈モニー〉としてつぶやけるはずはないんです。彼女は嘘をついている。つぶやいたのは砂岡さんじゃありません」

「じゃあ、あのつぶやきをしたのは……？」

「もちろん、本多朝顔さんです」

光弥は平然と答えたが、怜の頭はすっかり混乱しきっていた。

10

怜は光弥の推理を最後まで聞き終えた。

砂岡千秋の嘘には、どんな目的があったのか。そして、この事件の犯人は誰なのか。その推理は至極妥当に思えた。光弥は自分の推理をこう結んだ。

「まずは、砂岡さんに本当のことを話してもらってはどうでしょうか。犯人のほうも、性格からして逃げたり隠れたりはしないでしょう。正直に告白するはずです」

寧路署まで車を飛ばすと、怜は大急ぎで捜査本部まで駆けた。数村と島崎が、すでに話し合いを始めていた。

「おはようございます！　あの……、少し、お話があるのですが」

怜は光弥の推理をふたりに伝えた。本人の希望で、光弥の名前は出さずにおく。気風堂のラーメンの件を皮切りに、推測される犯人の正体まで、すべてを話す。

「……驚いたね」

聞き終えた数村は目を見開く。

「それで平仄が合う。たしかに、あんたの意見はまっとうだとあたしには思えるよ。なにはともあれ、砂岡さんに再度話を聞く必要がありそうだ――どう思うね、島ちゃん」

「同意見です。……私も推理を間違えていたようですね。ご指摘感謝します、連城巡査部長」

自分の推理ではないので、怜は恐縮するばかりであった。ともあれ、これでようやく捜査が動き始める。

怜は数村と一緒に〈寧路ハイツ〉に向かった。島崎は澁谷――道場で熟睡していたところを数村に叩き起こされた――を伴い、犯人の許へ。

怜が車を飛ばして〈寧路ハイツ〉に向かう道中、数村が呟いた。

「やはりこの事件は、見かけどおりじゃなかったってわけだね」

まさに彼女のひと言が、すべてを要約しているかに思えた。

五分後、ふたりは〈寧路ハイツ〉に車を乗りつけた。

「おや。あの男、どうしてここに」

車を下りながら、数村が言った。アパートの駐輪場で、千曲がスマホをいじっていたのだ。

「おい、あんた！　なにしてるんだい」

「おっと、刑事さん。おはようございます。いい朝ですね」

「挨拶はけっこう。なにをしているかと訊いてるんだよ」

千曲は軽く両手を挙げた。

「砂岡千秋に取材を申しこんだんですよ。彼女、やけにあっさりと応じてくれたな」

「こんな朝早くから、ですか？」

胸に不吉な予感が迫るのを感じながら、怜は尋ねた。

「昨夜メールを出したところ、彼女のほうから『七時に来てくれ』って言うもんですから。本多朝顔の人となりを話してくれましたよ。いい追悼記事が書けそうです。……あ、ちなみに彼女に会いにきたんだとしたら、もういませんよ」

「どこに行ったんだい！」

数村の剣幕に、千曲は目を丸くする。

「そ、そんなの知りませんよ。……いや、嘘。知ってるかも」

「早く言うんだよ」

「えーと、たぶん伊集院泰隆のところ。取材に応じてくれた交換条件に『どこに行けば伊集院さんに会えるか教えてください』って言われたもんだから」

「教えたのかい！」

「まあね、隠す理由もないし。寮の場所と、それから『最近は音楽科棟の実習室にこもって作曲してるらしい』ってことを教えたところ、礼を言って出かけていきました」

数村は大きく舌打ちをすると、車に駆け戻った。怜も運転席に飛び乗る。エンジンをかけたときに、怜の携帯電話が鳴った。急いで数村にパスする。

「もしもし──島ちゃんかい！　ああ、そうかい。わかった。じゃあ、あたしらも大学へ行くよ。あんたらも向かってくれ」

怜はすでに、寧路芸術大学へ向けて車を走らせていた。数村が額に汗を滲ませて言った。

「まずいことになっちまったね。伊集院泰隆はついさっき寮を出て、芸大に向かったそうだ」

時計を見ると、午前七時五十分。ちょうどこの時間に、芸大は開門となるはずだ。

怜はサイレンを鳴らして芸大まで走らせた。マイカーで会社へ向かう人々の列を縫って、大通りを飛ばす。道幅が狭くなる学生街はさすがに速度を落とさねばならないのがもどかしかった。

門の前に横ざまに車を乗りつけ、ふたりは車を降りた。寮の方向から島崎の車が走ってくるのも見えたが、待たずに駆け出す。数村が、正門横にある守衛室の窓に飛びついた。

「警察だよ！　開門してから今までの間に、学生さんが通ったかい!?」

「え、ええ。いつも一番乗りする背の高い男子学生が今日も来ました。あ、そうだ、あまり見ない顔の女子もひとり。つい一分前のことで……」

怜たちは、守衛が「つい」あたりまで言ったときには駆け出していた。

スロープを上がって、噴水広場の横を通る。まだ開門されたばかりの大学構内には、人の気配がまったくなかった。並木道を通り抜けて、校舎群が立ち並ぶ一角へ出る。

砂岡千秋と伊集院泰隆が、向かい合って立っていた。

砂岡は右手にナイフを持っている。伊集院は彼女を黙って見つめている。驚きと諦めが入り混じったような目で、砂岡の手許を見つめている。

「なにしてんだい、あんた！」

数村が叫ぶと、砂岡はちらりと肩越しに振り向いた。

「来ないでください。まだ質問が終わってないんです」

「いや、終わりだよ」

伊集院が面倒くさそうに言った。

「さっきは驚いて答えられなかったけど。――『朝顔を殺したのはあなたですか』って、君は訊いたね。答えはイエスだ。俺が殺したんだ」

「わかりました。……ありがとうございます」

ナイフを構え直して身体を低くした砂岡に、数村が駆け寄ろうとする。気配を察知した砂岡は数村のほうへ刃先を向けた。

「来ないで!」

「意味のないことはよしな」

数村は憐れむように砂岡を見た。怜は、後ろから足音が近づいてくるのを感じた。横目で見ると、澁谷が駆けつけてきていた。

「朝顔の命を奪ったこの人に、わからせないと。彼女の苦しみを」

「そんなことしてもなんにもならない」

「近づかないで……」

距離を詰めようとする数村にナイフを向けながら、砂岡は後ずさる。彼女と伊集院の距離が縮まる。伊集院は逃げようともせず、近づいてくる砂岡の背中を、ぼうっと見ていた。

砂岡は一度、ちらりと伊集院のほうを振り返って、彼のほうへさらに近づく。

数村は視線を逸らさずに、砂岡との距離を詰める。澁谷もじりじりと両手を広げて前進する。怜は拳銃のホルスターに手をかけて、離れて様子を見ていた。

「来ないでって、言ってるのにっ」

砂岡は数村と澁谷に交互に刃先を向けながら叫んだ。涙声だった。彼女が伊集院のほうへ、さらに一歩後ずさろうとしたとき、彼女の身体は後ろにいた人間にぶつかった。

「痛いっ！」

島崎に右手をねじ上げられて、砂岡は叫んだ。ナイフが地面に落ちて音を立てた。

「午前七時五十六分三十秒。あなたを殺人未遂の現行犯で逮捕します」

細身の身体に似合わぬ力で、島崎は砂岡を制圧した。両腕に容赦なく手錠がはめられる。

怜の肩から力が抜けた。数村と澁谷が視線を誘導している間に、島崎が、建物の陰から接近していたのだ。

「……もう、こんな馬鹿なことをするんじゃないよ」

顔を伏せて泣いている砂岡に声をかけてから、数村は伊集院を見た。

「あんた、なにをぼうっと突っ立っているんだよ。刺されたかったのかい」

「そうかもしれない」

と、伊集院は答えた。

11

砂岡千秋と伊集院泰隆は、それぞれ寧路署へと連行された。

怜は、数村とともに伊集院の取り調べにあたった。

「あたしらは昨日、〈モニー〉のアカウントに事実と矛盾する投稿があるのを見つけた。それを指摘したら砂岡さんは、自分が〈モニー〉のアカウントの正体だと言ったんだ」

「そうですか。そんなにまでして、彼女を庇いたかったのかな」

伊集院はここに至っても、他人事のような口調だった。

「本多さんは、砂岡さんにとっちゃとても大切な人だったんだ。だから、あんたが本多さんを殺したと勘づいて、復讐を遂げようとした」

「……そんなに、大切に思われていたんだ、本多さんは。意外だな」

殺人者の口許に、薄い笑みが浮かんだ。

「そんな人が、どうしてあんな滑稽な虚栄心に憑りつかれてしまったんだろう」

彼の話を聞きながら、怜は今朝聞いたばかりの光弥の推理を思い返していた。

＊＊＊

砂岡でないなら、誰が〈モニー〉の最後の投稿をしたのか？

疑問を呈す怜に、光弥は当然のような顔で「もちろん、本多朝顔さんです」と答えた。

「あの部屋に入ってノートパソコンを使える人は他にいません。……〈モニー〉の正体は、当たり前ですけれど本多さんなんですよ」

「しかし、事実と矛盾する投稿がふたつも確認されているんだぞ？　本多さん自身がつぶやいたなら、とても間違えたとは思えない」

「間違えたのではありません。僕の推理では、本多さんは実際に伊集院さんと去年の冬に別れているんです。そして、ふたりは一度も復縁していない」

「……そんなはずはない。〈モニー〉は今年に入ってからも、伊集院さんとの交際を匂わせる投稿をしているんだぞ？」

「それは、本多さんの虚言だったんです」

怜は、ぽかんと口を開けていた。そうだ。SNSには、真実だけが投稿されているわけではない。どんな大嘘でも、事実を装って書くことができるのだ。

「〈モニー〉のアカウントは一昨年の冬に開設されました。それから一年の間に、彼女はSNSで人気者になりました。フォロワー数も数万に達したんですよね？　そしてアカウントの性質は『彼氏の惚気』や『恋愛相談』です。……本多さんにとって、伊集院さんからフラれたと正直につぶやくことは、とてもできなかった」

見守る数万人のフォロワーたち。自分がこれまで発信してきた惚気やアドバイス。そんなものが、彼女の退路を断ったということか。

「本多さんが伊集院さんと別れてからも、〈モニー〉は『彼氏』と別れませんでした。存在していないバレンタインディナー、行ってもいないショッピングなどについて、本多さんは創作のつぶやきを繰り返したんです。あくまでファンを楽しませるための創作だとしたら、咎められるほどのことではないかもしれませんが――本多さんは、自分のつぶやきに説得力を与えるために禁じ手を使ってしまった」

「そうか……あの写真は、本多さん自身が」

今年に入ってからも投稿され続けた、伊集院の一部が写った写真。あれは、本多が彼と付き合っていたときに撮りためていたものだったのだ。

「〈モニー〉のつぶやきは止まらず、フォロワーは増え続けました。そうなればなるほど、本多さんは本当のことを言いにくくなる。そして虚言を重ねるうち、とうとう身許に気づかれてしまった」

千曲篤郎による特定と、暴露記事だ。

「本多さんが千曲さんに対して『〈モニー〉なんてアカウントは知らない』と言ったのも道理ですね。本当は伊集院さんと交際していないのに、それを匂わせるつぶやきをしているんですから。……しかし、千曲さんが記事を出してしまったことで、とうとう〈モニー〉の存在が、伊集院さんの現在の恋人に伝わってしまった」

「そして、君たちが目撃したカフェでの事件になった」

「ええ。僕たちもあのとき、伊集院さんの発言を聞いて、彼が本当に浮気をしているのではないかと錯覚しました。『あいつ、勝手に』という伊集院さんの怒りに満ちたセリフは、まるで失言のように聞こえました……。でも、それは勘違いだったんです」

それは、浮気関係であるにもかかわらず堂々とつぶやいたことへの怒りではなかった。すでに別れたのに、付き合っているかのような虚言をSNSで繰り返していることに対して、だったのだ。

「恋人の松井さんは十六万フォロワーの〈モニー〉の発信を信じ、伊集院さんの弁明を聞こうとしませんでした。そして飲み物をかけられたとき、伊集院さんの中に本多さんへの殺意が芽生えたんだと思います」

「……彼が犯人だったのか」

たしかに、これで辻褄が合う。「伊集院が松井以上に本多を憎むだろうか？」という疑問への答えが出た。本多の虚言によって濡れ衣を着せられた伊集院は、たまったものではなかっただろう。

「翌日、伊集院さんはなにごともなかったかのような顔をして、本多さんに声をかけました。おそらく、そのときに夜、公園で会う約束をしたんでしょう」

怜の刑事としての直感が、ここで警告音を発した。

「待て。たしかに伊集院さんに動機があることはわかった――しかし、一足飛びに犯人だと結論することはできないだろう？」

「動機とは別の理由から、伊集院さんが疑わしくなります。それは、本多さんの服装です」

「……本多さんの服？　おしゃれ着っぽくはあったが、普通のワンピースだったぞ」

「しかし、水色のワンピースの上にデニムジャケットというのは少し不思議なコーディネートですよね」

そういえば、隣人が証言していた。事件の前、帰ってきたとき本多は「デニムジャケットの色がハンカチに移ってしまった」とぼやいていた、と……。

「うん。もちろん遺体はジャケットを身に着けていなかった。公園に出かけるとき、ワンピースに着替えたんだろう。昼は、ジャケットが似合うラフな格好だったんだろうな」

「そうです。犯行現場へ出かける前におしゃれな服に着替えたということが推測できますね」

「……つまり本多さんが公園で会ったのは、彼女にとっておしゃれをして会いたい人物だったということか」

「すでに名前が知られている事件関係者の中で、伊集院さん以外に該当する人はいません。もちろん、他の誰かが伊集院さんからの伝言を装って呼び出した可能性もありますが……メッセージアプリに該当する通信がないなら、直接伝えたとしか考えられません。しかし事件当日、芸大を出る直前の本多さんと接触したのが、当の伊集院さんなんです」

「彼のフリをして呼び出しても、そのときバレただろう、ということだな」

そして午後八時、本多朝顔は「これから彼氏と会う」というつぶやきをした。

それは虚言を重ねた本多朝顔が最後におこなった、真実に近い投稿――。

「しかし、物的証拠がないから厄介だ」

「そうでしょうか。僕は、伊集院さんは意外とあっけなく自白するのではないかと思うんです。というか、彼はほとんど自白していると思うんですよ」

「……どういうことだ？」

＊＊＊

「昨日の昼の、あんたの供述を振り返ると、驚かされるね」

数村が、伊集院に向かって言った。

「本多さんとは半年前まで付き合っていて、クリスマスの少し前に別れた。その後、他の女性と交際を始めた。それ以降、本多さんとふたりきりで出かけることはおろか、メッセージアプリでの会話もしていない。松井さんがあんたに怒っていたのは『勘違い』。……これは全部、真実だね。あんたはひとつも嘘をついていなかったんだ」

「ええ。すべて正直に話しましたよ」

伊集院はつまらなそうに、机の一点を見ていた。

「恐れ入るよ。あんたはそれどころか、事件当夜の行動についても、嘘をひとつもついていない。故意に省略したところはあったけれどね」

怜は、彼の供述を思い出す。

大学を出たのは七時半過ぎ。寮に帰る前には「人と会って」いた。その「人」は、松井多佳子ではない女性だとも言った。まさに彼は、本多朝顔の話をしていたのだ。

「ま、本多さんの名前を伏せたのはちょぃとアンフェアだったがね。しかしあんたは〈モニー〉のアカウントを見せられたときも、完全に正直だった」

——投稿されているのは、去年彼女と付き合っていたときに撮った写真だと思いますよ。

——警察で一度、ちゃんと調べたらどうですか。とにかく、そのアカウント、でたらめだと思いますよ、俺は。

「あんたは、本多さん殺害の罪から逃れようって気は毛頭なかったんだ。あたしには、あんたの考えていたことがわかる気がするよ」

「……そうですか。俺はどう考えていたんでしょう？」

彼はゆっくりと顔を上げた。初めてその顔に宿った表情らしい表情は「困惑」とでも呼ぶしかないものだった。

「俺には、自分がどう考えていたのか、よくわからない」

「あんたは……あたしら警察に、本多朝顔が嘘つきであることを証明させたかったんだね。同時に、自分が嘘をついていないということも、知ってほしかった」

伊集院が〈モニー〉と自分は無関係であると言えば、警察は意地でも本多＝〈モニー〉と彼との接点を洗い出そうとする。そのとき、本多のアカウントは嘘まみれだったと警察は知ることになる。

もちろん〈モニー〉が虚言アカウントだとわかれば、そのせいで松井と破局した伊集院には強力な動機が発生する。さらに彼が、事件当日の夕方に平然と本多と会話していたことを合わせると、動機を隠して呼び出しのために接近したということも露見する。当然、伊集院の容疑はさらに深まるが——そんなことは、彼にとってどうでもよかったのだ。

「……人から信じてもらえないというのが、こんなに恐ろしいことだとは思わなかった」

伊集院は、意味を理解していないセリフを読み上げるような口調で言った。

「多佳子がそのアカウントを見つけたとき、虚言だと思わなかったことが、俺は悔しかった。どうして俺がそのインフルエンサーと浮気していると決めつけたのか、って」

「フォロワー数が多かったからでしょう。多くの人が信じているものを、人は疑いにくい」

怜の言葉は、伊集院の耳に入っていないらしかった。

「虚しくなった。本多はもちろん憎かったけど、それ以上に虚しかった。だから、最初から殺すつもりで呼び出したわけじゃないんです……。でも、あの夜に公園で会ったら、やっぱり殺したくなった。彼女、俺に復縁を迫ってきたんです」

「本多さんの虚言はたしかにいただけないよ。でも、好いてくる女を殺すことあないだろ」

「好かれちゃいませんでしたよ」

伊集院は、疲れたように目を閉じた。

「彼女、こう言ったんだ――『私には十六万人もフォロワーがいるの』って。『マス研の人が身許を特定してきた。あなたが彼氏ってことになってるの』……そう言って彼女はスマホでそのアカウントを見せてきた。『こんなに応援してくれる人がいるんだよ』ってね」

彼は、机の上で掌を閉じたり開いたりした。憎しみのあまり握りしめるということもない、無気力な手つき。同じこの手で、彼は本多を絞め殺したのだ。

「……俺は、さすがに呆れて言いました。『おまえのせいで、今の恋人にフラれたんだぞ』って。そうしたら、彼女は『なら、ちょうどいいじゃない』って……。ああ、たぶんこのひと言でした。『ちょうどいいじゃない』は、さすがにない。そう思って、飛びかかって……彼女が逃げようとして転んだので、バッグの肩紐で首を絞めてしまいました」

自分の掌を嫌悪するように見つめて、机の上に伏せた。

「後から考えてみたら、彼女にはそこまで悪気はなかったんでしょうね。ただ、自分のフォロワーに見放されたくない一心だった……。でも、こっちとしてはたまったものではありませんでした。嘘っぱちのアカウントで『彼氏』というキャラクターとして消費されて、しかもそれを真実にするのに付き合えというんですから」

「だからって、殺していいって法はない」

「そうですね。でも、あのときは頭に血が上ってしまっていました。……公園を出て少し歩いたところで、彼女のショルダーバッグが手に絡みついたままなのに気づきました。あれ、付き合っていたとき、俺が彼女にプレゼントしたものなんです。無性に腹が立って、用水路に捨てました」

するると、指紋を消すために投げこんだのではなかったということか。

「どうして自首しなかったんですか。逃げきれないと観念していたのに」

怜の追及に、伊集院は初めて笑みを見せた。ぎこちなく強張った笑みだった。

「……俺が有罪であっても、少なくとも浮気に関しては無実だって、警察の手で証明してほしかったんです。多佳子は俺の言葉より、フォロワー数という『権威』を信じた。だから……警察という権力で対抗したかったのかもしれない」

ふと思い出したのは、松井の供述だった。彼女がいつか、伊集院から言われたという言葉。

——こんなに人を好きになることがあるとは思わなかった。

それは伊集院の本心だったのだろう。

彼が多佳子に向けた心からの愛は、十六万人以上から支持されている〈モニー〉の言葉の力強さに、敗れてしまったのだ。

12

伊集院と違い、砂岡千秋の取り調べは難航した。

島崎との睨み合いが数時間続いたが、ひと言も口を利こうとしなかった。伊集院の取り調べを終えた数村が相手になっても駄目だった。

しかし、夕方に怜が取調室に入ると、砂岡は急に語り始めた。澁谷が慌ててパソコンに供述を打ちこみだす。

喋りだすと、彼女はそれまでとは反対に、止まらずに最後まで語った。

「パソコンについては、最初にお話ししたのが正解です。私が購入しましたけれど、使わなくなったので朝顔にあげました。あれは彼女の持ち物です。

〈モニー〉というアカウントの存在は、だいぶ前から知っていました。彼女が机の前でうたた寝しているときに偶然部屋に入って、ログイン中の画面を見てしまって……。それから、ときどきそのアカウントを、私は自分のスマホで見てみるようになりました。

なぜって、理由はありません。近しい人のアカウントって、ついつい覗いてしまうものではありませんか？　しかもそれが、私に見られていると思っていない状態でのつぶやきなら、なおさらです。同じことをしている人、けっこう多いと思いますよ。

朝顔は〈モニー〉のことは私に隠していましたが、顔を合わせると自分の恋愛のことを逐一報告してくれました。私が異性に興味がなくて一切恋愛をしないから、逆に話しやすかったんでしょう。高校のときからそうでした。彼女は明るくて自信たっぷりに見えますけど、本当はすごく怖がりで、繊細な心を持っている人だったんです。彼女が自分の自撮りを一切アカウントに出さなかったのも、自信がなかったからなんです。朝顔はファッションが大好きだからこそ、自分のファッションセンスを過信できない性格でした。

だから、彼女のことを『派手好き』って言った警部さんには、この話をしたくなかったんです。男性の刑事さんのほうが、かえって話しやすい……。ほら、ぴんとこないって顔をなさってますから。朝顔が私に恋愛の話をしたのも、こんな気持ちだったのかな。

……話が逸れてすみません。朝顔は伊集院さんとの交際、破局、その後は新しい恋に踏み出せないでいること、全部そのときどきに話してくれました。もちろん〈モニー〉というアカウントの存在は、おくびにも出さないで。

〈モニー〉が伊集院さんと付き合いっぱなしという設定になっていることには、もちろん気づいていました。でも、これは朝顔が自分の心を守るために必要なことなんだと思って、黙っていました。誰に迷惑がかかるわけでもないと思いましたから。

悪いのは千曲さんです。彼のことは逮捕しないんですか？　明らかに度が過ぎています。プライバシーの侵害って犯罪でしょう？　……彼が余計な記事さえ出さなければ〈モニー〉は単なるインフルエンサーとして、人を楽しませこそすれ不幸にする存在じゃなかったんです。それを、勝手に特定して現実のレベルに引きずり下ろしたからいけないんです。朝顔は、ここ数日本当に怯えていました……。

彼女が殺されて、最初は誰が犯人なのかわからなかったし、伊集院さんのことは疑ってもみませんでした。でも、昨日の夕方の取り調べで警部さんから『伊集院さんは本多さんと平気でお喋りしていた』って聞いたとき、ちょっと不思議な気がしました。〈モニー〉の件を問い詰めないのかなって。

それで昨日の夜、帰宅してから伊集院さんのことをSNSで調べました。そしたら、彼と松井さんの喧嘩がカフェで目撃されていたと知りました。それで、彼が犯人じゃないかと思ったんです。朝顔のつぶやきが原因で喧嘩したなら恨んだはずなのに、平気な演技をしていたということは……裏があったってことでしょう。

えっ……。昨日、私が『〈モニー〉だ』と嘘をついたことですか？　もちろん、朝顔の名誉を守るためです。別れた恋人と付き合い続けているフリをしていた……なんて、そんなふうに、警察やマスコミに要約されるのが嫌だったんです。朝顔の内面は複雑だったんです。死んでしまった彼女の名誉が鞭打たれるくらいなら、私がなりすましをしていたという不名誉を背負うほうが、よほどましでした。

たしかに朝顔が嘘をついたことは、よくないと思います。でも、それは殺されるほどのことだったんですか？　罪のない嘘は、ＳＮＳをやっている人なら誰でもついています。嘘とは言えなくても、ちょっとした省略や誇張をしない人がいるでしょうか？　それがどんな結果をもたらすかなんて、本人に予想がつきますか？

私にとって、朝顔は本当に大切な人でした。彼女は眩しかったし、じつは繊細なところも含めて可愛かった。朝顔の『嘘つき』な部分だって、彼女の一面でしかないんです。どうか、刑事さん、ＳＮＳでどう振る舞っていたかなんかで、彼女を決めつけないで……」

涙を零して訴える彼女に、怜はかける言葉を思いつけなかった。

＊＊＊

後日、伊集院泰隆は殺人罪で起訴され、裁判の準備が進んでいる。

砂岡も殺人未遂の罪状で書類送検されたが、起訴猶予となった。ついでに、千曲篤郎は「本多朝顔の追悼記事」がプライバシーを侵害しているということで炎上し、彼が運営していたニュースサイトは閉鎖に追いこまれた。

〈モニー〉のアカウントはいまだにインターネット上に残っているが、完全に発信が止まってしまったため、毎日フォロワー数が減り続けている。

第三章

夏の秘密と反抗期の問題

1

太陽がじりじりと照りつけて、アスファルトを焼いている。

光弥は信号待ちの間に、ハンカチで額の汗を拭(ぬぐ)った。あまり発汗(はっかん)しない体質なのだが、まだ身体が夏に慣れていないらしい。今日は急に暑くなった。

(いよいよ梅雨明けか)

七月十日、金曜日。関東平野特有のじっとりとした気候が恩海市を覆いつつあった。

光弥は家事代行サービス〈ＭＥＬＯＤＹ〉の従業員として、仕事に向かうところだ。場所は恩海市内のマンション〈ビュータワー恩海〉――当市きっての高級マンションである。支部長が電話で言っていたところでは、そのマンションには〈ＭＥＬＯＤＹ〉と定期契約している家庭が三世帯ほどあるらしい。定期契約の依頼はキャリアの長い正社員が受け持つことになっているため、光弥は訪れたことがない。

今回、アルバイトスタッフである光弥が駆り出されたのは、簡単に言えば人手不足のためだった。これから向かう家庭を担当しているスタッフは、家族の介護のため出勤できる日が減ったのだが、他の社員のスケジュールが合わず、光弥が代打に選ばれた。「君はアンケートでも顧客満足度ナンバーワンだから」と支部長は言っていた。

光弥に辞退する理由はなかった。技量を買われているのも嬉しいことだ。とはいえ、目的の建物が視野に入るとさすがに緊張してきた。

〈ビュータワー恩海〉の白い外壁は、夏の青空の下でくっきりと映えている。この町には不釣り合いにも思える二十二階建ての威容は、近づけば近づくほど存在感を増した。周りに建つのはまるで子分のような集合住宅ばかり。コンビニなどの商業施設も通り沿いにはなく、どこか聖域めいた区画である。

光弥は小さく「よし」と呟いて、敷地内に入っていった。芝生の中をいくつかの舗道が横切っていて、建物の裏手へと伸びていく道もある。光弥はまっすぐエントランスへと向かった。ところどころに植わった常緑樹が作る日陰が心地よい。

屋内に入り、パネルを操作して依頼人の部屋を呼び出す——九〇八号室。

『はい、駒宮です』

女性の声が、聞いていたとおりの名を名乗ったのでほっとした。

「家事代行サービス〈MELODY〉より参りました、三上と申します」

『あ、〈MELODY〉さん。お待ちしてました。いま開けますねー』

気さくな応答の後、自動ドアが開いた。一気に冷気が吹きつけてくる。

光弥はエレベーターで九階を目指しながら、支部長から聞いた依頼人のプロフィールを頭の中で反芻する。

駒宮早希、職業は漫画家。中学二年生の息子とふたり暮らしのシングルマザー。在宅仕事をしているが、日々多忙で家事はほぼすべて〈MELODY〉に任せているという。

今日は掃除と洗濯はなしで夕食だけ作ってほしい、という依頼だった。

部屋のチャイムを鳴らすと、まもなく扉が開いた。

「こんにちは。暑い中、どうもありがとうございます」

光弥を出迎えた女性は、スウェットにジーンズという出で立ちだった。高級マンションの住人として漠然と思い描いていた人物像とは、いい意味で違った。

「お邪魔いたします。〈MELODY〉の三上と申します」

「こんな格好でごめんなさいね。仕事中は、いつもこんななの」

駒宮早希は、照れたような笑みを浮かべて光弥のスリッパを出した。

年の頃は四十を少し過ぎたあたりだろうか。茶色く染めた髪をざっくりと後ろで束ねて、メタリックフレームの眼鏡をかけている。

彼女に導かれるまま、光弥は廊下を進んだ。

「右がトイレとお風呂。左は物置と――その扉が息子の部屋です」

説明しながら、彼女は廊下の突き当たりにある扉を開けた。目の前はダイニングキッチンで、左にはテレビのあるリビング。そしてリビングの壁には、さらに別の扉がある。

「あの扉が、私の寝室兼仕事部屋です。普段はあそこにこもりっきり」

早希は笑いながら、光弥をキッチンカウンターの中へ導いた。

「えーと、三上さんには週三くらいで料理を作りに来てほしいんです。もともとは成瀬さんが来てくださっていた……ってことは聞いていますか？」

「存じております」

成瀬法子とは、光弥も〈MELODY〉の事務所で会ったことがある。早希と同年輩くらいの、無口だが有能そうな雰囲気を漂わせている女性だった。

「お母さんの介護があるんですってね。でも、成瀬さんも週一ペースで来てくださるそうだから、掃除は彼女に頼みます。洗濯は、まあ、自分でやりますから」

「承知しました」

この依頼は予想の範囲内である。女性がいる家において、男性スタッフだと洗濯はもちろん掃除もあまり任されない。〈MELODY〉では、依頼時に男性スタッフの可否も選べる。だから、光弥が依頼を受けるときはたいてい料理がメインとなる。掃除や洗濯を任されるのは、男性が独居している家の場合がほとんどだ。怜と初めて会ったときのように。

そんなことを考えていると、早希が「ああ、でも」と呟くように言った。

「掃除はときどきお願いしようかな。っていうのも、日色——うちの息子が思春期で」

彼女は苦笑して肩をすくめる。

「私も成瀬さんも、絶対に部屋に入らせないんです。でも自分では掃除しないから、汚くなる一方で。それどころか、最近は成瀬さんがリビングに入るだけで不機嫌になるんです。家族以外の女性に生活環境を見られるのが嫌なのね」

「左様ですか。ではその都度、清掃が必要な箇所をご指示いただけますか」

「もちろん。——さて、今日はこのメニューをお願いしますね」

早希は、カウンターの上に置いてあった二、三枚のプリンタ用紙を取り上げた。

「材料はもう、ネットスーパーで届いています。私も息子もアレルギーはないけれど、日色は好き嫌いが激しくて。このレシピどおりに作れば、あの子の嫌いなものは入らないから」

光弥はプリンタ用紙を一瞥した。インターネットのレシピサイトを印刷したものらしい。栄養が偏らないよう、苦手なものも工夫して食べたほうがいい——というのが光弥の持論だが、仕事先でそれを押しつける気はなかった。まして、初めてのご家庭である。不要な創意は発揮せず、依頼人の指示に従うことにした。

「えーと、いま四時か。息子は今日も部活だろうから……たぶん、六時頃に帰ってくるはず。とりあえず作っちゃってください。私、奥で仕事しているので、わからないことがあったら呼んでくださいね」

早希は言い終えると、奥の部屋に引っこんだ。

光弥はさっそく取りかかることにした。用意されていたレシピは、ケチャップライス、唐揚げ、ネギとわかめの味噌汁、コーンサラダ。

(とりあえず、サラダだな)

水洗いして千切ったレタスに、缶詰のコーンと刻んだきゅうり、ハムを乗せる。大いに物足りない代物だ。トマトでも加えたいところだが、創意工夫厳禁、と自分に言い聞かせる。

次に味噌汁と唐揚げを並行して作り、最後にケチャップライスに取りかかった。面食らったのは、材料の「ミックスベジタブル」の脇に「グリーンピース抜き」という赤い文字が手書きされていたことだ。光弥はなんとも言えぬ気分で、冷凍のミックスベジタブルからグリーンピースをより分けていった。コーンがサラダと被るのが気になったが、黙々と木べらでご飯を炒めた。

作り終えて皿に移していると、玄関の扉が開く音が聞こえた。腕時計を見るが、時刻はまだ五時にもなっていない。

玄関から入ってきた誰かが、荷物を置いて靴を脱ぐ音がする。続いて、足音がまっすぐこちらに向かってきた。廊下とダイニングキッチンを隔てる扉が勢いよく開く。

「おまえ……！」

叫びながら入ってきたのは、中学生に見える少年だった。彼は光弥の姿を見ると、はっとしたように口を噤む。

「お邪魔しています。家事代行サービス〈ＭＥＬＯＤＹ〉の者です」

光弥が挨拶すると、少年は困惑したように眉をひそめた。どうやら、キッチンにいる光弥を別人と勘違いして怒鳴ろうとしたらしい。

（この子が日色くん、か——。でも『おまえ』って、誰？）

日色はうんざりしたように、額の汗を腕で拭った。半袖のワイシャツは汗でぐっしょり濡れている。日焼けした肌はつるりとしていたが、顎のあたりにはにきびができていて、肘には絆創膏が貼られていた。

彼は無言で光弥の背後を通り、冷蔵庫の扉を開けた。小さく舌打ちをして、光弥が先ほど作ったサラダをカウンターの上に出し、その奥に横向きに入っていたスポーツドリンクのペットボトルを取り出す。

「日色！　おかえりなさい」

早希が奥の部屋から出てきて、ばたばたと息子に駆け寄った。日色は言葉を返さず、二リットルのペットボトルに直接口をつけて、ごくごくと飲んでいる。

「今日はずいぶん早いんだね。部活はどうしたの？」

日色はペットボトルのキャップを閉めて、冷蔵庫に戻す。早希の問いに、やはり返事をしない。母親は諦めたように肩をすくめて、光弥を手で示す。

「成瀬さんが来にくくなったって話はしたよね。代わりに来てくれるようになった、三上さんだよ」

光弥が「よろしくお願いします」と頭を下げるのを、日色は見ていなかった。冷凍庫から袋入りのアイスキャンディーを取り出して、光弥の横を素通りした。

「日色！　挨拶」

母親の叱責に応えず、日色は廊下に出ていこうとする。早希がその肩を摑むと、息子は舌打ちして振り払った。

「テスト期間だよ！」

「えっ」

「期末テスト中は部活休みって、そこに書いてあるだろ」

日色は、キッチンの壁にマグネットで貼られている〈サッカー部だより〉を指さした。

「ちゃんと読めよ、馬鹿」

「……ごめん」

母親の呟くような謝罪に、日色はさらに苛立ったように眉根を寄せた。アイスキャンディーの袋を開けて、そばにあった小ぶりなゴミ箱に放る。袋はひらりと舞って床に落ちたが、日色は拾わなかった。

「テストのことはごめんね、日色。でも三上さんには挨拶を……」

彼女の言葉を、光弥は手で制した。

「いえ、見知らぬ男がいきなり家にいたら、戸惑うものだと思います。無理に挨拶していただかなくてもいいです」

日色は、気味悪そうに光弥のほうを見た。光弥は真正面から少年の顔を見返す。

「でも、お母さんに対して『馬鹿』と言うのは、言葉がすぎます。謝ったほうがいい」

一瞬、少年は自分がなにを言われたのかわからないようだった。早希もぽかんとして光弥の顔を見ている。

「……他人に関係ないし」

やがて、日色はそう吐き捨てて出ていった。ダイニングの扉が乱暴に閉められ、続いて日色の自室の扉も閉まる音がした。

「出過ぎたことを申しました」

光弥が腰を折って謝ると、早希は戸惑ったように自分の髪をかき上げた。

「いえ、そんな……。駄目ね私。いつも、こんな調子で」

彼女は寂しそうに笑って、眼鏡のフレームに触れた。

「最近は仕事が忙しくて、日色の学校の行事とか、全然把握できてないんです。今日からテストだっていうのも、そういえば朝食のときに聞いたような気がする。なんで覚えてなかったんだろう……。日色が怒るのも当然ね」

「たとえ怒っていても、言ってはいけない言葉はあると思いますよ」

早希は自分が叱られたかのように俯いた。それから、日色が落としたアイスの袋を拾ってゴミ箱に捨てた。本人に後で拾わせればいい、と思ったが黙っておいた。もう自分は、十分すぎるほど他人の家庭に首を突っこんでいる。

「食事は作り終えました。エアコンがついているので、唐揚げは常温で置いておいて大丈夫でしょう。夕食後に余りましたら、冷蔵庫にしまってください」

「はい。……いろいろと、ご面倒をおかけしました」

早希は玄関まで見送ってくれた。日色の部屋からは、なにも物音が聞こえなかった。

道路に出てから、光弥は〈ビュータワー恩海〉を振り返って見上げた。

（どうして、あんな余計なことを言ってしまったんだろう）

まだ日差しが強い道を歩きながら、自問した。

2

日曜日の夕方、怜は光弥と一緒にスーパーを訪れた。普段買い物は光弥に任せきりなのだが、ちょうど非番だったので同行することにしたのだ。

「怜さんに反抗期はありましたか？」

スーパーに入ったところで、後ろを歩く光弥が唐突に問いかけてきた。怜はショッピングカートを押す手を止めて、振り返る。

「どうしたんだ、藪から棒に。そのあたりで、反抗期の子でも見かけたのか」

「いえ。金曜日から、ずっと考えていた課題なんです」

「反抗期……うーん、反抗期なあ」

怜は真面目に考えてみる。光弥は社会学部だから、卒論にでも関係しているのかもしれない。だとすれば、いい加減に答えるわけにはいかない。

だが、カートを転がしながらしばらく考えてみても、思い当たるところはない。

「悪いが、おれには反抗期がなかったかもしれない」

「……そうですか。いえ、別に悪くはないですけど。怜さん、まずは茄子(なす)です」

光弥は今夜、麻婆(マーボ)茄子を作ってくれる予定だという。

「傷のある茄子は値引きされやすいうえに、栄養も豊富でお得なんですよ」

茄子を手に取りながら、光弥が言った。

「ああ……たしか、茄子は傷ついたら治癒のため栄養分を吸い上げるから、ポリフェノールの含有量が増えるんだったか」

「ご存じでしたか」

「うん。それは、君から教わった」

「そうでしたっけ」

「そうだぞ。記憶力のいい君が忘れるとは珍しいな」

「……怜さんとはもう、丸二年の付き合いになりますから。さすがに忘れることもあります」

怜は言わなかったが、茄子に関する今の話は光弥と最初に会ったときに聞いたものだ。自分にとっては、忘れがたい知識だったのである。

ふたりはスーパーをゆっくり回って、向こう三日ぶんの食材を揃えた。レジで会計をしていると、近くから「あっ」という声が聞こえた。

そちらを見ると、見知ったふたつの顔があった。怜の隣人である古藤親子だ。声を上げたのは、息子の基らしい。サッカー台の前にいる父と子は、買ったものをエコバッグに詰めこもうと悪戦苦闘している。

会計を終えて、怜たちも同じ台の前へと向かった。四人は挨拶を交わす。

「ポイント二倍デーだと、つい必要以上に買いこんでしまいますね」

　と、父親の邦彦は角刈りの頭を掻いた。

「私も、三上さんのような優秀な家政夫さんに買い物を管理していただきたいもんです」

　彼の言葉に、光弥も微笑を返した。怜はどこかほっとした気持ちになる。あらためて、古藤親子が隣人であることへの感謝の念が湧いてきた。

　怜と光弥――親戚でもない男ふたりの同居は、最初は近所から戸惑いをもって受け止められていた。だが、およそ一年が経ち、光弥の存在は近所でも馴染みのものとなった。お隣の古藤家が当然のように接してくれたことは大きい。

　光弥も、古藤親子とは一昨年の秋に起きた連続放火事件の際に知り合っている。それ以来、光弥はときどき父子家庭である古藤家に「家政夫」として出向いている。最近では、基はひとりでも家事ができるように、光弥に指導を仰いでいるらしい。

「大丈夫、基くん。ひとりで持てる？」

　光弥は心配そうに、基の手許を見ている。少年は、ぱんぱんに膨らんだエコバッグを持ち上げるところだった。

「これくらい、全然平気です」

　言葉どおり、基はふらつくこともなくバッグを提げた。それを見て怜は、妙に感じ入ってしまった。

（基くんももう、中学一年生か）

そういえば、ずいぶんと背が伸びた気がする。子供の成長というのは早いものだ。

四人は一緒にスーパーを出た。光弥と基が前を歩き、怜と邦彦が後ろを並んで歩く。

「基くん、部活は順調？」

光弥に問われて、基はこくんと頷く。父親に似ずふわふわとした髪が、夕方の微風にそよいでいた。

「はい、意外と楽しいです。……あ、今、テスト期間で休みなんですけど」

基は中学に上がると、サッカー部に入部した。小学生のときは天体観測を趣味とする文科系の少年だったから、最初に聞いたときは驚いたものだ。恩海中学校には天文部がなく、興味のある文化部が見当たらなかったため、思い切って運動部にしたのだという。

「……そういえば、部活に駒宮くんって先輩いる？」

光弥が唐突に尋ねた。基は不思議がるでもなく「あ、いますよ」と答えた。

「二年の駒宮先輩。めっちゃサッカー上手いんですよ、MFで。もしかして、お仕事で行ったんですか？」

「ん……まあ。鋭いね」

守秘義務を気にしているのか、光弥の歯切れは悪かった。

それきり、光弥はその駒宮という子の話を終わりにして、期末テストの首尾などを尋ねていた。怜の横で、邦彦が呟く。

「中学生にもなると、親の知らない人間関係も増えますよねえ」

古藤親子と別れて家に帰り着くと、怜は気になって光弥に訊いてみた。

「その駒宮くんという少年が、どうかしたのか」

レタスの袋を開けていた光弥が振り向く。

「どうしてですか」

「あまり仕事の話をしない君が、珍しく自分からその話題を振ったから、気になったんだ。……なにをしてるんだ」

光弥はレタスを取り出すと、芯の部分に爪楊枝(つまようじ)を刺し始めた。

「ここに三本ほど爪楊枝を刺しておくと、生長点が破壊されて、レタスが長持ちすると言われているんです。普段はあまりやらないんですけど、今日はサニーレタスも一緒に買ったので、使い切るのに時間がかかると思って」

これは初めて聞く知識だ。怜が頭の片隅にメモしていると、光弥が呟く。

「ちょっと、先日その家で失敗してしまったんです」

先ほどの質問への答えだと、遅れて気づいた。

「その駒宮くんという子は反抗期のようで。お母さんに対する暴言がすぎたので、つい叱ってしまったんです」

「あ、それで反抗期のことを考えていたのか……。でも失敗じゃないだろう、それは」

怜が笑うと、光弥は首をかしげた。

「そうでしょうか。よそ様の事情に首を突っこみすぎた気がして、反省していたんですが」

「反抗期だろうがなんだろうが、暴言はよくないからな。でも、人の家の子供を叱るのって、勇気が要るよな。交番勤務時代はときどきそういう機会があったが、なかなか慣れなかった。自分からそれができるのは立派だと思う」

光弥は、しばらく考えるように手を止めていた。やがて、野菜室を開けながら頷いた。

「……ありがとうございます。そのお宅には何度か通うことになっているんですが、あんなことをしてしまった後で、気重だったものですから」

光弥は微笑みを浮かべて振り向いた。

「ちょっとだけ、勇気が出ました」

3

翌日――月曜日も晴れて、太陽が照りつけていた。

光弥は〈ビュータワー恩海〉を見上げて目を細めた。今日も依頼主は駒宮早希だ。この間と同じ時間に来るように依頼されていた。

敷地内へと踏み出したとき、建物の裏手から自転車に乗った人影が近づいてきた。なにげなく視界の端に捉えていると、その人物が知り合いであることに気づいた。

「こんにちは、成瀬さん」

成瀬法子は自転車を止めて、光弥のほうを見た。不審がるように目を細める。

「〈MELODY〉の三上です。以前、事務所でお会いしたと思うのですが」

「ああ、駒宮さんのお宅をお任せすることになった……」

光弥の正体がわかっても笑みを見せることはなく、無表情を保っている。光弥と同じく白いシャツに黒いパンツという地味な格好をしていて、白髪交じりの髪はとても短い。

「今、駒宮さんのお宅でお仕事をされていたのですか？」

掃除は彼女がやる、という役割分担だったから——と思ったのだが、成瀬は「いいえ」と答えた。

「定期契約をしている、別のお宅でした。今日はたまたま身体が空いたものですから、急な呼び出しに対応させていただいたんです」

もう話すことはないと言わんばかりに、成瀬は自転車にふたたび跨(また)がろうとする。光弥は咄嗟に「あの」と呼びかけていた。

「駒宮さんのご家庭で注意すべきことなど、できたら伺いたいのですが」

光弥の言葉の意味を測りかねたように、成瀬は目を細める。

「たとえば、日色くんは難しい年頃ですから、やらないほうがいいことなど教えていただきたくて」

「……そうですね。ぼっちゃんの部屋には近づかないほうがよろしいかと思います。お怒りになりますから。あとは、ぼっちゃんの好き嫌いに合わせて料理を考えることが、いちばん大事かと」

「作るメニューも、こちらが考えるんですね」

先日、早希がレシピを用意していたのは初回だからということか。日色が食べられるメニューを考えるのが、いちばんの腕の見せどころかもしれない。

「……注意点はこれくらいかと」

「ありがとうございます。お引き留めしてすみませんでした」

自転車で走り去っていく成瀬の背中を見送ってから、光弥は建物の中へと入った。


日色は外出中らしく、家には早希だけがいた。

今日も、光弥に与えられたミッションは食事を作ることだ。できれば明日の昼食にもなるような、長持ちする料理がいいということだった。

光弥は、まず日色の嫌いな食べ物を聞き出すことから始めた。早希は、申し訳なさそうな顔ですらすらと答える。

「ピーマン、茄子、グリーンピース、きのこ全般、トマト、大根、おくら、豆腐、青魚……。このあたりかな。ごめんなさいね、レシピを考えてもらうのにちゃんと伝えていなくて。後でリスト化しておきます」

仕事が切羽詰まっているという早希は、光弥に台所を任せて部屋に引っこんだ。

さて——と、光弥は頰に指を当てて、レシピを考える。

たいていの料理は作れる自信があるが、使える食材が限られているこの状況では満足のいくものができるか怪しい。だが、とにかくなにか作らなくてはいけない。

冷蔵庫や戸棚を見て回るうち、メニューが決まった。キーマカレー、野菜スープ、ニラたま、ほうれん草の胡麻和え、ツナサラダの五品だ。キーマカレーを多めに作れば、明日の昼食にもできる。

(去年の夏も、好き嫌いが激しい子のために料理を作ったっけ……)

玉ねぎをみじん切りにしながら、ふと思い出した。その少年は現在、遠い欧州の町にいる。向こうでお気に入りの料理はできただろうか。

ニラたま作りに移ったとき、チャイムが鳴った。エントランスからの呼び出しらしく、リビングのモニタが明るくなっている。光弥がそちらへ向かおうとしたら、早希が仕事部屋から出てきて受話器を取った。

「はい。……あの、今、ハウスキーパーさんがいらしてて」

早希は受話器を隠すようにして、小声で話している。

「……わかりました。じゃあ、上がってください。扉を開けます」

彼女は通話を終えると、顔を上げて光弥のほうを見た。困ったような、ぎこちない笑みを浮かべている。

「お客さんが来たの。気にしないで、料理の続きをお願いします。私が出ますから」

言い置いて、早希は廊下へ出ていった。

(廊下は暑いから、部屋の前のチャイムが鳴るまでこっちで待っていればいいのに。……

そんなに待ちきれない相手、なのかな）

勝手な推測はいけない、と首を振って手許に集中した。無心になって卵をかき混ぜる。

そうこうしているうちにチャイムが鳴り、扉が開く音がした。早希が相手に、なにか二言三言喋る。それから、ふたりぶんの足音が廊下から近づいてきた。

早希に伴われて入ってきたのは、彼女より少し年下に見える男だった。日焼けしたスポーツマンタイプで、顎にはうっすらと髭を生やしている。

「やあ、家政夫さんですか。お邪魔しますよ」

男は気さくに光弥に声をかけた。とりあえず会釈を返しておく。

「三上さん、こちらは中屋敷さん――。昔からの知り合いなんです」

そう言う早希の顔には、先ほどと同じぎこちない笑みが浮かんでいた。光弥はその感情を読み取ろうとする。なにかが気まずいのか、恥ずかしがっているのか……。

彼女に微笑みかけて、中屋敷が説明する。

「彼女と日色は、何年か前まで茨城に住んでいてね。そのとき、僕は日色が所属していたサッカーの少年団で、コーチをしていたんですよ」

「私と日色は、茨城の後、あちこち引っ越してからこの恩海市に落ちついたんです」

早希が、やや早口で説明を引き継ぐ。

「そうしたら、恩海市にご実家がある中屋敷さんもこちらに戻ってきていて、偶然再会したんですよ」

「左様ですか」

他に言うこともなかったので、早希に「お飲み物はなにをお出ししますか？」と問うた。

彼女はかぶりを振る。

「いいの、それは私がやりますから。――あ、中屋敷さん、そっちに座っててください」

早希は冷蔵庫から取り出した麦茶を持って、客の向かいに座った。中屋敷は、グラスに注がれた麦茶をぐっとひと息に呷ってから、あたりを見回す。

「日色はいないようですね」

「ええ。でも、今はテスト期間だから、そろそろ下校時刻かも」

「中学生も大変だ。僕は、勉強はからきしってタイプの子供だったからなあ。大学もスポーツ推薦で入ったし」

「そっちのほうが珍しいでしょう。誇っていいことじゃない」

見たところふたりは和やかに談笑しているが、どこか光弥の存在を気にしているような印象を受けた。本当に話したいことを避けて、あえて表面的な会話をしているようだ。

光弥は、早希が仕事の手を止めてすっかり腰を落ち着けてしまったことに気づいた。中屋敷が平日の昼に予告なく現れたこと、それにもかかわらず早希が丁寧に応対していることから、ふたりの関係がわかったような気がした。

（単なる「何年か前」の知り合いじゃないってことか……）

胸の内で結論を出すと、それ以上の勘繰りは控えることにした。なるべくふたりの会話が意識に上らないように、料理を完成させていく。

しかし、早希と中屋敷のほうは明らかに光弥の存在を意識していた。あまり会話が弾まない様子で、申し訳なくなる。

ようやく料理を終えると、光弥はエプロンを外して、レシピを説明した。早希は、今日見せた中でいちばん自然な笑顔になった。

「キーマカレー、私も息子も大好きよ」

「よかったです。他にお申し付けはございますでしょうか」

「ありがとう、今日はもう大丈夫です。次に来ていただく日については、また〈MELODY〉さんのサイトから予約させてもらいますね」

早希の許しが出たので帰宅することにした。早くふたりだけにしたほうがいいだろう。

光弥が靴を履いていると、目の前の玄関扉の鍵が回る音がした。汗に額を濡らした日色が扉を開けて入ってくる。

「こんにちは」

光弥は臆せず立ち上がって、挨拶した。日色はちょっと驚いたように眉を上げてから、無言で視線を落とす。その目が、急に見開かれた。光弥が視線を追うと、少年が見つめているのは中屋敷のものらしいキャンバスシューズだった。

日色は顔を歪めて、履いていたスニーカーを脱ぎ捨てた。鞄を放って、奥の扉へと駆けていく。彼は扉を開けるなり、

「もう来るなって言っただろ！」

怒りに震える声で、叫んだ。光弥はドアノブに伸ばしていた手を止めた。

「なんてこと言うの、日色！」

ダイニングのほうから、早希の悲痛な叫びが上がった。だが、日色も止まらない。

「母さんもなんで中に入れたんだよ。なあ、あんた、もう関係ないだろウチとは！　とっとと出てけよ！」

「おい、日色」

中屋敷が低い声で咎めた。

「その口の利きかたはなんだ。目上の人間に対する接しかたは、少年団でうんと教えただろ。反抗期だかなんだか知らないが、そんな態度じゃ選手としても大成しないぞ」

「うるさい！　関係ないだろ！　おまえからなに言われたって、こっちは全然怖くないし。マジでもう、ウチと関わるなよっ！」

「日色、やめて、お願い。中屋敷さん、ごめんなさ……」

「母さんこそ、やめろよ！　そんな態度やめろっ」

日色がティッシュ箱かなにかを投げたらしく、ぼすっという音が響いた。

止めに入るべきか——と光弥が身構えたとき、中屋敷が廊下に出てきた。顔をしかめていたが、光弥と目が合うと、ごまかすような笑みを浮かべた。彼は扉の内側に声をかける。

「じゃあ早希さん、また日をあらためます。——日色、早く機嫌を直せよ」

日色がさらになにごとか叫んだようだったが、中屋敷が扉を閉めてしまったため、光弥には聞き取れなかった。光弥と中屋敷は、一緒に九〇八号室を出た。

「いやあ、どうもお見苦しいところを」

エレベーターまで歩きながら、中屋敷が気まずそうに切り出した。

「いえ……。こちらこそ止めに入れず、申し訳ありません」

「なに、いつものことなんです。日色も昔は懐いてきて可愛いもんでしたが、最近は嫌われていてね。ま、そういう年頃だから仕方ないが」

「ですが、彼のあの態度は行き過ぎですよね」

光弥の言葉に、中屋敷は目を細める。彼はエレベーターの呼び出しボタンを押してから、ゆっくりと言った。

「……まあ、今日はとくにひどかったが、僕としては彼を責めにくいんですよ。生みの親でない男が『父親』になるかもしれないというのを、子供に納得してもらうのは時間がかかるんです——わかるでしょう」

光弥は、了解の証に頷いてみせた。

（やっぱり、この人は早希さんと恋人同士……なのか）

金曜日のできごとを思い出す。日色は玄関から入ってくるなり、光弥を「おまえ」と呼んで怒鳴りかけた。あのときは、玄関にあった男物の靴を見て、中屋敷が来たと勘違いしたのだろう。それほどに、日色は中屋敷を嫌っているのか。

ふたりは到着したエレベーターに乗りこんだ。中屋敷は照れ隠しのように顎髭を掻きながら、話を続ける。

「あー、あなた、日色の父親については、どこまでお聞きです？」

「いえ、なにも存じておりません」

「……茨城にいた頃に、死んでしまったんです。日色は当時、まだ小学三年生だから、そりゃあ大変ですよ、うん」

日色の父親の死因が気になったが、そこまで尋ねるのは職分を越えたことに思えた。光弥が黙っていると、中屋敷はショルダーバッグに手を突っこんで名刺を取り出した。

「そういえば、ちゃんとした自己紹介をしていなかった。僕はこういうもんです」

彼のフルネームは「中屋敷慶介（けいすけ）」。肩書きは「中屋敷工務店　営業課」となっている。

「茨城から戻って、こっちで家業を手伝っていましてね。その店は親父がやっているんです。まあ、あなたはお若いからまだ先のことでしょうが、家を建てるときにはぜひ」

光弥が愛想笑いを返したときに、エレベーターが一階に到着した。

並んでエントランスを出ると、まだ勢いを保っている太陽が路上を焼いていた。

「こう暑いと参るなぁ。僕は暑いのがなにより苦手だ」

中屋敷はぼやいてから、光弥に「それでは」と手を振った。お辞儀をして、彼を見送る。

中屋敷が道路の向かいにある駐車場へと歩みだすのを横目に、光弥も家路についた。

4

「以上、三つのケースを見てきましたね。今日のまとめに入りましょう」

教授が覇気(はき)のない口調で喋りながら、パソコンを操作する。スライドが変わり、画面には「本日のまとめ――加害者家族も追い詰められている！」という端的な文章が映る。

「ネット掲示板での住所特定の事例とかね、ありましたけど。誰かが犯罪をおこなうと、こんなふうにね、その家族もダメージを負うわけです。近所だけじゃなく、匿名の人たちからの誹謗中傷とかもあるわけですね。……はい、じゃあ、今日の授業はこれまでです」

教室の前方が明るくなり、学生たちは一斉に席を立った。光弥も立ち上がって、荷物をまとめる。

「うーん、すごかった。怖かった」

隣の席の蘭馬が、子供みたいな感想を呟いた。

「ネットの力ってマジ怖いなってあらためて思った。犯罪者を憎む気持ちはそりゃわかるけど、家族の身許を特定して追い詰めるとかさ。それはひでーよな」

「残念だけど、こういう事例は枚挙に遑(いとま)がないよ。前にゼミの課題で調べたんだ」

「ふうん、さすが犯罪心理学専攻だな。……じゃ、メシ食べるか」

よく晴れた日だったので、ふたりは敷地内にある緑地まで足を延ばした。ベンチに腰かけて、光弥は手作り弁当、蘭馬は購入したおにぎりを取り出す。

今日は七月二十三日、木曜日。気温は三十五度に迫っているが、木陰は涼しく、風もあった。大教室の効きすぎた冷房に冷やされた身体には、ぬるい微風が快い。

「そういえば蘭馬、塾のバイトってまだ続けてた？」

ふと思いついて尋ねると、蘭馬は指先のご飯粒を食べながら「ん」と答える。

「続けてるぞ。今年は夏期講習で集団授業も任されてる。……あ、光弥も塾講に興味あるのか？　たしかに頭いいし子供好きだし、おまえ絶対向いてるよ」

「いや、そうじゃないんだけど。考えてみれば反抗期の子を相手にするわけだから、蘭馬も大変だな、と思って」

万事心得た、というふうに蘭馬は頷く。

「バイト先の家にそういう子がいて手こずってるってわけだな」

「……ときどき、見抜かれすぎてて怖くなるよ」

光弥はお茶をひと口飲んで、蘭馬を横目で見る。

「ふと思ったんだよね。僕、これまで子供と接する機会は多かったけど、反抗期の子と向き合ったことはなかったな、って。どう接していいものやら……」

中屋敷と会ったあの日の後も、二度、駒宮家に料理を作りに行った。うち一回は日色と会ったが、彼はまったく光弥への態度を軟化させず、口も利かなかった。

今日も駒宮家で仕事の予定だが、このままでいいのだろうか、と悩ましいのだ。

「うーん、接しかたなあ。うちの生徒はみんないい子だけど……。あ、妹はちょっと前に反抗期っぽかったな。話しかけても返事しねーわ、おれが洗面所使ってたら後ろから舌打ちしてくるわ、すさまじかったぞ」

「へえ、意外。あんなにいい子なのに……」

「光弥の前じゃ猫被ってるんだよ、あいつ。美形に弱いからな」

「なに言ってんの。……それで、反抗期の彼女に対して、蘭馬はどうしたの」

おにぎりを飲み下して、蘭馬はきっぱりと言う。

「下手に刺激しないようにして、やり過ごす。触らぬ神に祟りなしだ」

そんな無責任な——と思ったが、言葉を呑みこむ。それこそ、無責任な発言ではないか。他人の家庭の事情は誰にもわからないのだ。

(創也は、反抗期が来なかったからな)

十一歳でこの世を去った弟に思いを馳せる。生きていたら、あの子も反抗期を迎えたのだろうか。

「まー、なんつーか」

またしても光弥の心中を察したのか、蘭馬が妙に明るい声で言った。

「子供だろうが大人だろうが、人との接しかたに絶対的な正解なんかねーじゃん。だから、光弥がこれって思ったやり方で接すればいいんじゃねーの」

「そう、だね」

足許に落ちる木漏れ日を眺めながら、頷いた。

〈ビュータワー恩海〉に着いて、いつもどおり早希に扉を開けてもらった。

(恩海中は今日から夏休みだって、早希さんが前回言ってたけど……日色くん、いるかな)

などと考えつつエレベーターを待っていると、後ろから控えめな足音が近づいてきた。

横目で見ると、ひとりの少年だった。

日色と同年輩に見えるが、彼とは対照的なタイプだ。おとなしそうな色白の男子で、ワイシャツと鞄には有名な私立中学の校章が入っている。繊細そうな細面(ほそおもて)にふちなし眼鏡が似合っていた。

ほどなくエレベーターが到着し、光弥は少年とともに乗りこむ。光弥よりも先に、少年が「9」のボタンを押した。

九階で下りて、ふたりは同じ方向へ向かう。少年は九〇六号室の前で立ち止まった。どうやら駒宮家の隣人だったらしい。

光弥が九〇八号室のチャイムを鳴らすと、早希はすぐに応答してくれた。扉が開くのを待っているとき、少年の様子がおかしいことに気づいた。慌てた顔で自分の鞄を探っている。

「お待たせしました、三上さん……どうされました?」

出迎えた早希は、光弥の視線に気づいて廊下を覗きこんだ。少年の姿をみとめると、彼女はサンダルを履いて廊下に出た。

「学斗（がくと）くん」

名を呼ばれた少年は、びっくりしたように早希を見上げた。

「あっ――こ、こんにちは」

「こんにちは。もしかして、鍵忘れちゃった？」

「は、はい。でも大丈夫です。あと三十分くらいで母が帰ってくるので……」

母親のことを「母」と呼んだおとなっぽさに、光弥は感心した。

「そう。じゃあ、わざわざ管理人さんを呼ぶほどでもないけど……廊下で待ってるのもしんどいでしょう。うちに上がっていきなよ。アイスやジュースくらいなら出せるから」

学斗と呼ばれた少年はためらうように視線をさまよわせたが、やがて頷いた。

光弥と学斗は、早希に導かれて一緒にダイニングに上がった。

「今、日色はいないの。――三上さんも、よろしければ座って。ちょうど私も仕事をひと区切りさせて、休憩していたところだから」

喋りながら、彼女はキッチンに入っていく。光弥はダイニングテーブルに載っている漫画本の山に気づいた。十冊すべて『たそがれコンプレックス』という漫画の第四巻だ。作者名は「佐山美妃子（さやまみきこ）」。

「あ、ごめんなさい。今日届いた見本誌、出しっぱなしだった」

早希はお盆をテーブルに置いて、床に置いてあった段ボール箱に漫画本を片付けた。照れたように眼鏡に触れて、顔を上げる。

「知っているかたに作品を見られるのって、なんだか恥ずかしいな。リアルな知り合いにも、ほとんど職業を隠しているほどなの」

「ペンネームでお気づきになるかたもいるのではないですか」

光弥が言うと、早希は「えっ」と目を丸くした。

「そのペンネームは、ご本名のアナグラムですよね」

「そう――そのとおりです。『コマミヤサキ』を並べ替えて『サヤマミキコ』。よくお気づきになりましたね。案外、指摘されないんですよ。担当編集者もしばらく気づかなかったほどで。――っと、ごめんなさい、学斗くん、待たせちゃって」

スマートフォンを操作していた学斗は、いえ、と首を振った。

「今、ここにお邪魔してるって、母に連絡しました」

早希はグラスにジュースを注いで、それぞれの前に置いていく。

「そういえば学斗くん、夏休みっていつから？」

「あ――僕のほうは、今日も授業ありました。えっと、だから明日から休みです」

「そうなんだぁ。私立はやっぱり違うのね」

しばらくの間、早希は学斗から近況を聞いていた。私立中学に通う彼は、学校でも進学塾でも優等生の部類に属することが窺えた。

光弥はすぐにジュースを飲み終えてしまった。落ち着かなくなり、席を立つ。

「そろそろ、夕飯をお作りしてもよろしいでしょうか？」

「あ、そうね。お願いします」

　さっそく厨房に入って、食材を確認する。

（冷凍の豚コマは使えるな。チンジャオロース……は、ピーマンが駄目だと厳しいか。生姜焼きにして、野菜炒めを別で作ろう）

　ダイニングのほうでは、学斗少年が手持ち無沙汰の様子でスマホを眺め、早希は届いたばかりだという自著をめくっている。

　しばらくして早希がトイレに立った。玄関のチャイムが鳴ったのはその直後だった。

　光弥がＩＨヒーターを止めて廊下に出ると、トイレから「三上さん、お願い！」という声が聞こえた。やむをえない。光弥はエプロンを着けたまま玄関に向かった。

　扉を開けると、早希と同じくらいの年齢の女性が立っていた。花柄のワンピースの胸もとにひっかけたサングラスが印象的だ。彼女は日焼け防止のアームカバーをさすりながら、好奇心を隠そうともせずに光弥を見た。

「お手伝いさん？　男性って珍しいわね」

「どちら様でしょうか」

　あくまでも駒宮家の代理人として、光弥は尋ねた。

「ああ、ごめんなさいね。隣に住んでいる青野です。うちの学斗がここにお邪魔しているって連絡をくれたから、迎えに来たんです」

　そのとき、手を洗い終えた早希がやってきた。

「しばらくぶりですね、明美さん。ええ、そうなんです。学斗くんをお預かりしていて」

「あら、ごめんなさいね駒宮さん。……お休み中のところ」

　最後の言葉は、早希の姿を上から下まで眺めた後で付け加えられた。早希は自分が着ているジャージを見て、わずかに顔を赤らめた。

「いいえ、お気になさらないでください。久しぶりに学斗くんと話せましたし」

「本当に失礼しました。あの子も管理人さんにでも言えばよかったのに、わざわざお宅にお邪魔するなんてね。……あ、学斗！」

　ダイニングのほうから出てきた息子に、青野明美は声を投げる。

「早く早く、いらっしゃいよ。お喋りしている時間があったら、ちょっとでも勉強なさいな。じゃ、失礼します、駒宮さん。ほら学斗もお礼言って」

　学斗は「ありがとうございました」と頭を下げた。光弥の見ていたところでは、明美が急かす前から学斗は礼を言おうと口を開きかけていた。

　明美は息子の背中を押すようにして、駒宮家を去った。リビングに戻ると、早希は大仕事を終えたように息を吐いて肩を叩いた。

「……大変でしたね」

　光弥が労うと、早希は苦笑いを浮かべながら首を振った。

「明美さんも、悪い人じゃないの。日色と学斗くんは小学校で同じクラスだったし、このとおりご近所だから、親同士でも親しくさせてもらってたんだけど……。息子たちが中学に上がってからは、どうもね。私立中学だと、いろいろと文化も違うみたい」

明美は、日色と学斗の交際を快く思っていない——ということなのか。

まもなく早希が仕事部屋にこもったので、光弥も仕事に戻った。

その後も、日色は帰宅しなかった。四十分後に調理を終えた光弥は、早希の仕事部屋の扉をノックした。

「どうぞ」という声に応えて中に入ると、初めて見る室内は想像よりも整然としていた。ベッドがある場所以外の壁面は本棚で埋まっていて、図鑑や写真集など種々雑多な書籍が収められている。仕事はすべてデジタルでおこなっているらしく、光弥が漠然と思い描いていた「紙とインク」の世界ではなかった。

「料理、完成しました」

「そう、ありがとうございます」

早希はタブレット端末の画面を消して、大きく伸びをした。

「……駒宮様も、お仕事お疲れ様です」

「ありがと。いま進めているやつは、月末が締め切りなのよねえ。まずいぞ」

笑いながら言ってから、彼女はふっと真顔になる。

「三上さんって、弟さんがいらっしゃる？」

唐突な言葉に、はっと胸を衝かれた。考えるより先に、言葉が出る。

「います」

「そう。きっといいお兄さんなのね。こないだ、日色を叱ってくれたのを見たとき思ったの。私は全然、駄目な母親だなーって」

「いえ、そんな」

「そうなのよ。いつも締め切りに追われてばかりで、目の前の仕事をこなすのに精一杯。日色の授業参観すら行けなかったことがあるの。こないだも、部活のスケジュールをろくに確認できなくて、あんなことになっちゃうし……あの子が怒るのも当然」

彼女は眼鏡を外して、眉間を強く揉む。

「先週は、私の財布に入れておいたはずの五千円札がなくなっていて……。日色に確かめなきゃ、でも勘違いだったら悪い、って思って、切り出せずにいたの」

「どんな理由があっても、お金を盗るのはよくないのではないですか」

早希は唇を噛んで、首を振った。

「数日後に、日色の洗濯物の中に新しいユニフォームを見つけたの。部活で着るやつで、しかもそれのために五千円の集金があるってことは、前にプリントで知らされていたの。ユニフォームを見る瞬間まで忘れてた……。私が悪いのよ」

「僕の母も、フリーランスなんです」

早希は、伏せていた顔を上げて光弥を見た。

「翻訳家で、今はイギリスに住んでいます。いつも忙しくしていました。それで僕も家事をやるようになって……肌に合ったので、こういう仕事をさせていただいています」

言うべきではない、と心のどこかで思ったが、結局は口に出した。

「だから、お母様がご自身を責めすぎる必要はないと思うんです。スケジュールも、ユニフォームのことも、日色くんが自分の言葉で、お母様に何度でも伝えるべきです。子供であっても、人は自分で大人にならなきゃいけないんですから」

考えた末の発言だったが、早希の表情は晴れなかった。それどころか、いつかと同じように、まるで自分が責められたかのような表情になった。

「……気遣ってくださって、ありがとう。でも、やっぱり私……日色に申し訳ないって、ずっと思ってる。もうこれ以上、あの子につらい思いをさせたくないの」

「えっ……？」

早希は首を振って「ありがとう」と繰り返した。もう帰ってほしい、という合図だと受け取り、光弥は駒宮家を辞した。

5

光弥が次に駒宮家を訪れたのは、七月二十五日、土曜日だった。

相変わらずの蒸し暑さだが、太陽は厚い雲に覆い隠されていて、ひと雨来そうだ。

日色は自室にいるらしく、廊下を通ったときに気配がした。光弥はいつもどおり、任された夕食を作る。しばらくして、早希がばたばたと仕事部屋から出てきた。

「ごめんなさい三上さん、私ちょっと出かけてくるから、ここお任せしてしまってもいい？　銀行が五時に閉まっちゃうの」

光弥が腕時計に目を落とすと、四時四十五分だった。

「かしこまりました。いってらっしゃいませ」

彼女は日色の部屋に向かって「銀行いってくるね！」と声をかけていた。返事はなかった。

早希を送り出し、光弥はメインである鮭のムニエルを仕上げた。ポトフも煮込み終えてＩＨヒーターを止める。ムニエルを皿に盛りつけているとき、日色が入ってきた。

「なんだよ」

反射的に目を向けると、少年はじろりと光弥を睨んだ。

（あ……、自分から喋った）

不器用に無視を決めこんでいたときと比べると、大きな進歩ではないか。

そう思いながら、冷蔵庫を漁る日色を目で追う。ふたたび視線に気づいた日色は、ぎょっとしたように目を見開く。

「な――なに笑ってんだよ」

光弥はきゅっと唇を引き締めた。どうやら、微笑ましさから唇に笑みが滲んでしまっていたらしい。しばしば、周りからはポーカーフェイスと評されるのに。

「失礼しました」

「……意味わかんね」

スポーツドリンクを引っ張り出して、日色はぐびぐびと飲んだ。それを見て、ついひとこと言いたくなる。

「スポーツドリンクはたくさん砂糖が入ってるから、飲みすぎないほうがいいですよ」

「……知ってるし。部活の顧問に言われたし」

ぶっきらぼうな口調で言いながら、少年はペットボトルを冷蔵庫に戻した。髪をがしがしと掻いてから、彼はふたたび光弥を睨みつける。

「てか、あんたとか成瀬さんが作るメシ、ピーマンとかいつも抜いてるけどさ……」

「苦手だと承っているので」

「もう違うし。そんなガキじゃねーっつーの。母さんがいつまでもガキ扱いするから、そんな注文つけるんだろうけど、もう普通になんでも食えるから」

光弥は、そうか、と胸の内で呟いた。

親が知らないうちに、子は勝手に育つものなのだ。それを忘れて子供扱いし続けると、成長の機会を奪ってしまう。

「わかりました。では、次からは栄養を第一に考えて作らせていただきます」

日色はむっつりと黙りこんで、自分の部屋へ戻っていった。そこへ早希が帰ってくる。

「ごめんなさい、三上さん。お待たせしました」

早希は小走りで戻ってきたようで、少し息が乱れていた。

「いえ。十分も経っていませんから……。料理は作り終えたので、ここで失礼してよろしいでしょうか？」

「あ、はい。ありがとうございました」

早希に見送られて、玄関を出た。ボタンを押してエレベーターを待っていると、後ろから足音が近づいてきた。振り返ると、日色だった。

「……コンビニ行く」

尋ねる前に、日色は自分から告げた。光弥は小さく頷きを返す。

ふたりはエレベーターで一階まで下りた。日色は終始無言で、光弥も無理には話しかけなかった。エントランスを出て道路まで行ったところで、光弥は日色を見た。

「では、また夕食を作りに伺います」

日色は戸惑ったように視線を逸らしたが、わずかに頷くような素振りを見せた。光弥に背を向けて、歩きだす。

(なんだ……けっこう、素直だ)

光弥が微笑みながら踵を返したとき、背後で日色が鋭く息を吸いこむ音がした。

振り向くと、日色は猛然たる勢いで道路を横切っていくところだった。

「日色くん？」

小走りで彼を追う。少年が目指したのは、道路の反対側にある有料駐車場だった。日色はまっすぐに、アイドリングしていたコバルトブルーの国産車へと駆け寄った。

「おい！　どういうつもりだよ！」

運転席側のウィンドウを拳で叩きながら怒鳴る。光弥が駆けつけたとき、その窓が開いた。煙草を咥えながら顔を出したのは、知っている人物だった。

「日色……おまえ、いい加減にしろよな」

中屋敷慶介はうんざりしたように言って、日色を睨みつける。

「こっちの台詞だし！　もう来るなって、こないだ言っただろっ」

「ったく、大人の人間関係に口出しをすると……」

言いかけたとき、彼は光弥に目を留めて、はっとしたような表情になる。

「おっと、家政夫さんも一緒でしたか」

「こんばんは」

「どうも……。いや、またしてもお見苦しいところを」

中屋敷は煙草を車の中の灰皿にねじ込んだ。日色はその顔を、憎々しげに睨みつける。

「これ以上、母さんに近づいたら……殺すぞ」

声変わりが始まったばかりの声は、そのときだけ大人の男のような低さになった。中屋敷もひるんだ様子で、目を見開く。

「おい……。言っていいことと言っちゃいけないことがあるだろ？　日色……日色！」

中屋敷の言葉の途中で、日色はすでに踵を返していた。彼を視線で追うと、駐車場の入口に日傘を差した女性が立っているのが見えた。先日会った駒宮家の隣人——青野明美だ。

こちらを見つめていた彼女は、逃げるような早足でその場を去った。

「いや、どうも失礼しました。しかし『殺すぞ』はきついなあ。父親に……」

途中で言葉を切って、中屋敷はごまかすようにぽりぽりと耳を掻く。

「って、僕はまだ父親じゃないですけど」

光弥は生返事で応えた。すでに姿が見えなくなった日色のことが気になっていた。

（お母さんの再婚は、やはり受け入れがたいものなのだろうか）

それ以上言うべきこともないと思ったらしく、中屋敷は「では」と言って車を出した。

自分も帰ろう、と光弥が歩みだしたとき、雨が降り始めた。

6

光弥がタオルケットを払いのけて枕元の時計を見たとき、時刻は午前九時五分だった。

思わず、顔をしかめて身を起こす。

（寝すぎた……）

いつも早起きの光弥にとって、この起床時間は屈辱的ですらあった。もっとも、昨夜は二時まで起きて本を読んでいたから致し方ない。

七月二十七日、月曜日。光弥にとっては、学期末試験が複数ある大事な週の始まりだ。

身繕いをして部屋を出ると、玄関で怜が人と話しているところだった。隣人の古藤邦彦である。邦彦は、光弥に軽く目礼してから「じゃあ、よろしくお願いします」と告げて帰っていった。

「古藤さん、なんだったんですか？」

並んでリビングに向かいながら、怜に尋ねる。

「今から関西に三日間出張するので、基くんになにかあったらよろしくということだ」

「そうでしたか。たぶん、基くんなら大丈夫だと思いますけど」

先日の日色の「好き嫌い」についての言葉を思い出す。子供は、大人が気づかないうちに自分で成長しているものなのだ。とはいえ、ある部分においては精神的な成長が追いつかないこともあるだろう。

(親の再婚が嫌だ……って思ってしまうこと自体は、責められないよね)

「どうした、光弥くん。ぼうっとして」

「いえ……えっ」

リビングに入ってテーブルを目にした光弥は目を丸くした。

「どうしたんですか、怜さん。この食事」

テーブルには、ベーコンエッグとフレンチトースト、レタスのサラダが並んでいた。

「いや……、今日は君が寝ていたものだから、作ってみたんだ。どうせ非番だしな。口に合うかはわからないが」

「ありがとうございます。いただきます」

光弥は席について、朝食を摂った。ベーコンエッグの卵黄は、光弥の好みどおり半熟になっていた。怜はふたりぶんのコーヒーを淹れてきて、それぞれの前に置いた。

「そうそう、光弥くん。手紙が来ていたぞ。朝刊の横にある」

フォークを置いてそれに手を伸ばすと、海外からのエアメールだった。差出人の名前は「Michiko Mikami」となっている。

――三上未知子。イギリスにいる自分の母親だ。

光弥はため息をついて、手紙を脇に置いた。

「読まないのか」

「食べ終わってから読みます。食べながら読むのは、行儀が悪いので」

怜はためらうような間を置いてから、思い切ったように顔を上げる。

「すまない。差出人を見てしまったんだが、それは君のお母さんからだよな」

「……ええ。勝手に住所を教えてしまってすみません」

通話したときに新しい住所を訊かれて、伝えたのだ。ちゃんと届くように「連城怜様方」と入れてほしい、それは大家の名前だからと嘘をついて。

「構わないさ。……お母さんとちゃんと連絡を取り合っているなら、いいんだ」

「ちゃんと取り合ってる……んですかね。電話も二か月に一回とかですし、互いに簡単な近況報告をするだけです。基本、母は放任主義ですから」

「そう……」

彼の声の調子が不思議で、光弥は顔を上げた。

「どうしたんですか、怜さん」

「いや。親子の関係はそれぞれだから、おれが口を出すことじゃないが。ただ、繋がりは大事にしたほうがいいと思うんだ。大切な人とは、いつまでも話せるわけではないから」

光弥は、怜が両親を亡くしていることを思い出した。刑事だった父親は大学生のときに殉職し、母親は怜が警察学校を卒業する間近に病没したという。どちらも死に目には会えなかった、と短く語っていた。

「そうですね……。たまには、電話してみます」

脇に押しやったエアメールを横目で見つつ、コーヒーを啜った。

午後、大学でふたつの試験をこなした光弥は、五時過ぎに恩海駅に着いた。

家までまっすぐに歩いてもよかったが、台所用洗剤を切らしていたのを思い出して、大通りから外れて住宅街を通っていく。この先にあるドラッグストアだと、今日はポイント三倍デーなのだ。この道を行くと、ちょうど〈ビュータワー恩海〉を通ることになる。

その白く大きな影に近づいていきながら、光弥は徐々に異様な空気を感じ始めた。そして建物の前の通りまで差しかかったとき、明らかな異常事態が目に飛びこんできた。

野次馬が群れを作り、パトカーが四台ほども〈ビュータワー恩海〉の前に停まっていたのだ。近づいて見ると、マンションの裏手に伸びる舗道に規制線が張られていた。マンション自体の出入りはできるようになっている。

(裏手――駐輪場のほうで、なにかあったんだろうか)

黄色いテープの向こうを覗き見ると、何人かの捜査員が忙しく立ち働いていた。まさか駒宮親子が巻きこまれているのでは――と不吉な思いを抱きながら見ていると、ひとりの私服刑事と目が合った。

「あれ！　三上くんじゃないですか！」

と言って駆け寄ってきたのは、恩海署の不破刑事だった。

「お久しぶりです。なにがあったんですか？」

不破は、光弥に耳を近づけるよう合図して、声をひそめる。

「傷害事件ですよ。何者かによって、男性が金属バットで頭を殴られたんです」

瞬時に脳裏に浮かんだのは、日色が最後に吐き捨てていた台詞だった。

――これ以上、母さんに近づいたら……殺すぞ。

「殴られたのはまさか、中屋敷という男性ではありませんよね？」

問うと、不破は眼鏡の奥の目をぎょっと見開いた。

「ど――どうして、それが？」

光弥は不破によって、敷地の奥へと導かれた。

捜査員が集まっているところまで行くと、ひとりの男が振り向いた。灰色の髪を撫でつけ、暗い色のスーツを着こなしている紳士的な男――光弥も知っている顔だった。

「おや、君は連城くんと親しい……」

「三上です。お久しぶりです、土門さん」

土門警部補は視線を部下に移して「どういうことだ」と問うた。事情を聞いていなかった不破は、慌てて光弥に説明を求める。

光弥は〈ビュータワー恩海〉の一室に仕事で通っていること、中屋敷慶介という男はその家主の知り合いであることを簡単に説明した。

「なるほどな。そういうことなら、中屋敷さんはその駒宮という女性に会うためにこのマンションを訪れた可能性が高い。彼女の話を聞かねばならないね」

「あの、中屋敷さんの容態を伺えますか」

土門は少しためらう様子を見せたが、自分を納得させるように顎を引いて、

「とりあえず、事件全体の流れを聞かせておこうか。君は、童話作家の事件や恩海大生殺害事件で我々に先んじて真相に辿り着いた。なにか、気づくところがあるかもしれないし」

光弥としては「名探偵」を務めるつもりではなかったのだが、なんだかそういう流れになってしまった。

「救急に通報があったのは、本日午後四時二十分頃だ。通報者は男子中学生で『男がひとり、頭から血を流して倒れている』という内容だった。そこの表通りの公衆電話からかけ

られていて、通報者の少年はそのそばで救急隊を待っていた」

「もしかして、通報者は駒宮日色くん――」

「いや、違う。ただ、その駒宮さんの部屋は九〇八号室だと言ったね？　なら、その親子のご近所さんだ」

「ということは、青野学斗くんですか」

土門は目を見開いて、頷いた。

「彼とも知り合いだったのか。そう、君の言うとおりだ。救急隊員は学斗くんの案内で駐輪場まで行った。中屋敷さんは後頭部を強く叩かれていて、意識不明の重体だ。すぐに病院に運ばれて手術を受けたが……いまだ意識は戻らず、助かるかどうかは五分五分だという」

「そう、ですか……」

想像以上に中屋敷の容態は危険らしい。日色がそんな大怪我を負わせたとは信じがたかった。

「そういえば、凶器は金属バットだと不破さんから聞きましたが」

「ああ、その持ち主ならわかっている。このマンションに住む野球部の高校生が、自転車の籠に入れっぱなしにしていたんだよ。その高校生は、さっき家族に確認したところ、今日は部活が休みで、電車で友達と出かけているようだね。彼は事件とは無関係だ」

「つまり、犯人はその場にあったバットを衝動的に凶器として使った……」

かっとなった日色の顔が、頭にちらついてしまう。

「そのようだね。くっきりとした指紋が一種類見つかっているから、それがきっと犯人のものだ」

「その高校生のものではないんですか」

「それはない。犯人が手袋をしていたり、上から布で拭いたりしたのなら下の指紋はこんなに鮮明に出ないはずだ。最後に触った人間の指紋だよ」

説明を終え、土門は表情を険しくさせた。

「それで三上くん。誰か、中屋敷さんを襲う動機のある人間はいないのか」

どう答えたものか、一瞬迷った。日色を売るような真似はしたくない——しかし。

(この間——青野明美さんは、駐車場での口論を目撃していた)

彼女ならおそらく、被害者の素性を知った時点であのやりとりのことを話すに違いない。しかも、第一発見者が息子の学斗ならば、彼女がそれを知ることは避けえないだろう。彼女の口から伝わる前に、自分から話すのが得策だ、と判断した。

「じつは——」

と口火を切り、日色と中屋敷の間に漂っていた不穏な空気のことを語った。

「これが、僕が知りえる『動機』です。ただ、日色くんが犯人だなんて、もちろん信じているわけではありません。とにかく、彼から話を聞いてみてください」

土門は「そうだな」と大きく頷く。

「いずれにせよ、駒宮親子に事情聴取をすることは避けられないだろうね。君は、今日もここで仕事を？」

「いえ。たまたま通りかかっただけです」

「ふむ……、ならば、もう帰りなさい。後は私たちでやっておくから」

「そういうわけにはいきません」

光弥がきっぱり首を振ると、土門は困惑したように眉を寄せた。

「僕も駒宮さんの家まで同行します。駒宮家との繋がりを刑事さんにお話しした以上、そのことを自分から伝えなくては気が済みません。密告のようになるのは嫌です」

「いいんじゃないでしょうか、土門さん」

恐る恐るといった様子で、不破が加勢してくれる。

「その日色少年は反抗期だというじゃないですか。さっき話に出た恩海大生殺害事件のときに実感しましたけど、反抗期の中学生というのはおっかないもんです、本当に……」

「なにが言いたいんだね」

しみじみと頷く部下に、土門が鋭い視線を向けた。

「いやっ、つまり、少年と面識がある三上くんがいたほうが、とっつきやすくなるかもしれないということです」

「ふむ、一理あるな。……よし、三上くんにも一緒に来てもらおう」

光弥は土門たちに続いて、〈ビュータワー恩海〉のエントランスに入った。壁際のソファに青野学斗が座っていて、両脇には刑事がいた。そのうちのひとりが立ち上がる。

「土門警部補。第一発見者の青野くんからの聴取、終わりました」

「そうか。では帰して構わんだろう。……お疲れ様、学斗くん。長い間引き留めて、すまなかったね」

「いえ……」

学斗はぐったりした様子だった。彼は刑事から解放されると、エレベーターに向かわず、エントランスの出口へと歩きだした。自動ドアを出る直前、着信音が鳴り、学斗は慌てて学生鞄からスマートフォンを取り出した。

「あ、青野です。はい。連絡遅くなってすみません。……ちょっと、救急車を呼んだりしてて。いえ、僕は無事です。倒れてる人を見つけて……はい、あの、三コマから行きます」

光弥がその背中を見つめていると、土門が「三上くん」と声をかけてきた。彼と不破はすでにエレベーターの中にいる。光弥も早足で乗りこんだ。

7

九〇八号室のチャイムを鳴らすと、ほどなく早希が出てきた。見知らぬ男たちがいたせいか、驚いたようにドアの隙間を細めた。光弥が前に出る。

「駒宮さん、〈ＭＥＬＯＤＹ〉の三上です」

「三上さん？　どうしたんですか、その後ろのかたたち……」

「じつは下の駐輪場で事件が起きたんです。それに中屋敷さんが巻きこまれていて、刑事さんがお話を聞きたいと」

「ええっ？　そ、そんな……」

早希は大きく扉を開けて、姿を現す。ジャージ姿で、髪は整えられていない。

「三上さん、どういうこと？　事情が全然わからないんですけど、中屋敷さんになにが」

光弥が答える前に、土門が進み出て警察バッジを示した。

「恩海署の土門と申します。こちらは部下の不破。……中屋敷さんは、何者かの暴行を受けて意識不明の重体です。おつらいとは存じますが、お話を聞かせていただけますか」

早希は目を見開いて、手を口許にやる。

「え……嘘。そんな、誰が」

「それを今、調べているのです。……ところで、ご子息の日色さんはご在宅ですか」

「まだ帰っていませんけど……」

言いかけて、彼女は表情を凍りつかせた。恐ろしいものを見るように、光弥に視線を移す。

「三上さん、あなた——なにをおっしゃったの」

「日色くんと中屋敷さんの間に確執があったことを、申し上げました」

「そんな！　日色がやったとおっしゃるの？」

「落ち着いてください、奥さん」

土門が、早希と光弥の間に割りこんだ。

「三上くんを責めんでください。彼は事実を述べたまでなんだから。それに、なにも我々は日色くんを疑っているわけではない。ただ、事情を聞きたいのです」

「そんなこと言われても……。あの子、いま部活で出かけているんです」

「何時頃帰宅の予定ですか」

問われて、早希はショックを受けたように唇を震わせた。

「……把握、していません。私、いま仕事の締め切りが近くて、それで……息子のスケジュールがよくわかっていなくて。でも、調べればわかります。上がってください」

刑事ふたりと光弥は、家主に続いて中へ入る。早希はキッチンの壁に貼ってあった〈サッカー部だより〉を手に取る。それを一瞥して、困惑したような顔になった。

「どうしました、奥さん。ご子息は何時に帰るんです」

「……部活は、十六時に終わることになっています」

「学校からここまでは何分かかります？」

「……自転車で十五分、です」

土門が自分の腕時計に目を落とした。光弥も倣う。時刻は五時五十分を回っていた。

「なぜ戻っていないんでしょうね……。ご子息と連絡は取れますか？」

「部活にはスマホを持っていきませんから……、学校を出ていたとしたら無理です」

「それはやむをえませんね。ところで『自転車で』とおっしゃったということは、日色くんは自転車をお使いなんですね？」

土門の言葉の含意は、光弥にもすぐにわかった。自転車で帰ってくるのならば、当然、駐輪場にも行くことになる。

「待ってください、刑事さん！　やっぱり疑っているじゃないですか。日色は、そんな……」

早希の言葉は、途中で勢いが弱まった。彼女は両腕をさすりながら、上目遣いに土門を見る。

「中屋敷さんは、どんな暴力を受けたんです？　まだそれを聞いていません」

「金属バットで頭を殴られていたんです」

「うちの息子はサッカー部です。バットなんか持っていません」

「駐輪場に置かれていたものなんですよ。犯人は、発作的に中屋敷さんを殴ったらしい」

「つまり、殺意はなかったんですね？」

早希の声が明るくなったことに、光弥は驚く。

（……彼女、まさか）

土門も不審そうな顔で、早希を見やる。

「たしかに、殺意はなかったかもしれません。だが重傷ですよ」

「何回殴られていたんですか？」

「一発です。犯人は、中屋敷さんの生死も確かめずに逃走したようですね」

「かっとなって一度だけ殴って、すぐ逃げた。そうですね？　それは、殺人未遂という言葉ではあまりにも重いわ。傷害事件です。まして未成年なら――」

「早希さん！」

光弥は我知らず叫んでいた。早希は、びくりと身を震わせる。

「なにをおっしゃっているんですか。あなたは、日色くんがやったと思っているんですか？　そのうえで、彼の罪が減免されることを望んでいると？」

「だ、だって――あなたが刑事さんに告げ口したんでしょう？　日色には動機があるって！」

「ええ、言いました。でも、僕は日色くんがそのような暴力をふるったとは信じられません。たとえ発作的にであってもです。あなたが信じなくてどうするんですか」

「だって――それは――」

早希は言葉の途中で口を噤んで、キッチンの壁に背中を預けた。そのまま、ずるずると床にへたりこむ。

「……なんで、日色は帰ってこないの？　お願い、刑事さん。日色を捜してください」

「ええ、捜しますとも。では、参考までに彼の部屋を拝見させてください。もちろん令状はありませんから、嫌だとおっしゃれば無理強いはできませんが」

「……どうぞ。日色の無事が確認できるんなら、なんでもいいわ」

光弥は、日色の部屋の扉を指さす。土門は不破に頷きかけて、そこへ踏みこんだ。

キッチンに目を戻すと、早希はまだ同じ場所に座りこんでいた。光弥は彼女の前に膝をついて、頭を下げた。

「出過ぎたことをしました。お詫びします」

「……いいの。私こそごめんなさい。『告げ口』は言葉がすぎました。あなたは、日色のことを信じてくれていたのにね」

早希は髪をくしゃりと掻きあげて、ゆっくりと首を振る。

「どうしたらいいの？　なにを、どんな順番でやったらいいの。日色を捜さなきゃいけないのに、どこを捜せばいいかわからない。ああ、誰かに電話しなきゃいけない気がするけど、誰に？　それに締め切り……月末締め切りの原稿がまだ終わらないの。ペン入れにやっと入ったとこなのに……。あー、もう、いいか、原稿なんか。クビでいいわ、打ち切りで」

光弥は無言で立ち上がって、カモミールティーのティーバッグを取り出す。電気ポットのお湯を使って、早希のマグカップに注いだ。

「お茶を飲んで落ち着いてください。やることは、ひとつひとつリストに書き出しましょう。その途中で、日色くんがひょっこり帰ってくるかもしれませんし」

「ええ……。本当に、ありがとう」

光弥は早希をリビングのソファへ連れていってから、日色の部屋を覗きにいった。壁にはサッカー選手のポスターが貼られていて、学習机の上はノートやプリントで散らかっている。いかにも中学生男子といった雰囲気の部屋は今、刑事ふたりによって容赦なくひっくり返されていた。

光弥に気づいた土門が、手袋を外しながら報告する。

「早希さんが言ったとおり、スマートフォンは室内に残っていた。財布は目につくところにないから、本人が所持しているのだろう。どれほどお小遣いを持っているかはわからないが、額が多ければ多いほど厄介だ」

「日色くんは逃走したと？」

「でなければ、なぜタイミングよくいなくなるんだね？」

「彼は、加害者ではなく被害者側の可能性もあるでしょう」

早希に聞こえないように、小声で言った。

「交通事故に遭った……とかですか？　今日は市内でそういう報告はないですよねえ」

ぱっとしない反応を示す不破に対し、土門は険しい表情になる。

「現場を目撃して、犯人に拉致(らち)された……君はそう言いたいのかね」

「可能性はあるでしょう」

「あるにはあるが、飛躍がすぎるよ。中学生にもなった男子を連れ去るのは容易ではない。第一、中屋敷さんをその場で襲った人間が、日色くんだけ攫(さら)う道理がない」

「飛躍していることは、僕も承知しています。ただ、日色くんが姿をくらましているのは必ずしも彼自身の意思によるとは限らないと言いたいんです。まず、駐輪場に彼の自転車があるかどうかを調べてはどうですか」

「それは、名探偵くんの意見を待たずともするつもりだったさ……。不破くん、頼めるね？」

不破は「はっ」と叫んで部屋を飛び出していった。土門は日色の部屋を見回してから呟く。

「いま調べられるのは、この程度かな。できれば早希さんからの聴取もおこないたいが、精神的なショックも大きいだろうし、しばらくは様子見だ。日色くんの帰りを待ちたいだろうから、署に来てくれとも言いにくいし」

しばらく悩ましそうにしていた彼だったが、意を決したように頷いた。

「とりあえず、早希さんのそばにいてやってもらえないかね。私は下の者たちに指示を出してから、鑑識を連れて戻ってくる」

光弥が頷くと、土門は部屋を出ていった。光弥がリビングへ戻ると、早希は放心した様子でソファにもたれ、天井を見つめていた。

「早希さん。おつらいでしょうが、ここは警察に任せましょう」

「……ええ。顔を洗ってきます」

早希は蹌踉（そうろう）たる足取りで廊下へ出ていったが、すぐに走りだす足音がした。どうしたのだ、と見にいくと、早希は玄関でサンダルを履いていた。

「どうしたんですか、早希さん」

「三上さん……。これが、下駄箱の上に」

早希が震える手で持っているのは、ふたつ折りにされたルーズリーフだった。

「そういえば、さっきあなたと刑事さんを出迎えたとき、紙が置いてあったな、と思い出して。もしかして、これは……」

「見てみましょう」

光弥は、早希の後ろからその紙を覗きこんだ。そこには、角ばった不器用な文字で、次のように書かれていた。

「しばらく外に出てく。こっちは問題ない。メシとか全部外で食うし、寝る場所もある。普通に仕事してて。日色」

早希は下駄箱に背を預け、ゆっくりと首を振った。

「日色が書いた、文字です」

光弥は小さく頷いた。

8

夜は暑く、じっとりとしていた。

光弥は息苦しくなって、シャツのボタンをひとつ多く外した。運転席に座る怜は、ポロシャツの襟を引っ張りながら首筋をハンカチで拭いている。

「すみません、怜さん。こんな夜遅くに車を出していただいて」

「いや、いいさ。おれが自分で送ると言ったんだ」

恩海警察署のそばの路肩に駐車してから、すでに十分ほどが経過していた。大通りからは外れていて、車はほとんど通らない。光弥は腕時計に目を落とす。

(二十二時の約束だけど……やっぱり捜査中の刑事さんは、そう簡単に抜け出せないか)

などと考えたとき、待ち人が現れた。彼はきょろきょろとあたりを見回してから、後部座席に乗りこんでくる。

「いやあ、遅れて申し訳ない。連城さんも来ていたんですね」

不破刑事は膝に両手をついて、光弥と怜に順に頭を下げた。光弥は会釈を返す。

「ご足労いただきありがとうございます。不破刑事」

「いや、君も事件関係者だし、美緒のことでお世話になった恩がありますから。……ただ、弁当を買うと言って抜け出してきた身ですから、そう長居はできませんよ。五分が限度です」

光弥は〈ビューータワー恩海〉を去るときに、エントランスで行き会った不破に頼みこんだ。日色のことがどうしても気になるから、今夜、事件についてわかったことを教えてくれないか——と。怜に事件のことと合わせてその件も伝えたら、待ち合わせ場所まで送ると言ってくれたのだ。

「連城さん、事件のことは？」

「大筋は聞いているよ」

「では、さっそく報告しますね。……まず、駒宮日色くんはいまだ発見されていません。母親の早希さんには『日色くんが帰宅次第報告してください』と言ってありますし、マンションには刑事が張りこんでいますが、まだ帰らないようで。ただ、自転車は駐輪場に残されていましたし、恩海駅のカメラでも姿が確認されていないことから、徒歩圏内のどこかにいると思われます」

「車で連れ去られたのでなければな」

怜の言葉に、不破は表情を暗くして頷く。

「ですね。いま彼が通っている中学校や駅ビル、ショッピングモールなど、立ち寄りそうな場所を虱潰し（しらみつぶ）に捜しているのですが、どこでも目撃情報が得られず……。自発的に姿を消したかどうかすら不明です」

光弥は「そうですか」とさりげなく応じる。

まだ、日色の書き置きのことは恩海署の刑事にも怜にも話していない。日色が自発的に姿を消したとみられる証拠なので、日色の不利に働く。そう伝えたら、早希も書き置きのことは黙っておくと決めたらしい。

「ところで、中屋敷さんの容態は？」

「まだ意識は戻りません。けっこうまずい状態みたいですよ」

「……そうですか。では、なにか犯人に繋がりそうな手がかりは出ていませんか？」

「からっきしですよ。駐輪場周辺での目撃証言は一切得られていません。犯行があったのは午後三時前後で、あまり駐輪場には人の出入りがない時間帯でしたし――」

「話の腰を折ってすみません。どうして中屋敷さんは駐輪場にいたんでしょう」

不破は、ああ、と頷く。

「あの駐輪場の脇には東屋（あずまや）みたいな喫煙スペースがありましてね。置いてあった灰皿を調べたら、被害者の唾液がついた煙草が二本ありました。帰りがけに一服していったんでしょう」

「なるほど。――失礼しました、続けてください」

「ええと、どこまで話したかな。そう、目撃者。あのマンションの裏手には高い柵があって、外からは見えません。だから、犯行の瞬間はまず誰にも見られていないでしょうね」

「そのマンションの住人が、洗濯物を干したりしていなかったのかな」

怜がふと思いついたように口を挟んだが、不破はかぶりを振る。

「あの建物は、バルコニーにある転落防止用のパネルが高くて、よほど身を乗り出さなければ下が見えないんですよ。つまり駐輪場は、ブラックボックス状態だったんです」

報告をしながら、不破の声はどんどん不景気になっていく。

「三上くんには申し訳ないですけど、日色くんをクロに近づけるデータは揃ってしまっているんですよね」

「どういうことですか？」

「まず、〈ビュータワー恩海〉のエントランスにあるカメラの映像です。中屋敷さんがエントランスを出てから、救急車が到着した四時二十八分までの映像をチェックしたんです」

「エントランスを出た——ということは、彼は今日、駒宮家を訪れていたんですね」

先ほどは、早希から聞く機会がなかったことだ。

「ええ、彼は駒宮早希さんと会ったそうです。しかも証人がいます——君も知っているんじゃないかな。家事代行サービス〈ＭＥＬＯＤＹ〉の成瀬という従業員です」

「ああ……」

「成瀬さんは午後二時過ぎに駒宮家を訪れて掃除をしていたそうで、三時頃に中屋敷さんが現れたと言っています。中屋敷さんは、早希さんとふたりで仕事部屋に入って、なにやら話していたそうです。で、五分ほどして帰ったそうですよ」

思い当たるところがあって、光弥ははっと振り返る。

「成瀬さんはいつも、〈ビュータワー恩海〉に自転車で来ています。すると、彼女は駐輪場に行ったのではないですか」

「そのとおりです。掃除を終えて駐輪場に下りると、中屋敷さんは喫煙所で煙草を吸っていたそうです。で、軽く会釈を交わして彼女は帰った——と」

「事情はわかりました。続けてください」

「はい。えー、カメラを見たところ、中屋敷さんが午後三時六分、成瀬さんが三時十一分にそれぞれエントランスを出ました。そこから早送りでカメラの映像を確認しましたが、不審人物の出入りはありません。マンションの住人が七人ほど、出たり入ったりしただけです。そして午後四時以降、マンションへの出入りはまったくなくなります」

不破は言葉を切って、人差し指を振った。

「ここがポイントなのでよく聞いてくださいね。次にカメラが捉えた人物は、問題の日色くんでした。彼は、午後四時二十二分にマンションに駆けこんでいるんですよ」

光弥は、その時刻を口の中で呟いた。

「で、彼は鍵でドアを開けてマンションのエントランスに駆けこむと……そのままエレベーターに姿を消します。さらに言えば、彼がマンションを出ていくところを、カメラは捉えていないんです」

「なんだって？　じゃあ、彼はマンション内のどこかの部屋に匿われているということじゃないか」

怜の言葉に、不破は慌てて両手を振った。

「すみません、説明が漏れました。……このマンションには非常階段がありましてね。オートロックで外からは開かないのですが、内側からなら、住人は誰でも出られるんです。表通りでも駐輪場側でもない、マンションの西側に出る階段でして、人目にもつきにくい」

「日色くんはそこから逃げた、とおっしゃるんですね」

「そのとおり。九階の扉の内側には、彼の指紋がべったりとついていましたよ」

「けど、その少年はなぜ一度マンションに戻ったんだ？」

怜の疑問に、不破はかすかに首を捻りつつ答えた。

「そこは、ちょっと会議でも揉めましたね。スマホも、クローゼットの奥の貯金箱も手つかずでしたから。なにより、母親の早希さんは彼が帰ってきた音を聞いていないんですよ。とりあえず現時点では『学斗くんが呼んだ救急車のサイレンが聞こえたから、荷物を持たずに逃げたのだろう』という結論になっています」

光弥は「そうですか」と頷いた。

（たぶん、下駄箱の上に例の書き置きを残すために帰ってきたんだ……。ん？）

今の話の中で、なにか不破に質問したいことが出てきたような気がする。だが情報量が多かったせいで、一瞬心に浮かんだその「なにか」は遠ざかってしまった。思い出そうと焦っていると、不破が一段と真剣な表情になり、声を低める。

「さて、ここが最重要なのですが――今、指紋の話をしましたね。もっと決定的な場所に、日色くんの指紋が遺されていたんですよ」

「それは、まさか」

「ええ。凶器である金属バットの持ち手です」

光弥は、信じられない思いで首を振った。

「なにかの間違いじゃないんですか。日色くんは不在ですから、採取する指紋を間違えたとか」

「いやいや、そりゃないです。彼の部屋からもっとも大量に採れた指紋と照合したんですから。念のために早希さん、それから成瀬さんにも聴取のとき指紋を提供してもらいましたが、彼女たちの指紋とは合致しませんでした。大穴で、君の指紋という線もありますが……」

疲れた思いで首を振った。今は可能性のゲームに興じる気にはなれない。

「僕は、日色くんの部屋に入ったのは、今日が初めてです」

「……じゃあ、バットの指紋の主は日色くんで確定ですよね。とにかく現場には他に、犯人の遺留物は一切なかったんです。捜査本部としては、日色くんを本ボシと見ざるをえないでしょう？」

光弥は暗い気分で頷いた。状況はどこまでも、日色に不利なようだ。なにしろ彼は、姿を消しているのだから。

「それだけ——ですか。他に、本当に手がかりはないんですか」

「ないなぁ。……いや、あるか。これも、日色くんにはちょっと不利なんですが」

不破は申し訳なさそうに頭を掻く。

「じつはマンションの住人に聞きこみをしていたら、中屋敷さんが一階に下りるとき、一緒にエレベーターに乗ったという人がいましてね。これが偶然にも、青野学斗くんのお母さんの——」

「明美さん、ですか」

「そう。彼女、いろいろと話してくれましてね。一昨日、マンション前の駐車場で日色くんが男と口論していた、と言っていたんです。エレベーターに一緒に乗りこんだのも同じ男だと認識していて、彼が被害者だと知ると、日色くんが怪しいと匂わせるようなことをさんざん言っていました」

これは、光弥が予想していたとおりの展開だった。

「……だいたいのところはわかりました。あと一点。学斗くんは、その後なにか新しい情報を付け加えませんでしたか？」

不破は不思議そうな顔で、首を横に振る。

「とくになにも。塾に行こうと思って出かけたら、駐輪場であの男性を発見した――と、それだけです。彼自身は、中屋敷さんとの面識はないようですね」

「……ありがとうございます」

「で、どうですか三上くん。今の情報を聞いて、なにか思いつくところはありませんか。と言っても、捜査本部として求めている情報は日色くんの行方くらいなんですけど」

光弥はしばらくの間、黙っていた。運転席から、怜が「光弥くん？」と促す。やがて、ゆっくりと口を開いた。

「今のところ、断言できることはなにもありません。ただ〈ビュータワー恩海〉を張りこんでいるなら、学斗くんにもそれとなく目を配っておくのがいいと思います」

「おや。なんでまた？」

「いえ――。第一発見者とわかったら、なにか目撃されたのではないかと恐れた犯人が危害を加えようとする可能性もあるでしょう。それだけです」

「そうですか……。連城さんのほうからは、どうです。日色くんがよその市に行ってしまったら県警にもお力を借りる必要があると思いますし、今のうちに知りたいことがあれば」

「いや。大丈夫だ」

　怜は、光弥を横目で見ながら言った。

　その後、すぐに不破は車から降りて、コンビニまで駆けていった。他の刑事たちからも弁当を注文されていたそうで、本当に買いに行かねばならないという。

「光弥くん、なにかまだ、不破くんに話していないことがあるんだろう」

　車が走りだしてしばらく経ってから、怜が唐突に言った。

「……どうしてわかるんですか」

「いや、なんとなく」

　蘭馬だけではなく、怜も最近は心を読んでくるようになった。これは長く一緒にいるせいか、それとも自分が顔に出やすくなっていっているのか――。

「日色くんばかりではなく、その学斗くんという子についても気になっているのか？」

「ええ……、気になっています」

窓の外を流れていく街灯りを目で追いながら、光弥は答えた。

「学斗くんは、嘘をついていますから」

9

翌日――。

怜は五時半には出かけるというので、光弥もそれに合わせて起きた。

「県警から連絡が入っていたよ」

朝食の席で怜が言った。光弥はコーヒーを注いだマグカップを怜の前に置きながら、視線で話の先を促す。

「結論から言えば、日色くんはまだ見つかっていない。それどころか目撃情報も入らない。だから、恩海市と隣接した市にも協力を要請するようでね。そのことが県警にも知らされたというわけだ」

「そうですか……。中屋敷さんは、どうでしょう」

「県警からの一報では『意識不明の重体』ということだったから、不破くんが報告してきたときから状況は変わっていないんだろう。ただ、今のところ捜査自体に県警が嚙むわけではないから、申し訳ないがおれから最新情報は伝えられない」

それからまもなく、怜は身支度を整えて出かけていった。

光弥は食器を洗って、洗濯と掃除をした。すべてを終えたときには七時になっていた。伸びをしてソファに腰を下ろすと、窓の外の隣家が目に入った。

(そういえば基くんは、日色くんと同じ部活だった)

思い出すとすぐに立ち上がって、古藤家に向かっていた。チャイムを鳴らすと、基がインターホンで応答した。光弥は名乗って「ちょっと上がってもいいかな」と伝えた。

三分ほどして出てきた基は、ワイシャツにズボンという制服姿だった。

「ごめんなさい、着替えてたら遅くなっちゃって。部活しかない日も、登下校のときは制服着なきゃいけないって校則で決まってて」

「そっか、忙しいときにお邪魔しちゃったね。朝食はもう食べた？」

「えーと、まぁ今日は抜いてもいいかなって……」

光弥はきっぱりと首を振った。

「暑いときにご飯を抜いちゃ駄目だよ。お父さんいないんでしょ。簡単になにか作るから」

光弥がキッチンに入ると、基は冷蔵庫からオレンジジュースの紙パックを取り出した。

「ありがとうございます、光弥さん。ジュース入れときますね」

乾燥台に載っていたグラスをふたつ取って、基はテーブルへ向かった。光弥はフライパンに割り入れた卵の殻を捨てつつ、シンクの中を覗きこんだ。食器類は残っていない。

「基くん、昨日は夕食ちゃんと食べた？」

「食べましたよ。……あ、食器ならちゃんと洗ってしまいましたから！　僕も留守番には慣れてるので、そういうのはちゃんとしてます」

育つ子はひとりでも育つものなのだ、と光弥は思った。

「それで、光弥さんは朝食を作りに来てくれたんですか？」

「今それを言おうと思ったんだけど……駒宮日色くんについて聞きにきたんだ」

基は驚いたように目を丸くして、光弥を見返した。

「じつは昨日、彼がいろいろあって家出しちゃってね。お母さんもお巡りさんたちも捜してるんだ。それで、同じ部活の基くんなら心当たりがあるかなって」

「家出、ですか」

「そう。どこか思いつく場所がない？」

光弥はソーセージとスクランブルエッグを皿に載せて、基に渡した。ふたりは一緒にダイニングテーブルを囲む。基は、ひと口ジュースを飲んでから口を開いた。

「えーと。学校の図書室とか、市の図書館とかどうでしょう。エアコンありますし」

「学校は警察の人が捜索済み。それに、夜の間もずっといられる場所のはずなんだ。日色くんはまだ帰っていないから」

基は考えこむような表情になった。光弥はさらに促してみる。

「部活の遠征先とかで、心当たりない？」

「んー……、こないだは音野中学校まで行きましたけど、ずっと屋外だったし。あ、雨の日は市営体育館の屋内サッカー場で練習することあります」

「市営体育館だね。……他に、日色くんにとって思い出みたいな場所はない？」

「うーん。二年生は先月、臨海学校で大洗に行ったそうですけど……思い出なのかなあ」

大洗という地名を聞いて、日色が以前、茨城に住んでいたことを思い出す。

（まさか県外に……？　でも、駅のカメラには映っていないって言うし）

「んー、ちょっとこれ以上は思いつきません。……あの、光弥さん、そんなに大ごとなんですか？　駒宮先輩、そのうち帰るんじゃないかと思いますけど」

首をすくめるようにして、基は言った。その目を覗きこんで答える。

「そうかもしれない。でも、早く見つけるに越したことはないからさ。もしなにか思い出したら、連絡してね」


古藤家を出ると、光弥は怜に市営体育館のことをメールした。同時に、家事代行サービス〈ＭＥＬＯＤＹ〉から届いていたメールに気づく。本日、駒宮家から入っていた依頼はキャンセルになったという。

光弥は大学まで行って、試験をひとつこなした。これで今期の授業はすべて終了し、無事に夏休みということになるのだが、めでたい気持ちはまったくなかった。

恩海駅まで戻ってきたときには、まだ午後三時で、日は高かった。怜からも不破からも続報は入っていない。光弥はいったん帰宅して一服してから、恩海駅前にある〈ＭＥＬＯＤＹ〉の出張所へ向かった。依頼も、業務終了後の報告もすべてオンラインだが、毎月末には貸与(たいよ)されている備品をいったん返却して、社員のチェックを受けることになっているのだ。

雑居ビルの三階にあるオフィスに入る。冷房の効いた室内は閑散としていて、デスクワークをしている社員の姿は見えない。受付係の上田(うえだ)に尋ねると、支部長も外回りの最中だという。光弥は備品を置いて退散しようとしたが、上田に捕まって世間話に付き合わされた。彼女は来客の応対と電話番が主な仕事で、それがないときは常に誰かと話していないと気が済まない性質(たち)なのだ。

上田は〈ビュータワー恩海〉での事件を話題にした。光弥もときどきそこで働いていることを知っており、探りを入れてきたのだ。被害者が得意先の知人だとまでは知らないらしい。光弥は「昨日は仕事ではなかったから」と言って——嘘はついていない——その場を逃れようとしたが、上田による犯人のプロファイリングを聞かされる羽目になった。

十分ほど経ったとき、オフィスに成瀬法子が現れた。彼女は備品を上田に預けてすぐに帰ろうとしたが、話好きの受付係はそれを許さない。

「ちょっとちょっと、成瀬さん。あなたも〈ビュータワー恩海〉にはよくお仕事で行っていたわよね。というか、わたしの記憶だと、昨日もお仕事だったと思うんだけど」

「ええ。そうでした。これ、よろしくお願いします」

成瀬は会話を発展させることなく、カウンターの上に置いていた備品をあらためて上田のほうへ押しやる。

「身内の介護で、すぐに帰らないとならないものですから」

　話しかける隙も与えず、足早に踵を返した。光弥も彼女に便乗して、上田に「お疲れ様でした」と告げ、オフィスを出た。

「成瀬さん、昨日、駒宮さんのお宅に行かれていたんですね」

　狭い階段を下りながら、成瀬の背中に話しかけた。彼女は振り向かずに「ええ」と答える。

「事件に関わるようなこと、なにか目撃されていませんか？」

「しておりません」

「でも、被害者の中屋敷さんのことは見かけられたんですよね」

　階段を下りきった成瀬は、ぴたりと足を止めた。振り向いて、目をきゅっと細める。

「どこでお聞きになったのですか」

「じつは僕も昨日近くを通りかかって、彼が駒宮さんの知人だと証言したんです。恩海署の刑事さんに知り合いがいるので」

「そうでしたか」

　これにはさすがに驚いたらしく、声にはわずかに感情が滲んでいた。

「最後にあなたが中屋敷さんを見たのは、マンションの裏手の駐輪場だそうですね。彼はどんな様子でしたか？」

「どんなと言われましても……。煙草を吸いながら、スマートフォンを見ていました。どうしてそんなことをお訊きになるのですか」

「なにか新しい情報が出てくれれば、刑事さんに伝えられますから。どうでしょう、敷地内で他に人を見かけませんでしたか」

「……見かけておりません。駐輪場は人気（ひとけ）がありませんでしたし」

「そうですか」

光弥も階段を下りきって、成瀬に続いて庇（ひさし）の外へ出た。

「お引き留めしてすみませんでした、成瀬さん」

「いえ……」

彼女は珍しく、歯切れが悪かった。なにかを考えるように視線を落としている。

「成瀬さん？」

「刑事さんとお知り合いとのことでしたが、警察は、駒宮様を疑ってはいませんよね」

意外な言葉に、光弥は「えっ」と声を漏らした。

「駒宮さん――というと、早希さんですか？　なぜです」

「いえ。最後にその男性と会話をしたのは彼女ですから。込み入った話のようでしたし」

「……会話をお聞きになったんですか？」

光弥の言葉に、家政婦は眉根を寄せた。

「立ち聞きしたわけではありません。ただ、リビングに掃除機をかけているとき、声が漏れ聞こえて……。駒宮様が怒ったように大きな声を出されていましたから」

「どのような話でしたか」

「ですから、耳をそばだてていたわけではないのです。ただ『いい加減にしてください』と、ずいぶん激昂していらして――」

彼女は、こんなことを話している自分が我慢ならない、と言うようにきつく目を閉じた。

「余計なことを申しました。ご内密にお願いします」

自転車に跨がるや否や、彼女は走り去っていった。

10

光弥はその足で〈ビュータワー恩海〉へ向かった。駐車場に足を向けると、コバルトブルーの国産車が隅に停まっていた。

(中屋敷さんの車だ……。彼は昨日、これでここに来た。ということは――)

それから光弥はエントランスに入り、少しためらってから九〇八号室を呼び出す。早希が『はい』と応答したので、光弥は名乗る。

『……あの、今日の依頼は断らせていただいたのですが』

「差し出がましいことは承知していますが、日色くんの力になりたいんです。そのために、お話ししたいことが」

『どんなことでしょう』

「今朝、知り合いの恩海中の子に会ったんです。そうしたら、日色くんの行き先についていくつか心当たりがあったそうで……そんなようなことです」

嘘ではないが、真実とも言いがたい言い訳だった。

『……わかりました。入ってください』

九〇八号室まで着くと、憔悴（しょうすい）した様子の早希自らが扉を開けた。髪は乱れていて、化粧もまったくしていない。今は刑事たちもいないということだった。ダイニングまで入ると、彼女は椅子に腰を落とした。光弥も向かいに座る。

「それで三上さん。誰なんですか、その恩海中の子って」

「僕の近所に住んでいる、恩海中サッカー部の一年生です。名前は古藤基くん」

「あ……、その名前なら、日色から聞いたことあるわ。先月だったかな、仲良くなった後輩はいるのって訊いたら、照れて反抗的な口調になりながらも、その子の名前を……」

早希は充血した目を閉じて、唇を噛んだ。

「もっと聞いておけばよかったな、あの子の話」

「これから聞けばいいじゃないですか」

彼女は答えず、眼鏡を外した。両手で目頭を押さえて、長く太いため息をつく。

「ほんと、なにをやっても駄目ね、私は。日色のことが心配で、仕事なんかひとつも手につかない。月末の締め切りは、もう駄目だわ。雑誌に穴を開けたらおしまいなのに。今までろくに日色に時間を割くこともせずに、やってきた仕事なのに……」

彼女が中屋敷のことをまったく話題にしないことに、光弥は気づいた。

（やっぱり、そういうことだったんだ）

エントランスに入ったときと同様、またしてもためらう。これは自分の役目なのか。本当にこんなことをしなくてはならないのか。だが、言うことにした。

「早希さん。中屋敷さんのお見舞いには行かれましたか」

彼女は目頭を揉む指を止めて、唇を半開きにした。光弥の問いかけで、初めて中屋敷の存在を思い出したかのように。

「いいえ。気にはなりますけど、日色を待たなきゃいけないから」

「……中屋敷さんは、あなたと結婚するつもりだとおっしゃっていました」

「ええ、三上さんにそのことを話したって、彼から電話がきました」

「そうだと思いました」

早希は顔から指を離して、眼鏡をかけた。

「どういうこと、三上さん。なにが言いたいの」

「ただのハウスキーパーに再婚の話をしたなんて、わざわざ電話で共有するほどのことじゃないと思うのですが」

この言葉が先ほどの「そうだと思いました」と矛盾していることにも気づかない様子で、早希は必死に言い募る。

「それは言葉の綾っていうか……。その用件だけで電話してきたわけないでしょう。他の話のついでに『そういえば』って、あなたの話が出ただけよ」

「他の話というのは、恐喝に関することですか」

早希の表情が凍りついた。胸に痛みを覚えながらも、光弥はとにかく喋り続ける。

「中屋敷さんは、あなたを恐喝していたのではないですか？」

「な——なにを、そんな」

早希は椅子ごと後退した。フローリングと擦れて、ぎっ、と嫌な音がした。

「最初から、いくつか引っかかっていました。まず、僕が初めて中屋敷さんと会った日の、あなたたちふたりの態度です。僕の耳を意識して、本質的な会話を避けていたように思えます。あの日、帰り際に彼があなたとの再婚を匂わせたことで、僕はよそよそしさの原因について納得しましたが、もっとよく考えるべきでした。本当に交際しているのなら、そのことを部屋にいた時点で話したはずだからです。ただのハウスキーパーである僕の目を気にして、よそよそしくする必要はなかったはずです」

光弥から視線を逸らして、早希はテーブルの一点に視線を固定した。

「中屋敷さんは『三上という男にこういう嘘をついた、もしも今度話題になったら話を合わせろ』と電話したのでしょうね。あなたはさっき、それを正直におっしゃった」

「馬鹿みたいだわ。恐喝なんて、そんな……脅されるようなことを私がしたって言うの」

「そうは申しません。悪いのは脅すほうです」

早希は顔を伏せた。乱れた前髪が顔を覆い、その表情は読めない。

「土曜日に僕が来ていた日、あなたは銀行に行くと言って外へ出ましたね。でも、よく考えたらおかしいんです。コンビニなどの商業施設はこの区画にはないですから、地上まで下りてどこかの店と往復したら、十分はかかるはず。しかしあなたは十分と経たず戻ってきた。……あのときは、駐車場にいる中屋敷さんに会いに行ったんですね。おそらく、金銭を渡すために」

「どうしてそんなことを言うの。やめてよ」

「あなたを責めたくてこんなことを言っているわけじゃないんです！　警察に本当のことを話すのがいちばんだと申し上げているんです」

「話すことなんかない」

「いつまでも隠し通すことはできません。成瀬さんだって聞いているんですから——あなたと中屋敷さんが昨日、言い争っていたのを」

びくん、と早希が肩を震わせた。彼女はゆっくりと顔を上げる。

「駄目なの、お願い。このことだけは、言えない……、日色がどんな目で見られるかって思ったら、警察にだけは知られたくないの！　いいえ、他の誰にも！」

髪の隙間から現れた早希の顔は、涙で濡れていた。

「そうよ。私、脅されていた……中屋敷に。でも、誓って言いますけれど、私も日色も、なにも悪いことはしていないんです。悪いのは、あの男なんです」

「悪いのは中屋敷さんだから、日色くんは彼を殴打したと？」

彼女はくしゃりと髪を掻きあげて、めちゃめちゃに首を振った。

「わかんない。あの子がやったの？　私……私……」

「あなたが昨日、日色くんを疑ったとき、引っかかったんです。こんなに息子さんを思っているあなたが、どうして彼を信じないのかって。それは、日色くんがあなたのことを守ろうとしていたと、あなたはずっと知っていたからだ」

早希はぼろぼろと涙の粒を流しながら、嗚咽を漏らした。

「日色くんが中屋敷さんを強く憎み、遠ざけようとしたのは、あなたと再婚しようとしていたからではなく――彼の存在が、あなたを苦しめていることを知っていたからですね。恐喝の事実を、日色くんは知っていた」

「日色……、日色は……っ」

「あなたを守るため――そう考えたら、日色くんが犯行に及ぶと考えるのも理解できます。まして、彼は姿を消しているんですから。でも、彼は違います。彼が犯行に及んでいないと信じる根拠が、僕にはある」

早希は、光弥の言葉を理解しかねたように、首をかしげる。

「どういう……こと？」

「彼は心の優しい、強い子だということです。日色くんのことを信じてください。僕は、彼のためにできるだけのことをします。だから――早希さんも、警察を信じて、すべてを打ち明けてください」

子供のように泣きじゃくる早希に、それ以上言葉をかけることはできなかった。

九〇八号室を出ると、光弥は隣室を見やった。

（さて、問題は……学斗くんにどうやって接触するか、だ）

母親の青野明美が出たら、息子を出してもらう言い訳は思いつけない。まだ見ぬ学斗の父が在宅している可能性もある。

どうしたものか、と悩んでいたら、折しも九〇六号室の扉が開いた。出てきたのは明美だった。彼女は、廊下に立ち尽くす光弥に好奇心を隠さぬ目を向けた。

「こんにちは」

光弥は自分から挨拶した。不審者と思われるのを避ける最大の方策である。

「こんにちは……。今日も、駒宮さんのお宅でお仕事だったのかしら」

「ええ。こんなところに立っていて、お恥ずかしい。メールをチェックしていたもので」

咄嗟に、尻ポケットからスマートフォンを取り出す。明美は興味を失ったらしく、取り繕ったような笑みを浮かべて去っていった。一度だけ振り返って、光弥がスマホをいじっているのを見ると、SNS中毒の若者に呆れるように肩をすくめてエレベーターに乗りこんだ。

彼女が去ったのを確認すると、光弥は九〇六号室のチャイムを鳴らした。

父親がいる可能性もあったが、果たして光弥は賭けに勝った。

『あの……なんでしょうか』

学斗の声が応じた。光弥は、用意しておいた言葉を告げる。

「日色くんから預かっているものがあるんだ。彼は事情があって自分では来られない。ちょっとだけ、いいかな」

『わかりました』

早希を欺いたとき以上の自己嫌悪を覚えた。まるで不審者そのものだ。こんな手段で相手が必死に隠そうとしていることを暴くなんて、なんの大義があるというのだろう。

(でも、解決しなきゃいけないんだ、早く……。日色くんと、早希さんのために)

ドアが開いた。学斗は、ドアロックをかけたまま応対する。

「あの、駒宮くんから預かっているものって、なんですか」

「昨日、救急車を呼んだのは君じゃないんでしょう」

眼鏡の奥の瞳が、わずかに大きくなったように見えた。

「日色くんが呼んだ救急車を、君が呼んだことにしたんだ。……彼自身に頼まれて」

「嘘ですか？　預かっているものがあるって」

学斗の声が、急につっけんどんになった。おとなしそうに見えていたこの少年も、まさに「反抗期」真っ盛りの中学生だったことを思い出す。

「……うん、嘘だよ。でも、彼を助けるために、どうしても君の話が聞きたいんだ」

「いったん、閉めます」

学斗はロックを外して、大きく扉を開け放った。

「今は僕ひとりです。課題がもう少しで終わるので、やりながら話させてください」

室内は九〇八号室と同じ間取りだった。ダイニングテーブルには数学の課題らしいプリントが広げられていて、学斗はその前に座る。

「座ってください。で、どこまで知っているのか聞かせてください」

シャープペンを手に取って課題を進めだした。案外自由な子だな、と内心で苦笑する。

「まず、通報してきた『男子中学生』が公衆電話を使ったというのが気になったんだ。君らの世代には、公衆電話自体馴染みがないよね。それ以前に、問題の公衆電話は通りに出たところにあるから、スマホやガラケーを持っていたなら被害者のそばを離れて通報しにいく必要はない。つまり、通報者はそれらが手許にないか、充電切れとかで使えなかったということになる。……でも、君はあの後、エントランスで自分のスマホにかかってきた電話を取っていた。通報者は君じゃないということになる」

学斗は返事をせず、問題を解き続けている。構わず話すことにした。

「では、誰が通報したのか。いずれにせよその子は『男子中学生』だと確認されている。しかもスマホが手許になかった可能性が高い。――日色くんの部屋に置き去りにされていたスマホが発見されたとき、僕は彼が通報したことがわかった」

少年は顔を上げて、にっこりと笑った。

「うっかりしてました。公衆電話からかけたってことは、ちゃんとひぃくんから教わってたのに……。電源切っておけばよかったな、僕のスマホ」

「日色くんと一緒に非常階段で下りたのも、ちょっと迂闊だったね。エントランスのカメラは、日色くんが中に入る前後二十分ほど、誰の出入りも捉えていなかった。だから、日色くんだけでなく君も非常階段を使ったことがわかったんだ。単に塾に出かけるだけならエレベーターで下りるよね。ま、わかった理由はもういいか。なにがあったか教えてくれる？」

「いいですけど、ひぃくんを見つける役には立たないと思いますよ」

学斗はプリントを丁寧にクリアファイルにしまって、光弥のほうを見た。

「昨日の午後四時過ぎのことでした。僕は家にひとりでいて、今みたいに課題を解いていました。そしたら、いきなりひぃくんが部屋のチャイムを鳴らして……あ、言い忘れてましたけど、最近も親がいないときはひぃくんがうちに来ることはよくあって――」

「知ってたよ」

光弥の言葉に、学斗は目を丸くする。

「僕と君が最初に会った日、早希さんから『夏休みっていつから？』と訊かれた君は、『僕のほうは、今日も授業ありました。だから明日から休みです』と答えた。これって、日色くんはあの日から夏休みだと知っていたってことでしょう」

「あー……、初対面でボロを出しちゃってたんですね。恥ずかしい」

少年は眼鏡の蔓を持ち上げて、照れ笑いをした。

「ひぃくんとは小学校を出てからも、ときどき一緒に遊ぶんです。ゲーセン行ったり、ボイスチャットしながら一緒にゲームしたり。親には内緒です。母は階級意識強いんで、公立中のひぃくんを僕から遠ざけようとしてるんです」

中学生らしからぬ毒を含んだ「階級意識」と、幼さを感じさせる「ひぃくん」という愛称。ふたつの言葉のギャップが、光弥にはおかしく思えた。

「なるほどね。それで、昨日やってきた日色くんは君にどう言ったの」

学斗は記憶を呼び起こすような間を置いてから、ひと息に言う。

「『下の駐輪場で男が殴り倒されてた。救急にはもう通報したけど、そいつ、おれの母親に付きまとってる男だから、おれには動機がある。とにかく、おれはここを離れてアリバイ作りたいから、救急隊の相手をおまえに頼みたい』」

「君は、どうしてそんな頼みを受け入れたの」

「ひぃくんに『殴ったの』って訊いたら『おれじゃない。そこだけは信じてほしい』って言われたからです。それを信じました」

「そうじゃなくて、君にメリットのないそんな申し出を、どうして受け入れたの」

学斗はふたたび眼鏡の蔓を持ち上げて、口許をほころばせる。

「ひぃくんには借りがあるんです。小学生の頃、僕が中学受験のために休み時間中も勉強してたら、バカなやつらがちょっかい出してきて。それを先生に言って叱ってもらったら、テキスト破くとかの陰湿ないじめが始まりました。そいつらを撃退してくれたのがひぃくんなんです。僕のランドセルを漁ってるところを現行犯で押さえて、怒鳴りつけてくれて。それからしばらく、僕のそばにいて守ってくれました。本当に、優しい子なんです」

「……そう」

「昨日だって、ひぃくんは優しかったですよ。この部屋でおばさんへの書き置きを書いて、家の玄関に残してきましたし。非常階段で下におりてからも、救急隊が来るまで物陰から僕を見ていてくれたんです。『あの男を殴ったやつが戻ってくるかもしれないから』って」

学斗は、ふうとため息をついて、首を振った。

「でも、ひぃくんも無茶しますね。母から聞きましたけど、帰ってないらしいじゃないですか。きっとお母さんに容疑がかからないように、自分を容疑者に仕立てるつもりなんですよ」

「そうだね。きっと、それが日色くんの狙いだ。……で、彼がどこにいるか知らない？」

「いいえ。——飲み物飲んでいいですか？」

学斗はマイペースに立ち上がって、キッチンに入っていく。

「ひぃくん、どこに行くとも言わずに行っちゃったんで」

「君たちは隠れて会っていたんだよね。心当たりの場所はないの？」

「うーん、ショッピングモールのゲーセンがいつもの場所ですけど……あそこ、二十二時に閉まるから夜は越せませんね。補導されるだろうし。心配だなあ」

光弥は焦りを感じ始めた。学斗という頼みの綱が切れたら、日色の消息を掴むことが不可能になる。

「彼、どれくらいお金を持っていただろう。まさか茨城まで行ってないかな、と思ってるんだけど」

「それだけはないと思います。ひぃくん、茨城に住んでたときのこと思い出したくなさそうだったし。なんか、黒歴史あるっぽいですよ」

学斗は冷蔵庫の野菜室からコーラのペットボトルを取り出して、足で閉める。「礼儀正しい優等生」のイメージは完全に崩れた。

「黒歴史……。よくない思い出、ってこと？」

「そうです。臨海学校で茨城に行かなきゃいけないとかで、憂鬱そうにしていました。ひぃくんは小学生の頃、茨城の後は富山、その後は大阪、って具合に、お母さんの都合で何度も引っ越したみたいです。ここに来たのは、小五の一月とかだったような」

北陸や近畿まで行かれたら手に負えない、と暗然としかけたとき、学斗が明るい声を出す。

「大丈夫。ひぃくん、遠出はしないと思いますよ。位置情報がバレるスマホはともかく、貯金くらい取りに戻るでしょ」

「日色くん、貯金があったんだ」

学斗は一気にコーラを呷ってから、こくんと頷く。

「年末に出る新しいゲーム機買うために、こつこつ貯めてるんです。ひぃくん、一万円貯まったって、先月言ってたな。漫画家のお母さんはどうせ奥で仕事してるんですから、それくらいはダッシュで取りに行きません？　遠出するつもりなら」

光弥は、昨夜不破に尋ねたかったことを思い出した。——それは、クローゼットに隠してあったという貯金箱に、いくら入っていたかだ。これで答えが出た。

「なるほど。学斗くん、なかなかの名推理だね」

「お兄さんほどじゃないですよ」

彼は笑って、コーラのボトルを光弥に向ける。

「お兄さんも飲みます？　飲むならグラス出しますけど」

「いや、僕はいい……」

言いかけて、唇が止まった。

「そうか。なにか変だと思った……。でも、あそこにふたりいたのなら」

「お兄さん？」

「ありがとう、学斗くん。君のおかげで、日色くんの居場所がわかったかもしれない」

少年は目を丸くして、小さく「けふっ」とげっぷをした。

11

怜が家について車を停めたとき、時刻は午後六時だった。夏の空はまだ明るく、昼のようだ。車を下りてロックしたとき、光弥が通りを歩いて敷地に入ってきた。

「怜さん。おかえりなさい」

「君こそおかえり」

景気の悪い報告を抱えていた怜は、思い切ってそれを済ませることにした。

「日色少年はまだ見つかっていないらしい。恩海署も音野署も必死に捜索しているんだが。……おれもこの辺を捜してみるかな。じつは、この付近で昨夕それらしい少年を見たって情報があったんだ。ただ道ですれ違っただけだそうで、本人かどうかわからないが」

「たぶん、本人だと思いますよ」

怜は驚いて光弥の顔を見返した。その顔には、かすかに笑みが浮かんでいた。

「怜さん。これから、日色くんがいる可能性が高い場所に行きます。付き合ってもらえますか？」

「ああ、いいよ。じゃあ、このまま――」

車のロックを外そうとする怜を、光弥は手で制した。

「車は出さなくてけっこうです。――目的地は、すぐそこですから」

光弥は、白くしなやかな指先を隣家に向けた。

それから十分後、怜と光弥は古藤家のリビングでふたりの少年と向き合っていた。

「ごめんなさい、駒宮先輩。隠しきれなくて」

基は、隣に座る日色に頭を下げた。

先ほど、玄関先で光弥に「日色くんに会わせて」と言われた彼は、すぐに観念して二階にいる日色を呼びに行ったのだ。

「いいよ、基。謝んな。おれが無理言って押しかけたんだから」

基の服なのか、ややサイズの小さいTシャツを着た日色は、後輩の頭を掻き回す。基はほっとしたような顔になって、今度は光弥を見やる。

「光弥さんも、嘘ついてごめんなさい」

「いいよ。君は深い事情は知らなかっただろうし、約束を守るのは大切なことだから」

本当に光弥くんは子供に甘い、と怜は内心苦笑した。

「でも光弥さん、どうしてうちに駒宮先輩がいるってわかったんですか」

「日色くんが『仲がいい後輩』として、君のことをお母さんにも話していたそうだからね。それに、基くんのお父さんは出張で留守にしている。考えてみれば絶好の隠れ場所だ。そして、今朝この家で見たおかしな光景を思い出したときに確信した」

「えっ！　僕、光弥さんが来たとき、駒宮先輩を二階に隠れさせて、先輩の荷物は全部片付けましたよ。なにか残ってましたか？」

「君が見落としたのはこの家のもの。――乾燥台にふたつ載っていたグラスだよ」

あっ、と基が呟いた。日色も意表を突かれたような顔になる。

「そう。君は食器類を全部洗って片付けていたそうだから、あのグラスは今朝使ったことになる。でも、君のお父さんは昨日の昼には出張に出てしまった。となると、君以外の誰かが家の中にいた可能性が高い」

「す、すごい……。さすが名探偵ですね、光弥さん！」

基が感嘆の声を上げたが、日色は面白くなさそうに舌打ちした。

「ジュースとミルクとか、違う種類の飲み物を別のグラスで飲んだかもしれねーじゃん」

「ホテルじゃあるまいし、家庭だと『自分のカップ』が決まってるものでしょ。すすいでそれを使うよ。……とにかく、君はこうして見つかったんだから、言い逃れはできない」

「別に、逃れようとしてねーし」

ふてくされたように日色が視線を逸らしたとき、怜と目が合った。

「……ていうか、刑事いるってことは、おれ、逮捕とかされんの」

「あ、安心してください、先輩！　連城さんはいい人だから、逮捕はしません」

基が慌ててフォローした。いい人だから逮捕しない、という論理には納得しかねたが、怜は重々しく頷いておく。

「正直に話してほしいんだ。そうすれば、君も、君の大切な人も傷つかない」

脅しみてぇ、と小さく呟いてから、日色は怜と光弥の顔を交互に見た。

「どこまで知ってるわけ」

光弥が、青野学斗との間にあった会話を再現した。救急車を呼んだのは学斗ではないという話と、母親に宛てた書き置きの件は怜には初耳だった。

「……学斗にも尋問みてーなことしたのかよ。あいつ泣かせたりしてねーだろうな」

「泣かせてないよ。……でも、君のことを心配していた。学斗くんも、早希さんも」

日色は俯いて、ハーフパンツの裾を指先でいじる。その様子を見て、基が立ち上がった。

「あの――たぶん僕、いないほうがいいですよね。席外しましょうか」

「いや、迷惑かけんのわりいから、この人らの家に行く。隣なんだろ」

日色は自ら立ち上がって、基に深く腰を折る。

「ほんと、迷惑かけたな。基」

「大丈夫です。お父さんいなかったし――昨日の夜は駒宮先輩が来てくれて、お喋りできて、楽しかったです」

ふたりの少年は、照れたような笑みを交わし合った。

三人は古藤家を辞して、隣の連城家に場を移した。光弥はそれぞれの席の前に麦茶のグラスを置いた。日色はひと口だけ飲んでから話しだした。

「……昨日、部活から帰ってきて、駐輪場にチャリ置きにいったら――あいつが倒れてたんだ。頭から血が出てたし、バットが落ちてたから、これで殴られたんだなってわかった」

「それで君は、救急車を呼んだ」

日色は不本意そうに顔をしかめて、頭をがしがしと掻いた。

「あんな男、助けたかったわけじゃねーけど。ほっといて死なれたら、なんか自分も殺すのに加担したみたいで、胸糞悪いし」

「立派なことをしたんだから、理由はなんでもいいんだよ。……それで、君は通報者の役を学斗くんに代わってもらった」

「ああ。元から救急の人に名前を教えてって言われて『青野』って名乗ったし」

「君は中屋敷さんを見つけて、すぐに姿を隠すことを決めていたのか？　なぜだ」

怜の問いに、日色は答えなかった。光弥が、仕草で怜をなだめた。

「その質問は後にしましょう……続けて、日色くん」

「別にたいした続きねーよ。学斗が引き受けてくれた後は、非常階段から一緒に下りて、あいつが救急隊の人と合流するの見てから、そこを離れた。部活のとき、基が家に父親いないって言ってたから、泊めてもらえねーかなって期待して、押しかけたんだ。それで終わりだよ」

光弥は聞き終えると、小さく頷いた。

「大筋はそれで理解できたよ。ただ、いくつか話していない点があるよね」

「なんだよ」

「まず、君は早希さんを安心させるために手紙を書いている」

日色は目を逸らして、唇を尖らせる。

「細けえこと言うなよ。騒がれたくなかったから書いただけだし」

「うん、それは細かいか。ただ、君がバットに故意に指紋をつけたのは、細かくない」

　少年が、きゅっと両手を握りしめた。怜は驚いて光弥を見やる。

「どういうことだ、光弥くん。わざとバットに指紋をつけただって？」

「ええ。だって、あれは突発的な犯行で、犯人は一度しか殴っていないんですよ。ということは、日色くんの指紋ひと組しか出てこないのは不自然です。本来の持ち主である高校生の指紋がひとつも出てこないはずはありません」

　それはそうか、と納得する。たぶん、捜査本部でもこの程度の意見は出ているだろう。気づけなかった自分が恥ずかしい。

「つまり、真犯人は犯行後にバットを拭いて、指紋を消した」

「ええ。そのあと日色くんがわざと握って、指紋を遺したんです」

　光弥は目を逸らしたままの日色に、すっと視線を流した。

「早希さんを守るためにね」

「待てよ！　母親は関係ねーし！」

　腰を浮かせて大声を出す日色を、光弥は冷静に手で制した。

「落ち着いて。僕はなにも、彼女が犯人だなんて思っていないよ。ただ、君はそう考えたんだよね」

「な――」

　日色は唇を噛んで、腰を落とした。

「早希さんが脅されていたことは、僕も知っている。なにが理由かは聞いていないけどね。

中屋敷さんが倒れているのを見た君は、自分以外に唯一動機を持つ人間として、お母さんの顔を思い浮かべたはずだ」

「まして、現場が〈ビュータワー恩海〉の敷地内じゃあ、そう思うのも無理はないな」

「そうです、怜さん。それに、あの手紙に書かれていた『普通に仕事してて』という日色くんの言葉――さらに、わざわざ指紋を遺したこと、姿を消したことを考え合わせると、彼の狙いが浮かび上がる」

光弥は立ち上がって、日色のそばまで行く。少年は、迷うように揺れる瞳を彼に向ける。

「君は、お母さんの代わりに容疑者となって、時間を稼ごうとしたんだ。彼女が今月末の締め切りに間に合うように」

息を呑んだ日色の態度で、それが答えであることはわかった。だが、怜は釈然としなかった。

「漫画家のお母さんが捕まるのを回避しようとした、ということか？　息子が重要参考人となれば、母親だって無事じゃすまないだろ。警察で事情聴取を長時間されたり……」

「日色くんは、そこまで考えが及ばなかったんでしょう」

「う、うっせえ！」

顔を真っ赤にして、日色は腰を浮かせた。

「まあまあ。君の狙いもあながち外れてはいなかったよ。君が戻ってくる可能性があるからということで、早希さんは任意同行を求められず、家にいることを許可された。ただ、君の唯一の計算違いは、早希さんの心の中だった」

光弥はにわかに声を厳しくして、少年を睨みつけた。

「彼女は、仕事が手に付かなかったみたいだよ。今月の原稿は間に合わないかも、って言っていた。君が心配で心配でたまらないんだ」

「……嘘だろ、そんなの」

日色の声が低くなる。どこかその声には悲しさが滲んでいるようだった。

「おれの心配とか、あの人しねーし。こっちの予定に興味ないし、メシ作るのとかもいつもしんどそうだし……。おれがいなくなれば、もっと仕事が捗ると思ったのに」

怜はようやく得心できた。

(日色くんは――自分の存在が、母親にとって迷惑だと思っていたのか。それもあって、事件と同時に姿を消したのか……)

日が傾きだして、窓から鋭く夏の陽光が差しこんでくる。ぶううん、とエアコンが鈍い稼働音を立てていた。

「日色くん。よく聞いて」

光弥は日色の前に跪いて、じっとその目を覗きこむ。少年は、苦しげに視線を合わせた。

「君がお母さんのためを思って行動したことは、わかってる。でも、こんなふうに突然いなくなってしまうのは、絶対に駄目だ。どんな理由があっても『いってきます』を言わないで家を出たら駄目なんだ」

「な……んだよ、それ。ガキ扱いすんなよ」

「子供とか、大人とかじゃない。たとえ何歳になっても、反抗期でも、絶対に『いってきます』を言って出かけなきゃいけない。突然──」

語る光弥の瞳は、わずかに潤んでいた。

「突然いなくなることは、大切な人を苦しめてしまうんだよ。だから──だから、いいね。もう戻るんだ、早希さんのところに」

「けど、どうせまたあの人、迷惑がるし」

「迷惑なものか！」

怜が大声を出すと、日色はびくんと背筋を伸ばした。

「君だって、わかっているはずだぞ。お母さんが本当は、君を大切に思っているということを。でなければ、わざわざ書き置きなんか残すわけはない」

「そうだよ、日色くん。ご飯や寝る場所の心配はしなくていい、と書いたのは、早希さんを安心させようとしたから──そうでしょう？　でもね、日色くん。そんなふうに突然いなくなられて、安心なんてできるわけないじゃない」

光弥にも言い募られて、日色は唇を噛みしめた。目にゆっくりと涙の玉が浮かんだ。

「どうすりゃ、いいんだよ……おれ……。いても迷惑だし、いなくなっても迷惑、なのかよ。おれは、なにすりゃいいんだよっ」

「できることなら、たくさんある。君ももう、そのことに気づき始めているはずだよ」

はっとしたように、日色は顔を上げた。瞬きをすると、涙がひと筋だけ流れて、すぐに消えた。彼の視線の先には、窓の向こうの隣家があった。

「……基くんと君の仲がよかったのは、もしかしたら、境遇が近かったから、なのかな」

光弥が呟いたとき、怜の頭にはスーパーで古藤親子と会った日のことが浮かんだ。光弥が「駒宮日色くんって知ってる？」と尋ねたとき、基はすぐに「仕事で行ったんですか？」と訊いた。知り合った理由としてそれを真っ先に思いついたのは、駒宮家が家事代行サービスを利用するということを聞いていたからだったのかもしれない。

「基、料理、うまかったな」

日色の呟きが答えだった。光弥と怜は、こっそり視線を交わして頷き合った。

それから、怜は日色に電話を貸して、早希に電話をかけさせた。

「ああ――母さん？　おれ。日色。……別に怪我とかしてないし。だから、メシも寝るとこもあるって書いといたじゃん。……部活の後輩の家。そう、その基。……悪かったって。てか、なんで泣くんだよ。無事だっつってるじゃん。いや、迎えとかいいし。普通に仕事してろよ。てか、その前に警察連れてかれると思うし。おれはやってねーけど。……母さんもやってないんだよな？　なら、よかった。……刑事と一緒に？　なんだよ、今そこに刑事いんのかよ。マジか。じゃ、待ってるから。わかった。あ、待って、あといっこだけ。

今度からは、さ。普通におれ、料理とか掃除とか、やるから。どうしたのって、だから、なんか、家事代行の人とか、家にあんまり来られるとうざいし。普通に、家の中のこと、自分でやったほうが楽だなって思って。あのさ、基、おれのひとつ下だけど……、昨日作ってくれたハンバーグ普通にうまくて、なんかおれもできるわって気になったから。それだけ。

　いや、いま謝んなくていいし。話聞けなくてって……。そんなの、忙しいんだから、当たり前じゃん。……うん。わかった。わかったよ、母さん。あとで、聞いて」

12

　時刻が七時を回り、光弥はリビングのカーテンを閉めた。

　それから、電話を終えて憑きものが落ちたような顔をしている日色に向き直る。

「さて、日色くん。まもなく刑事さんたちがやってくる。それまでに、聞いておきたいんだ。なぜ君が、早希さんを犯人だと思ったのかを」

「それは、母さんには動機があったからで……」

　言いかけて、日色は口を噤んだ。大きくため息をついて、足許に置いていたリュックサックに手を伸ばした。

「やめた。なんか、あんたには隠しごとしたほうが損だって気がしてきたし……」

と言って彼がテーブルの上に置いたのは、ひとつのイヤリングだった。雫のような形をしていて、青い宝石が埋めこまれている。

「これ、中屋敷が倒れていたところに落ちてたんだ。母さんのやつ。最近はつけてるとこ見ないけど、昔は参観日とかによくしてきてたの覚えてる」

「なるほどね。これで納得がいったよ」

照明を受けて光る宝石を眺めながら、光弥は言った。

「こんな物的証拠があったとしたら、君がお母さんを疑ってしまうのも無理はない」

「なあ、なんでこれ、現場にあったんだと思う。あんたも、母さんの無実……信じてくれるんだろ」

日色は縋るような目をしている。怜が身を乗り出して、その肩をぽんと叩く。

「心配はしなくていい。その中屋敷という男は、お母さんを脅していたんだろう？　それなら、脅し取ったものという可能性もある」

「だけど、それ、一個だけじゃん。母さんがあげたとしたら、ふたつセットのはずだろ。あいつの荷物から、もう片方見つかったの？」

日色の指摘に、怜は目をしばたたかせた。光弥はその様子を見て、つい微笑んでしまう。

「鋭いなあ、最近の中学生は。……君の言うとおりだね。イヤリングがもう片方荷物から出てきたとしたら、警察が気づいていると思う」

「あと、それ、あいつの頭のそばに落ちてたんだけど、あいつのバッグはたしかあいつの足の近くにあった。バッグからこぼれたわけじゃなさそう」

　今度こそ確信を得たらしく、怜が「うん」と頷いた。

「それでわかった。中屋敷さんは君の家を訪れたときに、行きがけの駄賃としてそれを失敬したんだろうな。恐喝をするような男なら——」

　その言葉が終わらぬうちに、チャイムが鳴った。怜が出迎えに立つ。やがて怜に連れられて、不破刑事と土門警部補、駒宮早希が現れた。

「日色っ！」

　早希は日色に駆け寄って、その身体を抱きしめた。日色は身をよじって逃れようとする。

「母さん、おれ、もう中二だから、そういうのガチでやめろって。てか、人が見てる前でやるのありえねーし」

「ごめん……ごめんね。ごめんね、日色」

「いいから、そういうの」

　ごほん、ごほん、と土門が咳払いをした。

「そろそろ話を進めさせてもらいましょうか。私にも小学生になったばかりの娘がいますので、お気持ちはわかるんですがね。子供の成長というのは早いもので、とくに私の場合、男親ですから……」

「土門さん、話、逸れてます」

　不破が指摘すると、土門はふたたび咳払いをした。

「あー、とにかく、日色くんには署で詳しく話を聞く必要が——」

「待ってください、土門刑事」

一斉に、全員が光弥のほうを見た。

「日色くんから話を聞く必要は、たしかにあると思います。ですが、それは真犯人がわかったうえでのほうが、いろいろと話が早いと思います」

「ほう……君は、犯人がわかったというのか」

土門は、光弥の前まで歩み寄る。それから、肩越しに日色を見た。

「しかもその犯人は、彼ではないとも言う気だね？」

「そう、そのとおりです。日色くんは無実です」

「おお、ついに三上くんの推理ショーが！」

歓声を上げた不破を、土門がじろりと睨む。部下は身をすくめて後退した。

「よかろう、三上くん。その犯人とやらの名前を言ってもらいたい」

「その前に、確認したいことがあります。中屋敷さんの車についてです。たしか、コバルトブルーの国産車で、今日もまだ〈ビュータワー恩海〉の前の駐車場に停まっていたと思うのですが」

「そう。それは中屋敷さんのものだよ。彼が所持していた鍵を使って車内も調べたが、これといって不審なものは出てこなかった。それがどうかしたのかね」

「いえ。では、もうひとつの確認事項に移りましょう」

光弥はテーブルの上のイヤリングをハンカチで摘まみ上げて、早希に見せた。彼女は「あっ」と小さく叫ぶ。

「これ――私の」

「ええ、そうです。日色くん、これを見つけたときの状況、話してあげて」

日色は不本意そうに、話を始めた。途中で、新来の刑事ふたりのほうをちらちらと見ていた。刑事たちは、視線を日色から早希に移した。

「ちょ、ちょっと待ってください。私、知りません。たしかにこれは私のですけど」

「最後につけたのはいつです」

土門の問いに、早希は戸惑い顔で答える。

「これ、今は使っていないんです。たぶん、ここ二年はつけていないかと」

「どこにしまっていましたか」

「洗面台の引き出しの中に……。でも、美容パックとか石鹸の箱とか入れてるので、けっこうごちゃごちゃしているんです。いつなくなったのかわかりません」

「なるほど。では、中屋敷さんに与えてもいない？」

「と、当然です」

土門がさらになにかを問おうとしたが、光弥が手で制した。

「もういいですよ、土門刑事。わかりましたから」

「なにがわかったんだね？」

光弥は答えず、怜のほうを見た。

「怜さんは先ほど、このイヤリングを中屋敷さんが盗んだのではないかと言っていましたね。でも、それは違うと思います」

「え。なんでだよ、光弥くん」

「土門さんたちもすでにご承知のことと思いますが、中屋敷さんは早希さんに対して非常に強い立場にありました。それなら、わざわざ窃盗を働かなくても、脅し取ればいいんです。そもそも、わざわざ換金する必要のある貴金属類を狙うとも思えませんが」

「じゃ、なんでそれが現場に落ちていたって言うんだよ」

日色が棘のある声で尋ねた。

「いい質問だね。このイヤリングは――」

光弥は、ハンカチで摘まんだそれを照明にかざした。

「犯人が現場に残したもの――。そうとしか考えられないんだ」

早希が短く叫んで、口を押さえた。

13

中屋敷を殴打した犯人が自供した翌日――七月三十日。光弥は駒宮家を訪れた。

「おれのせいかな」

ダイニングテーブルの向かいに座った日色は、小さく呟いて項垂れた。

「おれがもっと早く通報していれば、あいつは死なずに済んだのかな」

「自分を責めちゃ駄目だよ、日色くん」

慰めではなく、心から光弥は言った。

「君は彼を見つけてすぐに救急車を呼んだ。迅速な行動だったと思うよ。最善を尽くした君は、なにも悪くない」

「でも、イヤリング見つけて、思わず拾ったりしてさ。そういう余計なことしてたから……」

「……本当に、君は優しいね。君たちを苦しめていたという彼のことを、そこまで背負ってしまうなんて」

中屋敷慶介は、事件の翌々日――二十九日の朝に、病室で息を引き取った。それと同じ頃、彼を殴打した犯人は警察に任意同行を求められ、夕方には犯行を認めた。

「そうだよ、日色。自分を責めないで」

息子の隣に座っている早希は、その頭を撫でた。日色は「やめろし」と言って、それをどけた。その様子を見てくすりと笑うと、日色は光弥に矛先を向けた。

「ていうか、あんたが刑事の家で推理したときのこと、おれ、けっこう許してないから。ああいうの、ガチで性格悪いと思う」

「それは本当に、ごめん。早希さんも申し訳ありません。誤解させるつもりはなかったのですが、説明の段取りが悪くて……」

「いいの、気にしないで。『イヤリングは犯人が現場に残していったもの』――そう言われたときは、自分が犯人だと言われたような気がしましたけど。でも冷静に考えたら、持ち主が犯人だと言っていたわけじゃないのよね」

「結局あれは間違って落としたんじゃなくて、トラップだったたってことだろ?」

日色はむっつりと腕を組んで言う。

「母さんから盗んだイヤリングを、罪を着せるために置いていった……」

「そういうこと。そもそもあの日、締め切りに追われて身支度をしていなかった早希さんが、駐輪場にイヤリングをしていったとは思えない。下におりた中屋敷さんを急いで駐輪場まで追いかけたと仮定すれば、なおさらね。つまり、イヤリングを落としたのは早希さんではない。この間話したとおり、中屋敷さんがくすねたものでもない。となると、イヤリングは他の何者かが盗み、故意に現場に落としたということになる」

「おれでも母さんでも中屋敷でもないなら、それができるのは成瀬さんしかいねーよな」

光弥は、目を伏せて頷いた。

「うん。知ってのとおり、今回の事件の犯人は成瀬法子さんだった。厳密に言えば家政夫として家に入りこんでいた僕にも、盗むチャンスはあったけどね」

「ひとごとみたいに言うなって」

日色が呆れたような声を上げる横で、早希は沈んだ面持ちになる。

「気がつかなかったわ。成瀬さんがまさか、私たちの家から物を盗んでいたなんて……。それも常習的に。ショックでした」

「お母さんの介護のため出費と減収が重なって、生活が相当苦しかったそうです。おまけに中途半端な知識で株に手を出して、さらに泥沼にはまってしまった、とも聞きました。介護で精神的に消耗して、判断力も下がっていたのでしょう」

不破から聞いたところによれば、成瀬は他の勤め先でも金品を窃取したことを認めているらしい。いずれ露呈するであろうことは、本人も自覚していたという。それでもやめられないほどに、彼女は追い詰められていたのだ。

「……もちろんそれは、犯罪を正当化するものではありません。同じ〈MELODY〉の社員としてお詫びします」

「ううん、それはいいの。あなたには本当にお世話になりました」

早希は大きく手を振ってから、首をかしげる。

「でも、ちょっと不思議。推理に文句を言うわけではないですけど、イヤリングはたまたま落ちていたものを拾ったという可能性もあるでしょう。なぜ、成瀬さんがお金に困って盗んだと考えたんですか？」

「それは……」

光弥はややためらってから、早希の目を見つめ返す。

「五千円札のことがあったから、です。それは僕の口から話すわけにはいきませんので、早希さんがよろしければお話しください」

　早希は短く、あっと呟いた。わけがわからなそうにする日色に、彼女は頭を下げる。

「私、日色に謝らなきゃいけないことがあるの。新しいユニフォームのための五千円の集金……。あれ私、憶えてなくて。でもあなたがちゃんとユニフォームを持っていたから、てっきりあなたが私の財布からそのお金を出したと思ったの」

「は？　してねーよ、そんなこと！」

「うん、そうなの。あの五千円札は、きっと成瀬さんが抜いたものなのよ。それなのに私、あなたのことを疑って……本当にごめんね、日色」

「日色くんの性格からして、早希さんに迷惑をかけないよう、自分でお金を出すだろうと思いました。日色くんは買いたいものがあって貯金をしているそうなので、きっとそこから出したんでしょう」

「そうなの、日色？　買いたいものってなに。買ってあげるよ」

「あー、もう。そういうのいいから。もらってる小遣い貯めてるんだから、同じことだし」

　それより、と日色は光弥を睨みつける。

「それで成瀬さんが窃盗の常習犯だってわかっても、イコール殴った犯人ってことにはなんなくね？」

「君は本当に鋭いね。それは別の根拠からわかったんだ」

　このことは、駒宮親子には話していなかった。連城家での謎解きの際、五千円札の件を日色の前で話すのがためらわれ、いったんふたりを退室させて刑事のみを相手に語ったのだ。

「なんだよ、その根拠って」

「中屋敷さんが、駐輪場にいたということさ」

親子は、不思議そうに顔を見合わせた。

「……また言葉足らずだったかな。順番に考えてみましょう。まず僕は、マンションの向かい側に車を停めていた中屋敷さんが、駐輪場に来たのはなぜかが気になりました。警察は、喫煙所に煙草を吸いに来たんだろうと言っていましたが、それはしっくりこない。なぜなら――この前、日色くんと一緒に彼を見かけたとき、彼は煙草を車内で吸っていたから」

「吸ってた、吸ってた。あいつ、アイドリングしまくりで、車の外に灰落としてた」

「そう。彼は以前『暑いのがなにより嫌い』と言っていました。そのうえエアコンで涼むためなら、駐車場でアイドリングすることをなんとも思わない性格です。その彼が、指定された場所で煙草を吸うためだけに屋外の喫煙所まで歩いたとは考えにくいんです。つまり中屋敷さんはあそこに喫煙しに行ったのではなく、人を待っている間に煙草を吸っていただけなのだとわかったんです」

すでに犯行の経緯を説明されている早希は、納得顔で頷いた。

「つまり、成瀬さんを待ち構えていたのね」

「ええ。中屋敷さんにとって、そのうち駐輪場に来ることが予期できる相手――それは、彼が下りてきた時点ではまだ駒宮家で仕事をしていた成瀬さんだけです。彼が何度もここへ来ていたのなら、成瀬さんが自転車で通っていることも知っていたでしょうし」

「……馬鹿なやつ。母さんだけじゃなく、成瀬さんまで脅そうとしたとかさ」

日色の沈鬱な表情を見て、光弥は少し後ろめたい気分になった。

（僕ももう少し早く、彼女の犯行に気づけていれば……彼女を罪人にせずに済んだのに）

成瀬法子は、次のように自供したという。

事件当日、成瀬は洗面所を掃除しているときに、引き出しの奥にあったイヤリングを失敬した。箱が埃をかぶっていて、早希がそれを日常的に身に着けていないことには、前から気づいていた。中身を盗んだ成瀬は箱をひっくり返して、なにかの弾みで隙間にでも落ちたのだろうと見せかける細工もした。だが、盗品を懐に入れる瞬間を中屋敷が物陰から見ていたのだ。

中屋敷は成瀬が下りてくるのを待ち、イヤリング窃盗を目撃したことを告げた。そして、笑いながらこう言ったそうだ。

――あんたもたいした人だ、雇い主の家で盗みとは。あ、そのイヤリングを返せとは言いませんよ。ただ、よその家でもそういうことをしているなら、どれくらいの稼ぎになるか知りたいですねえ。他の誰かが分け前にあずかれるくらいの稼ぎになるのかを、ね。

これからも脅され続ける、と悟った成瀬は、横目で金属バットを視界に捉えた。

――まずはそれで、勘弁してちょうだい。

こう言って、イヤリングを中屋敷の足許に放った。それを彼が拾い上げようと屈んだ隙に、バットを振り下ろした……。

「バットとイヤリングの指紋を拭いた後、イヤリングの片方をわざと現場に放置したことも認めたそうです。早希さんが日常的につけていないイヤリングでも、あなたがつけているのを覚えている人の証言が出たり、あなたが動揺したりするのを狙っていたと」

「そう……。私、もしかして知らずに彼女の恨みを買ってしまっていたのかな」

「いいえ、単にスケープゴートに都合がよかった、ということだと思います。中屋敷さんがあなたを恐喝している声は、本人が当初証言した以上にはっきり聞こえていたそうです。あなたが持っている動機に、成瀬さんは賭けたんです」

「きたねえやり方。……でも、なんであの人、警察に最初から動機のことをぶちまけなかったんだ？　母さんと中屋敷が口論してたってこと、あんたにだけ匂わせたんだろ」

「君が現場から消えたうえ、イヤリングのことを警察が摑んでいなかったから、慎重になったんじゃないかな。そこで、自分が表に出ることを避けて、恐喝の事実を警察が自力で突き止めるよう仕向けたんだ。刑事の知り合いがいると言った僕を利用してね」

成瀬法子の犯行を立証する説明は、すべて終わった。

光弥としてはまだ気になっていることはあったが、もはや自分に知ろうとする権利はない。そう思って、立ち上がった。

「じゃあ、料理を始めようか、日色くん。君に教えるために、僕は来たんだから」

「……おう。でも、いいのかよ、聞かないままで」

日色は、横目で母親をちらりと見た。

「その……、中屋敷が、おれと母さんをどんな秘密で強請(ゆす)っていたのかって」

「そんなの、僕が知るべきことじゃないよ」

「待ってください、三上さん。話させて。なにか罪人みたいな、後ろ暗いところがあるようにあなたに思われるのは嫌なの」

早希が、日色の目を見て尋ねた。

「日色、いい？」

「当たり前だろ。おれは最初から、どうでもよかったし。なにも悪いことしてねーんだから、中屋敷に一円だって払う必要なかったんだって」

「……わかりました。じゃあ、お聞かせ願います。でも、料理は始めましょう」

光弥は日色をキッチンに招いて、エプロンをかけさせた。紐を結んでやって、ふたりで手を洗う。作るのはハンバーグだが、玉ねぎのみじん切りは初心者には難しい。日色には、あとで付け合わせにする用にくし切りを作ってもらうことにした。

ダイニングに座って背を向けたままだった早希が、やがて語りだした。

「……私と日色が以前、茨城に住んでいたって話はしましたね。そのときは、私の夫――日色の父親も、一緒に暮らしていました。夫は小さな居酒屋を経営していて、それなりに繁盛していました。私はそのときから漫画の仕事をしていたけれど、たまにお店も手伝って……。トラブルもなく、平和にやれていました」

語る口調は穏やかで、光弥の反応はまったく気にしていないようだった。

「夫は少し短気だけど優しい人でした。人と話すのが大好きで、飲食業は天職だったと思います。日色も少年団で楽しそうにサッカーをやっていて……連日、少年団のコーチやママたちが、うちのお店に来ていました」

光弥は耳を傾けながら、調理道具を準備していく。

「日色が三年生に上がった春……。私たちが住んでいた市に、大手電機メーカーの工場が招致(しょうち)されていたことが発表されました。ただ、時間がない中で市が強引に計画を進めたらしく、工場建設予定地の近くには、従業員と家族が住むための集合住宅がなかったんです。それを建てる土地が、すぐに必要になった。白羽の矢が立ったのは、私たちが店を営んでいた区画でした。一戸建てがほとんどなく、古い賃貸物件が多いエリアだったからでしょう」

語る口調に、少しずつ不穏な感情がこもってくる。光弥は彼女の話に口を挟まないことに決めて、日色の手許に注意を集中した。

「猫の手だよ。日色くん」

「向かいのベトナム料理店や、はす向かいにあったクリーニング屋さんが次々なくなりました。でも、私たち家族は立ち退きませんでした。夫にとってあのお店は、学生時代からの夢だったんです。それに、二階部分は住宅になっていました。生活の基盤をそう簡単に手放すことはできません」

「そう。上手だよ」

「しばらくして、夫の店で客同士の喧嘩が起きるようになりました。とても子供を連れては来られないってことで、少年団のみんなも来なくなって……。悪い噂はどんどん広まって、常連だった人もほとんど寄りつかなくなりました。地上げ屋によって仕組まれたことだと気づいたときには、もう、夫も私もぼろぼろでした」

「……とん、とん、とん、って。リズムよく切ってみて」

「夫は激怒して、土地の開発を進めている不動産業者に会いに行きました。何度も、何度も通った。私も行こうとしたけれど、おまえは巻きこみたくない、来るなって言われていて。……そして夏が終わろうとしているある日、あの人は社長を殺してしまいました」

日色の手が止まった。光弥は、それを黙って見ていた。

「衝動的な殺人だったらしいの。その場にあった灰皿を投げたら頭部に当たって……。だから傷害致死、よね。でも、他の従業員に見つかってパニックになってしまった夫は、その場から逃走を図ったみたい。その途中、運悪く建物の三階から転落して――彼も、死んだわ」

一拍、早希は間を置いた。それから、消え入りそうな細い声で続ける。

「私と日色は大切な人を亡くすと同時に、殺人者の家族になってしまった」

駐車場で最後に会ったとき、中屋敷が言っていた言葉が脳裏をよぎる。

——しかし『殺すぞ』はきついなあ。父親に……。

あのとき彼は「父親に似たのかな」とでも言おうとしたのだろうか。

「日色くん。玉ねぎ……、目に沁みるよね」

日色は包丁を置いて、拳を強く握りしめていた。強く、強く、強く。

「悪戯電話が鳴りやまなくて、家の壁には落書きがされて……って、ドラマでもよくあるシーンよね。でも、ドラマだとワンカットのあれが、二十四時間続くとなると、それはもう人間が生きていける状態じゃないの」

早希の声が震えていた。それでも彼女は語り続ける。

「逃げ出したわ、なにもかも捨てて。日色を何度も転校させた。事件の少し前、実家の父が他界していて、その遺産と保険金で費用はなんとかなった。でも……、どこから漏れるのか、引っ越し先でも素性がわかって……」

蘭馬と一緒に受けた講義のスライドが頭に浮かんだ。「本日のまとめ——加害者家族も追い詰められている！」

「父が遺したお金にも限度があります。だから、漫画の仕事を続けることだけが、私にとって生きる道だった。編集者さんの計らいで仕事は続けられて……本名のアナグラムになっているペンネームを使い続けるのは不安だったけど、今さら変えても仕方ないし」

光弥が掌を添えると、日色はゆっくりと拳をほどいた。

「……いい、触んな。自分で切れるし」

「でもその甲斐あってか、連載がヒットして、関東に戻る心構えができた」

「玉ねぎくらい、自分で切れる」

「家賃は高いけど、セキュリティが絶対に大事だと思って、このマンションに居を構えました。やっと平和な日々が訪れた、と思いました。……そこへ、中屋敷が現れたの。私たちの過去を知っている、あの男が」

ふっ、と早希は短い吐息をついた。とん、とん、とん、と玉ねぎを切るリズミカルな音が響く。

「彼が少年団でコーチをしていたのは本当のことよ。当時から、酒癖が悪くてギャンブル好きだということで評判は悪かったけど……。実家に戻っても賭けごとをやめられなかったのね。この恩海市でたまたま私と再会したら、お金に困っていることを告げられたわ。『日色の学校の生徒や保護者がこのことを知ったら、どう思うでしょうね』——そう言われて、怖くなってしまった」

ぐすっ、と鼻を鳴らして、早希は振り向いた。

「もう、平和を壊されるのは嫌だった。だけど……、お金を払ったのは、愚かだったわ。自分自身では犯してもいない罪なんだもの。もう、こそこそ生きるのはやめなきゃね」

「ごめんなさい、早希さん」

光弥は声が震えるのをこらえて、言った。

「日色くんの手許に夢中で……今までのお話、ひとつも聞いていませんでした」

「いいのよ。たいしたこと話していないから」

早希はキッチンに回ってきて、日色の手許を覗きこんだ。

「上手に切れてるじゃない、日色。私なんかより、ずっと上手」

「……なに言ってんだよ。まだ、玉ねぎ切っただけだし」

日色は鼻水をすすって、にかっと母親に笑いかけてみせた。

「座って待ってろって。ありえないくらいうまいハンバーグ、作ってやるから」

14

その夜、光弥は母親に電話をかけた。

国際電話となると通話料も馬鹿にならない。チャットアプリの通話機能を使うことにした。

『珍しいね、光弥からかけてくるなんて』

母――未知子はすぐに応答した。なにごとも気にかけないような、軽やかな声。昔から変わらない声。

「……ん。ちょっと、いろいろと伝えたいことがあったからさ」

『なあに？　恋人の怜さんのこと？』

「……恋人じゃないよ。お母さん、いつも突然、変な推理してくるのやめてよ。なんで怜さんが大家さんじゃないってわかったの」

『んー、推理じゃなくて勘ね。六十代のおじいちゃんだって言っていたわりに、今風の名前だったから。ま、恋人じゃなかったのならごめんなさい。お友達？』

「そう……だね。まあ、大切な人だよ。それに信頼できる人だから、大丈夫」

『ま、光弥は賢いから、あなたがそう言うなら大丈夫なのね。ところで、来月あたり日本に帰ろうと思ってるんだけど、その怜さん、あたしにも紹介してもらえる？』

相変わらずの唐突さで、母は言った。少し返事に困る。

「……うん、まあ、本人に訊いてみるよ。それより、どうしたの急に。いつもは創也の命日に合わせて帰国するのに」

『たまにはいきなりお墓参りして、創ちゃんにサプライズしたいじゃないの』

「うん……そうだね。綺麗にしてるよ、お墓」

いったん言葉を切って深呼吸してから、光弥は告げる。

「去年の夏、父さんに会った」

『やだ、今さらなによ。聞いてるわよ、あの人から』

「えっ。父さんと連絡取り合ってるの？」

『取り合ってる、は語弊があるわね。適宜、必要なことだけを事務的に、よ。もうあたしらは夫婦じゃないけど、創ちゃんを大切に思う気持ちは一緒だから。一応あの人も、墓参りはちゃんと行ってるみたいね。頑固で子供っぽい人だけど、その辺は大人だわ』

「そう……」

『なに、その沈んだ声。父親の悪口なんか聞きたくなかったかしら』

「ううん。同意するよ。でも、僕はその頑固で子供っぽい父親から生まれたんだと思うと、いろいろと複雑にはなってしまうな」

電話の向こうで、未知子は聞こえよがしにため息をついた。

『血の繋がりがなんぼのもんですか。たかが遺伝子くらいのことで、人格も器量も変わんないわよ。光弥は光弥、あの人とは別の生き物よ。あなたという人間は、あなたが他の人に与えたものと、他の人から受け取ったものでできているのよ。自信持ちなさい、光弥』

「……うん。ありがとう」

『もう通話を終わらせる雰囲気の声ね』

「声を聴けたら安心したんだ」

『あら素直。あなた、永遠の反抗期みたいなものだったから』

反抗期は自分には来ていないと思っていたが、母親の認識ではデフォルトが反抗期だったとは。

「いいでしょ。たまには、子供みたいなことを言っても。……大切な人とは、いつまでも一緒にいられるとは限らないんだから」

光弥は、向かい側のソファで居眠りしている怜を見て、微笑んだ。

「こうして話せる今を、大切にしたいんだ」

あとがき

三上光弥が探偵役を務める、四冊目の事件簿をお届けします。

前回が二〇二〇年十二月の刊行ですから、一年半以上間が開いてしまったことになります。お待ちいただいていたシリーズ愛読者のかたに、心から感謝を申し上げます。もちろん、各巻はミステリとしては独立していますから、既刊は未読で本書から手に取ったというかたも大歓迎です。お楽しみいただけますように。

以下、簡単に各編にコメントを付しておきます。

第一章「途切れた伝言(メッセージ)の問題」は、光弥が刑事の怜から話を聞くだけで事件を解決する、という安楽椅子探偵もの。振り返ってみれば、厳密な意味での安楽椅子探偵スタイルは、これまで一巻の第一章「死者から届くメールの問題」しかありませんでした。

本当はずっとこのスタイルで書き継いでいく予定だったのですが、捜査パートでも光弥を活躍させたい、というキャラクター小説としての要請で、安楽椅子探偵から離れてしまったのです。今回は原点回帰できて、このシリーズらしい一編になったと思います。

第二章「死せるインフルエンサーの問題」に登場する芸大生の今別府律は、前の巻で初登場したキャラクター。お気に入りだったため、今回再登場させられて嬉しいです。光弥の親友である蘭馬とともに、事件の陰惨な雰囲気を緩和するのにひと役買ってくれています。

第三章「夏の秘密と反抗期の問題」は、光弥が家事代行サービス〈MELODY〉の従業員として、事件発生前から関係者と交流している——しかも事件が起きるまでの作中時間が長い——という一編。エラリイ・クイーンの『災厄の町』（ハヤカワ文庫）みたいなスタイルですね。こういう構成は明らかに長編向きではあるのですが、光弥という探偵役にはこういう事件こそ似合っていると思い、今回、挑戦してみました。

結果として書き上がったこの一編、作者としてはなかなか気に入っています。安楽椅子探偵とはある意味で正反対ですが、これはこれで〈家政夫くん〉シリーズらしさが詰まったお話なのではないでしょうか。

最後に、本書の制作に携わっていただいたすべてのかたに心より感謝を申し上げます。

それでは、またみなさんにお目にかかれることを祈っております。

二〇二二年七月　楠谷佑

この物語はフィクションです。
実在の人物、団体等とは一切関係がありません。
本書は書き下ろしです。

楠谷佑先生へのファンレターの宛先

〒101-0003　東京都千代田区一ツ橋2-6-3　一ツ橋ビル2F
マイナビ出版　ファン文庫編集部
「楠谷佑先生」係

家政夫くんは名探偵！
～夏休みの料理と推理～

2022年8月20日　初版第1刷発行

著　者　　楠谷佑
発行者　　滝口直樹
編　集　　山田香織（株式会社マイナビ出版）
発行所　　株式会社マイナビ出版
〒101-0003　東京都千代田区一ツ橋2丁目6番3号　一ツ橋ビル2F
TEL 0480-38-6872（注文専用ダイヤル）
TEL 03-3556-2731（販売部）
TEL 03-3556-2735（編集部）
URL https://book.mynavi.jp/

イラスト　　スオウ
装　幀　　前田麻依＋ベイブリッジ・スタジオ
フォーマット　　ベイブリッジ・スタジオ
ＤＴＰ　　富宗治
校　正　　株式会社鷗来堂
印刷・製本　　中央精版印刷株式会社

 ISBN978-4-8399-7758-0
Printed in Japan

ファン文庫

家政夫くんは名探偵！

著者／楠谷佑
イラスト／スオウ

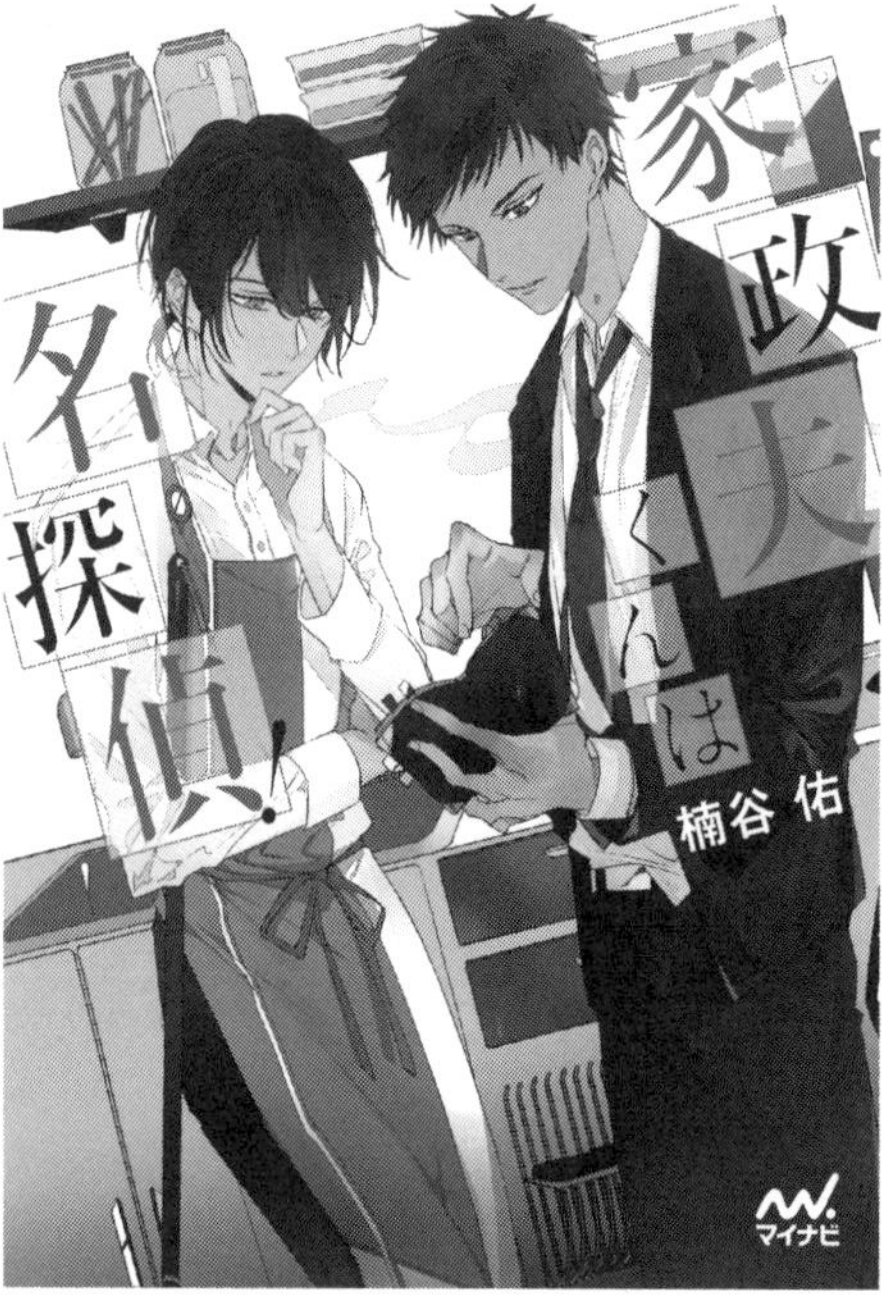

難事件も綺麗に解決します。
『無気力探偵』の著者が贈る、家政夫ミステリー？

仕事で忙しく、家事が行き届かなくなった刑事の怜は
家事代行サービスを呼ぶことに——。
そこにやって来たのは、中性的な顔立ちをした青年だった。